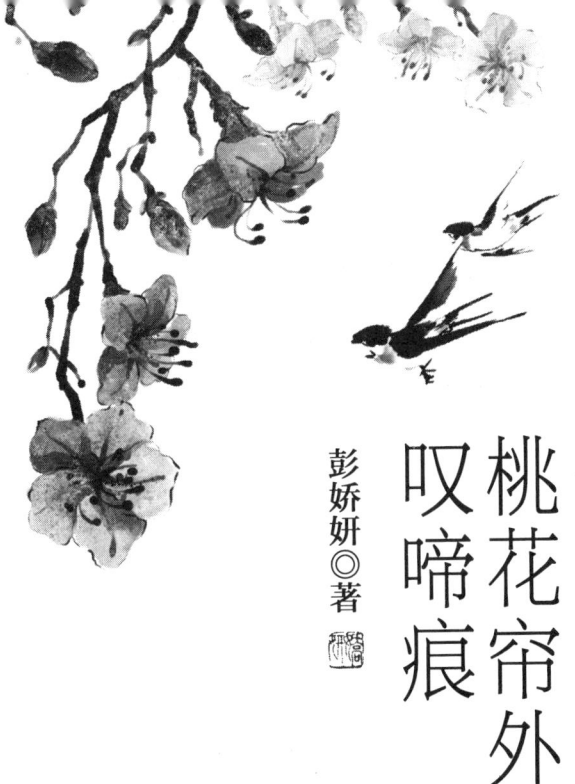

桃花帘外叹啼痕

彭娇妍 ◎ 著

重庆出版集团 重庆出版社

图书在版编目(CIP)数据

桃花帘外叹啼痕 / 彭娇妍著. —重庆：重庆出版社，2015.1
ISBN 978-7-229-08724-1

Ⅰ.①桃… Ⅱ.①彭… Ⅲ.①《红楼梦》人物—人物研究
Ⅳ.①I207.411

中国版本图书馆 CIP 数据核字（2014）第 232947 号

桃花帘外叹啼痕
TAOHUA LIANWAI TANTIHEN
彭娇妍 著

出 版 人：罗小卫
责任编辑：钟丽娟
责任校队：刘小燕
装帧设计：八 牛

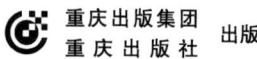重庆出版集团 出版
重庆出版社

重庆市南岸区南滨路 162 号 1 幢 邮政编码：400061 http://www.cqph.com
重庆出版集团艺术设计有限公司制版
自贡兴华印务有限公司印刷
重庆出版集团图书发行有限公司发行
E-MAIL:fxchu@cqph.com 邮购电话：023-61520646
全国新华书店经销

开本：880 mm×1 230mm 1/32 印张：10 字数：165 千
2015 年 1 月第 1 版 2015 年 1 月第 1 次印刷
ISBN 978-7-229-08724-1
定价：29.80 元

如有印装质量问题，请向本集团图书发行有限公司调换：023-61520678

版权所有 侵权必究

自　序

为了尊重曹雪芹先生本意,本书所涉的红楼女儿,皆以《脂砚斋重评石头记庚辰校本》和《脂砚斋重评石头记甲戌校本》内容为准。

她们是大观园里的百花,更是快节奏的都市生活里,为了"五斗米"而折腰的各色女子。

是为弱者的女人心有不甘。但是,她们生来柔弱。除却生理和心理上的缺憾,加之所处的地位、所受的教育等等因素,一切皆在男人之下。

尤其是那些司春的百花,大观园里的女儿,太虚幻境薄命司的橱册里,与金陵有关的正册、副册、又副册、三副册上,载有名姓的薄命女子。

曾经,她们聪慧、美丽,且娇艳无比。生在那富贵极盛的风流之地,她们有讲也讲不完的欢笑、有施也施不完的胭脂水粉、有才下眉头却上心头的点点忧愁,有酒、有诗、一场接一场的诗宴……

待字闺中的时候,她们只需侍弄针线,调配胭脂。虽然后来的她们有的身陷囹圄,但是她们有着不肯向世俗的污浊低头的傲骨。她们同样渴望凭自己的努力,让自己柔弱的肩膀挑起一肩可以支撑贾府那个皇皇巨族的庞大家业,并且图革新除弊,为整个家族的未来担忧不已。她们有的诗文皆佳,笔墨精通,有的癫狂痴傻,有的放荡不羁,有的豪情满怀,还有的悲悲切切。

难以预知的宿命里,不论她们的志向如何远大,拥有多少才华,更不管她们的地位如何,终逃不过命运的捉弄。

当凛冽的寒风来袭时,迎风摇曳的枝头,花一样的她们便从枝头簌簌地凋零了。

男尊女卑,夫贵妻荣。在以男人为主宰的世界里,身为女人的她们,只能卑微地站在男人的身后,棋子一般地被封建宗族、家长,乃至主子们摆弄着,有的负命远嫁;有的贱卖为奴;有的骨肉分离,琴瑟难和;有的不堪霜剑一般的冷嘲热讽,在落寞中黯然倒下了;有的虽然骄横跋扈,但机关算尽,终究是赤条条来去无牵挂;还有的看破红尘,一身缁衣,在木鱼声中了度残生。

"说什么脂正浓、粉正香,如何两鬓又成霜?昨日黄土垄中送白骨,今宵红绡帐底卧鸳鸯。"

跛足道人也曾言:"好便是了,了便是好。"迷离的人生过往,一切繁华、一切富贵,不过是一枕清梦里,转瞬即逝的红尘道场。梦醒的时候,红尘只是奈何桥畔的隔岸渡口。

姻缘,在她们羞于出口的心中,其实每个人都在向往。受封建礼教的禁锢,姻缘只是她们做不得主、说不得话的摆设。

流逝的时光里,寄人篱下的黛玉,在潇湘馆里抱膝独坐;怡红院中,风流灵巧的晴雯,亦用凌厉的言语在凄风冷雨中努力挣扎;饮醉了的史湘云,虽然怅怅地卧眠于百花丛中,但在无人的时候也在思考着如何以最巧的女红赢得舅母的欢心;还有那被贾赦盯上的鸳鸯,在贾母面前誓死反抗,不委妾身,不理容妆……

魂归青埂峰下,弱势的她们皆是愤懑的。世俗的烦扰,她们无处言说,恪守本分、坚贞不屈、不惧淫威,便成了她们最好的利器。

于是,因了太虚幻境里的警幻仙姑的嘱托,她们将自己的所思、所喜、所哀和所愿,配着太虚幻境警幻仙姑新填的曲调,向捧读本书的您再一次讲述有关她们的故事。

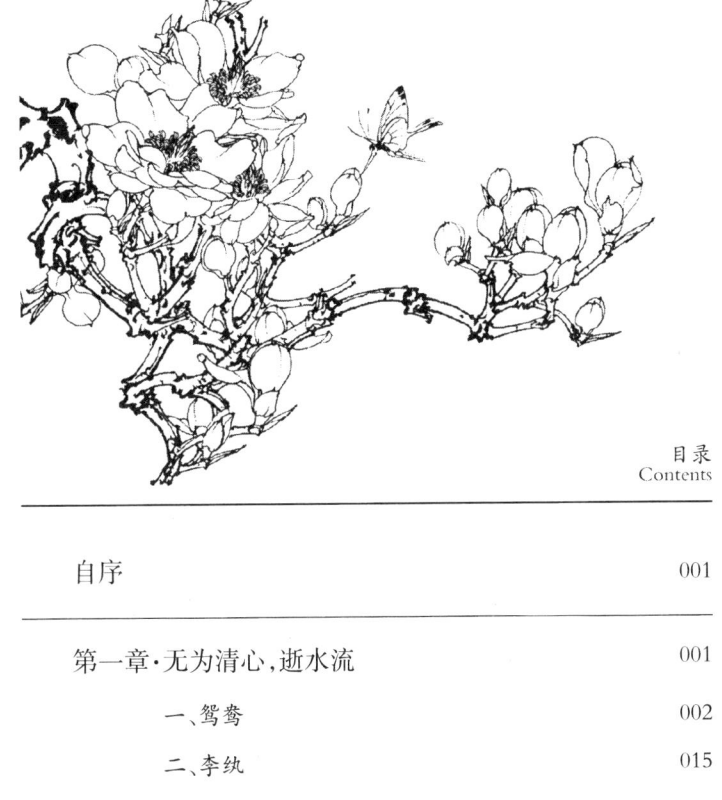

目录
Contents

| 自序 | 001 |

第一章·无为清心,逝水流	001
一、鸳鸯	002
二、李纨	015
三、贾惜春	025
四、妙玉	038

第二章·如锦烟花,容易绝	047
一、秦可卿	048
二、贾元春	058
三、薛宝钗	070
四、尤三姐	080

目录
Contents

第三章·身陷沼泽，不改香 　　093
　一、林黛玉 　　094
　二、贾巧姐 　　107
　三、香菱 　　117
　四、邢岫烟 　　129

第四章·并蒂奇葩，两眉羞 　　139
　一、娇杏 　　140
　二、小红 　　150
　三、司棋 　　161
　四、龄官 　　172

第五章·和顺敦厚，以忘忧 　　183
　一、尤氏 　　184
　二、平儿 　　195
　三、袭人 　　205
　四、紫鹃 　　216

第六章·灵巧风流，巧若拙 　　227
　一、贾探春 　　228
　二、史湘云 　　239
　三、薛宝琴 　　249
　四、晴雯 　　258

目录
Contents

第七章·算尽机关,莫回首   **269**
    一、王熙凤   270
    二、赵姨娘   280
    三、夏金桂   292
    四、多姑娘   302

第一章·无为清心,逝水流

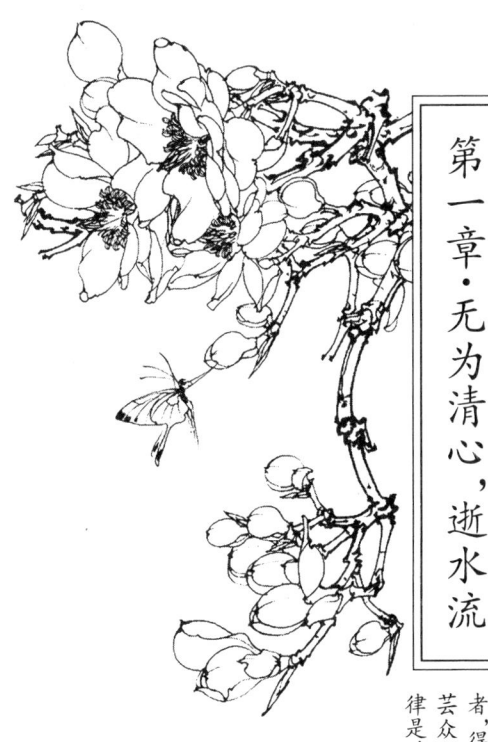

舍利弗,若有众生于佛塔庙施灯明者,得四种可乐之法。佛祖眼中,芸芸众生不论真假、不论美丑,其实一律是善念、是慈航。

一、鸳鸯

诗曰：

且为三世弄，残梦更悲秋。万盏霜娥泪，一梨春雨忧。

芳心曾有志，素手尽空收。阆苑仙葩逝，银河咫尺眸。

红尘之中，每一个人都是孤独的行者。没有谁是谁的权杖，也没有谁能一成不变地陪谁度其终老。

即便是爱过的人、经历过的事，岁月如洗，在渐近的流逝中，亦会升腾、发酵得了无踪迹。时到最后，便见了本来的模样。

尤其是人世间，那些所谓的情缘。有的明明得不到，却非要去强求，到头来，只落得个尴尬的散场。

那日，经了贾赦的威逼，本来就不愿意的鸳鸯，愈加悲愤。

她无处申冤,只得跑到贾母的面前去哭诉。

一边哭,她还拿起了剪刀,当着众人的面,绞去了头上的青丝。声称,宁可铰去头发,到庙里去做姑子,也不愿意给贾赦做小。

他们争执的缘由是,荣国公贾源的嫡孙、贾母的长子贾赦看上了贾母身边的丫鬟鸳鸯,想要收到自己的房中,成为枕边之人。但是,鸳鸯不肯,托了一大堆人来说和,鸳鸯就是不从。贾赦发了狠,还对鸳鸯威逼胁迫。

不得已,鸳鸯才跑到自己的主子贾母面前去哭诉。

其实,最初的时候,和大观园里其他的女儿们相比,我对这个侍奉着贾府的最高权威贾母的头牌大丫头——鸳鸯,无甚好感。加之她又是荣国府里的"家生女儿",这样的出身,还教人徒生了一种奴气十足、狗眼看人低的卑微印象。

所谓"家生女儿",即是家中的奴隶所生的子女。鸳鸯的父母都是贾府的奴隶,都在南京为贾家看房子,哥哥是贾母房里的买办,嫂子也是贾母房里主管浆洗的头儿。而她自己,也是贾母的左膀右臂,一刻也离不开的人。从出生的那一天起,鸳鸯耳濡目染的也是如何听命于他人;如何卑贱地顺从主子;如何像摇着尾巴的狗儿一般,乞求他人的施舍。

也许，这便是她的命。

一世浮生，人在一生下来的时候，便被上苍划定了后来的路线。无论命有如何美好，何等卑劣，只要来到了人世，谁都无法选择。

鸳鸯算不上十分漂亮，而且她是蜂腰削肩，鸭蛋脸，乌油头发，高高的鼻子，两边的腮上还有一些微微的雀斑。这样的体态容貌，贾府上下，比她好看的丫鬟还有很多。只是，她心眼儿好，细心周到，不论行事还是做人都十分温柔可靠。并且，她有才能，也有见识，自重自爱，从不以此自傲仗势欺人，故而贾琏、凤姐、司棋等人对她尊重有加，一般的丫鬟、奴仆也不敢小看她。

又因她时刻陪伴在贾母的身边，加之贾母的不断调教，环境熏陶使然，贾赦眼里的鸳鸯，便成了模样是水葱儿似的标志美人，实可谓贾府里丫鬟中的丫鬟。

妾，在甲骨文里，上面部分是古代的刑刀，加上下面部分的女字，"妾"的本意是，有罪的女子。《元史》中记载："不孝有三，无后为大。宜令民年四十无子听取妾，以为宗祀计。朝廷从之。"先秦两汉时，妾还特指奴隶制度下，男性主人和女奴发生性关系，甚至使女奴成为专属于男主人的性行为对象。是传统社会里,"男尊女卑"的进一步延伸。

其实,女子沦为了妾,遭遇着这样尴尬的处境,不能只怪女子。古时,医疗技术落后,新生儿的存活率也极其低下。有的妻子不能生养,因怕绝后,妾就这样产生了。

那时,男人有个三妻四妾,是极为平常的事。可是,妾的身份对于女人来说,却是耻辱的烙印,贱若牛马。虽然,妾是家庭中的一员,但是一旦为庶,妾所生的子女永远会被打上庶的烙印。生前,为妾的她们,无缘晋封诰封诰命、节妇,更不能在和夫家有关的公众场合里抛头露面。就连死后,她们也不能和丈夫合葬一穴,牌位也不能归入夫家的宗族寺庙。而妾的子女,也和嫡出的子女所受的待遇差异甚大。早在唐代时,《大唐令》就明文禁止以庶乱嫡,指出立嗣当以嫡为主,无嫡立长。

妾是主人的私产,可以随意买卖,随意打骂,还可以当作礼物一般赠送他人。即使是将妾处死,所担的罪责也是极其轻微的,有的甚至被忽略不计。

既然妾可以如商品一般买卖,于是,穷苦的人便断了骨肉的情分,将女儿变作商品,不论她们愿意与否,也忍了痛,强行地卖给富有人家为奴、作妾,以此维生。

既是商品,为能卖个好价钱,成了商品的女儿,自小便被父母打磨着。宋时，苏州一户穷苦人家，从小便开始教女儿吹拉弹唱，为的就是待到长大后能卖个好价钱。确实，经了精心调教，这对父母将女儿卖给了一位富商，果然换得了四百贯铜钱。而这四百贯铜钱相当于一个普通佃户二十多年的租金。

妾有时也是礼品。还有的因为"礼品"而失了气节，丧了性命。西晋的石崇，因为不肯以宠婢绿珠转赠孙秀，而失了性命。苏东坡贬谪岭南时，因将自己诸多姬妾赠人，到了后来便有多人自称是他的遣妾的遗腹子。就连古代朝鲜，庶出的子女也需把自己的父亲、嫡母和嫡出的兄弟姊妹尊为主人一般侍奉。贾府里贾政之妾赵姨娘的子女，就是这样的处境。除却平常族中之人的冷眼外，庶出的贾环是没有继承权的，就连贾家四春里的探春，也因是庶出的身份，难以找到门户相当的人家。

贾母身边的鸳鸯，不是买来的。她也有父有母，并且，她的父母没有将她商品一样地随手转卖。只是令她和父母们一样，在贾府里为奴，为贾家的人效命。

贾赦纳妾，并不是为了子孙后代。他只图享乐，而且他来势汹汹，有不将鸳鸯弄到手，誓不罢休的决心。只是，贾赦一贯在外作威作福，能够掌控得了鸳鸯的人，但却无法控制鸳鸯的心。

因为,这个头发胡子都白了的老色鬼,自始至终就没有得到鸳鸯的半点好感。

《大学》曾说:"所谓治国必先齐家,其家不可教,而能教人者,无之。"贾赦虽是贾府的长房,荣国公的嫡孙,身上还袭着荣国公世职"一等将军"的官衔。理应担起立业成家的重任,去扭转贾家这个摇摇欲坠的衰败相。可贾赦见识短浅,器量狭小。不仅不务正业,而且还蔑视读书,对子女也极不负责。迎春由"公府千金"沦落为"蒲柳下流",成了为孙家抵债的赌资而被迫嫁给孙家,后被折磨致死。他就是罪魁祸首。不论府上的事还是府外的事,贾赦一概不管,一应大小事务均由小儿媳妇王夫人打理。

元春省亲前,贾府在热火朝天地大修省亲别墅。而贾赦却躺在家里睡大觉,由他负责的事,也是等着贾珍去回禀。需要跑腿的,他便传呼贾琏、赖大等。一副事不关己、高高挂起的架势。

不仅如此,他也不安心做官,整日吃喝嫖赌,一看到稍有些平头正脸的姑娘就不放过。本来屋里就已经有了嫣红、翠云等数个侍妾。但他还不满足,因见鸳鸯有些姿色,而且又是贾母身边的红人,便又打起了她的主意。

虽然和府上的那些到了年龄拉出去配小子的丫鬟们相比，在这样的大户人家作妾，其待遇自然要比那些配到外面去的丫鬟们好许多。只是，有一些人生来就不愿意被人轻易驾驭，脾气秉性也容不得他人侵犯。尤其在贾赦这类人面前，鸳鸯更不愿意在这样的糜烂富贵里迷失自我。

"夫妻本是同林鸟，大难来时各自飞。"不论是男女，不论长幼尊卑，婚姻世界里的男女双方，应是彼此的唯一才能长久。作为贾赦妻子的邢夫人，贾家长房长媳、贾赦的正室夫人，对于丈夫这样毫无节制的娶妾纳小，理应加以制止，训斥丈夫的无节制。可邢夫人无动于衷。不仅无动于衷，而且还帮着丈夫助纣为虐。

虽然下贱为奴，在贾赦的淫威面前，鸳鸯却表现得不卑不亢。

见鸳鸯毫不动摇，邢夫人便亲自出马了。邢夫人这样对鸳鸯说："只要你进了贾家的门，我们就给你开脸，封你个又体面又尊贵的姨娘。再过个一年半载，如果给我们房里生个或男或女什么的，你就和我并肩了。同时还能够遂了他素日心高志大的愿。"

帮自己的丈夫去讨小老婆,还要在"小老婆"的面前低三下四。不知邢夫人在这样说时,心里是怎么想的,又是怎样的一番滋味。

或许,是为了那贤德的名声。作为正室,人前邢夫人不论有怎样的不快,她也只是把不满的情绪埋在心中,硬着头皮去帮丈夫。

亦或许,邢夫人也有自己的难处。她无儿无女,又是贾赦的填房,并且她禀性愚弱,也不善理家。因为只知道奉承丈夫,所以家中的一应大小事务,均由贾赦摆布。她虽是贾家的大儿媳妇,可是她的娘家并不富裕。因要补贴娘家,出入的银钱一旦经了她的手,便被克扣多半有进无出。府上的儿女奴仆们,也是对她不理不靠,谁也指挥不动。不仅没有讨得婆婆贾母的欢心,也没有实际主事的权力。就连自己的儿媳妇凤姐,也一样无视她的存在,去奉承贾母、王夫人等人。

强娶鸳鸯,其实心怀鬼胎的贾赦,心里也在盘算。因为,大权在握的鸳鸯掌管的是贾母的财物,可谓贾母的半个当家。平日里连凤姐都要让她三分,贾琏见了她还要叫她声"好姐姐"。贾琏和凤姐在缺钱时,也曾多次求了鸳鸯,帮他们弄出些贾母的"体己"。于是,贾赦便在心里这样想着,若能得到鸳鸯,贾府那偌大的家产,不说全部,至少一半也能稳稳当当到手了。得到了贾府的这一半,那边一半当然也不在话下了。

不过,令贾赦没有想到的是,鸳鸯不肯。不仅不肯,而且还态度十分强硬。

见鸳鸯无动于衷,丈夫贾赦又一脸丧气。为了讨好丈夫,邢夫人便主动找来了鸳鸯的哥哥和嫂子,在他们的面前说合道:"你妹妹嫁入贾府,虽是做小,但总算是攀上了一门子贵戚。"

果然,得知了"喜讯"的鸳鸯哥嫂,不仅喜出望外,而且还兴兴头头地把这当作了一件天大的喜事。

邢夫人煞费一番好心,但令她没有想到的是,鸳鸯对于她的嫂子,从来就没有正眼瞧过。得知了嫂子的来意,鸳鸯也顾不得什么长幼尊卑、主子与仆人了。她照着嫂子的脸死劲地啐了一口,骂道:"你给我快点夹着屁嘴离了这里,成日家羡慕别人家的女儿作小老婆。你们就是想仗着人家的势力横行霸道,如今你们看热了眼,也把我往火坑里推。我好时,你们自封舅爷,横行霸道。假如我不得脸败了时,你们就把脖子一缩,生死由我!"

窥视贾母身边的人,又因有夫人的推波助澜,贼心不死的贾赦便又增添了几分勇气。为了得到鸳鸯，平素就是为所欲为的贾赦，拿出了不达目的、誓不罢休的架势，定要和鸳鸯决战到底。

在鸳鸯这里碰了钉子，吃不到葡萄说葡萄酸的他便找来了鸳鸯的哥哥金文翔，一边威胁金文翔，他还一边四处散播谣言说："自古嫦娥爱少年，她肯定是嫌我老了。大约她恋着府里的少爷们，多半是看上了宝玉，恐怕还有贾琏。如果她有这样的心，也劝她早点算了吧。我要她不来，看今后谁还敢收！这是其一。其二，现是老太太疼着她，将来自然到外面作正室夫人去的，这也甭想。凭她嫁到谁家，也难出我的手心。除非她死，或者我死，或是终身不嫁男人，我就服了她。"

之前，不愿做妾的鸳鸯，先是用沉默表示了拒绝。可是说合的人接二连三，而且还遭到了贾赦的如此威逼，于是鸳鸯也烦了。她干脆直接回绝贾赦："别说大老爷要我做小老婆，就是太太这会子死了，他三媒六聘地娶我做大老婆，我也不能去。"

或许，年轻的鸳鸯早已心有所属；亦或许，贾母对贾赦的一贯偏见，也一同潜移默化地影响了鸳鸯。贾赦虽是贾家的长子，但是贾母却不将家业传给贾赦，平素也是跟次子贾政一同居住。无疑，贾母的态度让鸳鸯对这个年过六旬的老头子的无理纠缠，又徒生了几分厌恶。

有些悲愤的鸳鸯还继续道:"我这一辈子,别说是宝玉,就是宝金、宝天王、宝皇帝,横竖不嫁人就完了。就是老太太逼着我一刀子抹死了,我也不能从命!"

见贾赦一脸凶相,毫不畏惧的鸳鸯还说:"老太太在一日,我一日不离这里。若老太太归西去了,他横竖还有三年孝呢,没个娘才死了他先收小老婆的!等过三年,知道又是怎么个光景,那时再说。纵到了至急为难,我剪了头发做姑子去,不然还有一死。"

"十里平湖霜满天,寸寸青丝愁华年;对月形单望相互,只羡鸳鸯不羡仙。"这是电影《倩女幽魂》的主题曲,也是剧中男女主角相情依依地在窗下读书习字的一组温馨的画面。或许,常伴于贾母身边,被贾府最高权威的光环笼罩,二八年华的鸳鸯,眼界与心智自然比一般的丫头要高出许多。青春年少,鸳鸯也曾凡心偶织。她也期望着有个美满的婚姻,能和心中原来的那个他,情意甚笃,白头偕老。

只是,贾赦忘记了,鸳鸯是贾母身边最为得力之人。贾母曾将自己身边的袭人和晴雯给了宝玉,将紫鹃给了黛玉,唯独将鸳鸯留在了自己的身边,令其寸步不离左右。所以,贾赦的这个小算盘,无异于在太岁头上动土。

痴心妄想的贾赦与邢夫人依旧不知悔改,他俩天真地认为,纳妾之事易如反掌。而且,仗着自己高官厚禄的显赫家业,鸳鸯再点个头,就没有什么办不成的事。娘家人的说合不成,他们又去找凤姐,结果被凤姐一句"拿草棍去戳老虎的鼻子眼"一棒子打了回来。

当着邢夫人、王夫人、凤姐、薛姨妈、宝钗姊妹等人的面,悲愤不已的鸳鸯拉着她的嫂子一齐跪在了贾母的面前。她一边哭,一边向在场的贾母说清了事情的来龙去脉。

鸳鸯的一番哭诉,让众人识破了贾赦等人的诡计,贾母也气得浑身乱颤,并颤颤巍巍地一边挂着拐杖,一边直骂贾赦与邢夫人:"我通共只剩了这么个可靠的人,你们还来算计我。"

又见王夫人在一旁,便也指着王夫人骂道:"你们原来都是哄我的!都是外头孝敬,暗地里盘算我。有好东西来要,有好人也来要。现在我就剩了这么个毛丫头,见我待她好了,你们自然气不过,想弄开了她,好摆弄我!"

为了表示决心,手持剪刀的鸳鸯,还顺势撕下了头上的青丝,低着头就是一剪子。

所幸，在众婆娘丫鬟的阻拦中，鸳鸯只铰去了其中的一缕。因她的头发众多，也铰得不透，其余散乱的乌发，又被丫鬟们绾了回去。

鸳鸯本是贾母身边的人儿，棋子一般无比忠诚地想贾母所想，行贾母所思，贾母同样也会许给她一个美满的未来。只是，贾母忙碌，孙儿女们的事还没顾过来，自然也没有轮到鸳鸯的头上。借贾赦的强娶，指桑骂槐的贾母不仅警告了贾赦与邢夫人的图谋不轨，又借机训斥了在贾府里散布"金玉之说"的王夫人和薛姨妈，令她们趁早打消了那所谓的"金玉姻缘"的幻想。最后，为了息事宁人，贾母用一万八千贯钱让贾赦另买丫头，平息了此事。

老色鬼的如此逼迫，鸳鸯只得这样断绝了情缘，将所有的依靠归入了那清净的青灯古佛。只因贾赦的逼迫强娶，未曾离开贾母半步的鸳鸯，便在这样的威逼之下，明了此后的人生。

此际红尘，虽然只有短短的数十载，但在每一个人的心中，都期望着自己人生美满。

从此，青春年少的她，便要在慈悲的佛前，如虔诚剃度的僧侣一样，了断情缘、斩断情丝。

二、李纨

诗曰：

况是早春偏日暮，李花尽落雨凄收。

竹篱茅舍唤鸡晚，帏帐鸳衾几度秋。

妆镜红妆儿女泪，卷帘看画俏梅幽。

膏粱锦绣纲常旧，只作砧敲妒五侯。

李花花白，花朵虽小，但密且繁茂。其花瓣，也如雪白的纨素那般，素雅、清新。

李花象征的是纯洁。警幻仙姑薄命司的厨册里，给李纨的代称亦是李花。

李纨本是贾珠之妻，位于十二钗正册，倒数第二位。搬入大观园后,李纨的住所名为"稻香村"。是一个分畦列亩、佳蔬菜花、竹篱茅舍般的农家景致。所以,李纨自称"稻香老农"。其生活行事也如归隐山野的贤士陶渊明,闲云野鹤一般地在繁华的闹市之中清心寡欲、自甘寂寞。

李纨是金陵名宦之家的女儿。父亲李守中,曾是国子监祭酒。国子监,是当时的最高学府,而"祭酒"亦为最高的学官。用今天的话来说,李守中相当于当今国内一流的大学教授,可谓书香门第。

成年以后,因了父母之命,少女李纨嫁予了荣国府长孙贾珠为妻,是贾政和王夫人的大儿媳妇。

只是李纨命薄。结婚短短二载,丈夫贾珠便早早地离她而去了。

因是玉字辈的媳妇,丧偶的李纨,便也和姊妹们一道,居于大观园中。只是,身在这膏粱锦绣之中,她的心却如槁木死灰,对外界所有事一概不见,一概不闻。

李纨虽然也识得字,但她却未管家。王熙凤因病不能管家,她也是和探春、宝钗三人一道代理其职的。而且理家的时候,李纨也是退居其后,只是做着些协助着探春、宝钗二人未尽的事宜。

李纨似乎无甚喜好,亦无脾气。园子里的女儿们办诗社、摆家宴的时候,清心无为的她也如保姆一般,守着这群青春靓丽、热闹无比的女儿们。

贾宝玉曾说,未出嫁的女孩儿是颗无价的宝珠,等到出了嫁,不知怎的就变出了许多毛病来,虽是珠子,却没有了原先的光彩,成了颗死珠。待到女孩儿变老时,珠子便不再是珠子,就成了死鱼的眼睛。

这样的话,用在别人的身上尚可。但用宝玉的"珠子理论"来评价李纨,便显得有些不太适宜。因为,同园中的其他女儿们相比,李纨这颗珠子,似乎从来没散发过光泽。

家教使然,自打来到人世,李纨身上本该有的活泼气和天真气,便在父亲森严的家教中被剥夺了。旧时,女子无才便是德。所以,李父不令李纨读太多的书,只令她读了《女四书》、《列女传》、《贤媛集》等等数部有关妇言与妇德的书。教她读书的目的,也只是令她识得几个简单的字,知道些前朝的贞洁贤女,长大后如何相夫教子。至于兴趣与爱好一类的,那也更不用说,是被李父一概禁止的。纺绩井臼是女儿的本职,所以,李父便给自己的女儿取名"李纨",字"宫裁"。

宋时的礼教里,女人的职责仅仅限于延续子嗣、相夫教子。人们要求女性不仅知书达理,还要含而不露。诗人王安石还曾著文赞颂一位守洁的齐氏:"虽时为诗,然未偿以示人,及终,乃得五十四篇,其言高洁旷远,非近世妇人女子所能为。"

李纨是识得字的。虽然不多,但她所识的字已足够她和园中的姊妹一起吟诗作赋了。元春回府省亲时,她也曾和姊妹们一道,为元春赋诗一首。但是,作为族中的长嫂,礼教使然,其言行举止,均要给弟妹们做典型的。故而此后,园子里不论哪次诗会,便再也不见李纨的只言片语了。

旧时,男女结婚的年龄不过十五六岁,而且作为丈夫的贾珠是在二十岁以前就完成了娶妻生子,再加上儿子贾兰五岁的年纪,当时的李纨亦不过二十一二岁。这样的青春年华,李纨也还不算太老。她幽闲贞静、人品极好,加之她颇有背景的出身,青年守寡的李纨是完全有条件再嫁的。

但是,她未曾离去,也不言再嫁。固守在贾家,她除了恪守妇言妇德,还谨遵着忠臣不事二主,好女不嫁二夫的教条。默默地抚育着儿子,不是陪侍小姑针黹诵读,便是侍奉贾母、王夫人等族中老人。并且,在寡居的日子里,贾家人中,也从来没有谁提起过她要再嫁,或者另择人家、重组家庭。

青春、容颜,还有本应属于李纨的诗情画意,在贾珠死去的那一刻,早已烟消云散了。

或许,是在虚空中体悟了世间的无常;亦或许,贾珠在世时,他们短暂的婚姻生活,已经给李纨留下了难以忘怀的深刻情谊。所以尽管贾珠早早地离她而去,她亦矢志不渝地默守着他们曾经在一起的点点滴滴。

宋代士人对女性的评价,柔顺、贤淑为第一美德。宋人杨时为李夔妻吴氏所写的墓志有言:"夫人生大家,而李公起寒素,夫人事之尽妇顺,能以清约自将,无骄矜气,柔明端静,人不见其喜愠。"南宋哲学家朱熹为李光妻管氏所书的墓志也评价为:"妇德之美,维顺以柔。"

在宋代,人们不仅要求年轻的女子要为亡夫守节,同时还要求丧偶的女人们一身孤苦、自立门户、教育子女成长成才。

独处是人生的难得境界。清静无为,独善其身,是佛法的修为里另一个人生境界。《大宝积经》中面貌秀丽、举止端庄温和的妙慧法师教会了人如何拥有佛法的超然领悟能力;《妙法莲华经》里娑竭罗王八岁的龙女潜心修佛的故事也在指导人如何修身,如何处世;《胜鬘夫人狮子吼一乘大方便方广经》中所讲述的胜鬘夫人波斯匿王的女儿远嫁阿踰阇国,并在所嫁之国成立佛化儿童的聚会,导引七岁以上的女孩来皈依大圣者佛陀的故事,亦在教人如何向善,如何自立。除此还有《佛本行经》以及《中本起经》里代替姐姐抚养太子直至成年的大爱道比丘尼,皆为佛门女众之中修为的楷模。

警幻仙姑的判词里,对李纨的描绘是一盆长势良好的茂兰,旁边立着一位凤冠霞帔的美妇人。兰,本为崇高、清雅、坚贞的象征。寡居的她,虽然时刻与园中的姊妹相依相伴,她的存在,却俨然大观园里专门为其中的女儿们立的一座活的贞节牌坊。

为使大观园里的女儿们个个贤德,贾府除了从小对其言教外,贾家的家长们更是视守节的李纨为活的德行典范。

在"女正位乎内,男正位乎外"的观念支配下,家,对于女人而言至关重要。因为,家是女人生活的主要场所,无论是待嫁的女儿,还是嫁为人妇的少妇,抑或是生儿育女的母亲,她们一律皆为家庭生活所影响着。而女人在家的地位如何、声誉几许,亦无一例外地影响着家中的其他成员。

为使这一美德发扬光大,旧时的人们便为女人订立了家法。例如,司马光撰写《家范》、《居家杂仪》;叶梦得撰写《石林家训》。如书法家黄庭坚那样用家书的形式,教育出嫁的妹妹在夫家的言行。抑或用诗歌的形式,撰写家法训诫蒙童。

宋人王十朋为了教育女儿遵守礼法,作诗曰:吾女何时见,熏风欲半时。年龄今稍长,礼法要须知。好读班姬赋,休吟谢女诗。萱堂有慈母,淑德可为师。

后来其孙女生日时,王十朋为使孙女学习历代女性的典范,光宗耀祖,又作诗:往岁王司业,初生嫡女孙。命名聊志喜,曰国不忘恩。日在元正次,身居辈行尊。愿如班与孟,贤淑振吾门。

王十朋的两首诗,旨在用西汉女作家加强妇德、妇容、妇才、妇工等方面的修养,规劝汉成帝勤政廉政的事迹,以及孟姜女千里寻夫哭塌长城的故事为例,教育自己的女儿、孙女要恪守妇道,遵从三从四德。

同样,在贾府这样一个家业庞大的皇皇巨族里,除却历史上诸多贤德女性的事迹,李纨无疑是被族中的长辈,尤其是贾母认可的贤德妇人中杰出的代表。

身在那人多口杂的贾府之中,寡居的李纨不与凤姐争权力,不在宝玉、宝钗的面前显才华,就连黛玉在生命的最后时刻,也是李纨在一旁默默守候。虽是寡居,但是她亲上悯下,恬淡做人,赢得了贾府上下的一致认可。这样的贞洁,实可谓光大了贾家门楣,为贾家的声誉挣足了面子。

　　李纨素受贾母夸奖。所以,当贾母觉得孙女们太多,一处挤着倒不方便,只留了宝玉、黛玉二人,且将迎春、探春、惜春三人移到王夫人房后的三间小抱厦内居住时,在由谁照顾这三姐妹的问题上,贾母首先想到的便是李纨。

　　同样,在元春省亲完毕,又在元春的旨意下,令府上的众女儿移居大观园居住时,曾经嫁过人,又是年纪最长且是单身的李纨,也在贾母的授意下,被破格安置在了大观园内,如若家长一般,照看着园子里的每一位姊妹。除此,因了她的贤,以及安守本分地教育儿子贾兰,故而,李纨每月的月银也与贾母、王夫人同级,比同辈的王熙凤要高出四倍之多。

　　水,虽是至柔之物,但它能随物赋形,最后可以填平一切。最为关键的便是它的博大与包容,征服了一切。

　　在对子女的教育上,贾家对李纨的做法尤为赞同。李纨把全副精力都投入到对贾兰的培养上,不仅督促贾兰读圣贤书,为科举考试做案头准备,而且还安排他习武健身,力图将贾兰培养得能文能武。园中的姊妹在吟诗作赋时,不是特别擅长作诗的李纨,所担负的责任便是观众一般地为姊妹们评诗。事虽简单,但是李纨却若一位慈祥的家长一般,在细心地陪伴着身边的儿女,在识文断字,做着有益心智、增加涵养的亲子互动。

费尔巴哈曾说:"真正的哲学不是创作书而是创作人。"相比一味敛财的凤姐,李纨不贪、不妒、不怨。虽然丈夫已早早地离她而去,但是独处的李纨没有凤姐的贪,也无可卿的淫,而是用实际行动践行着一个寡居的女人所应遵守的一切规矩。

周国平说,独处也是一种能力。能在浮躁的奢华中慎独慎行,要的不仅是安守自若的定力,更要于心灵、思想的不住修为。静心淡漠的她,虽然身在那锦绣膏粱之族,她却心无旁骛地抚育幼子、照顾姊妹,为贾府培育人才。

柔顺、孝勤俭、知书达理而不自显、果断刚毅、宽容不妒、忠义节烈,是传统社会里的士人们评判女性德行的戒尺。因了李纨的言传身教,黛玉、宝钗、迎春、探春、惜春、湘云等姊妹,虽然性格秉性各异,但是她们一律恪守家规,端庄正统。

或许,夜深人静的时候,心在禅室内,身在红尘里的李纨,亦会对那人人艳羡的男女情爱心存幻想。

只是,现在的她已身不由己。因为那些所谓的德与行,皆是当时的文人士大夫站在男人的角度,且是站在有利于男权社会的秩序的立场来规范和塑造的。

以身作则的她，给园中的姊妹们示范的是忠孝节义、持家有方、慈爱贤德的标准妇人的形象。只是，这样清心寡欲、与世无争、万念皆空的李纨，不过是贾氏族人为了光耀门楣而立在贾府之中的一块活着的贞节牌坊，是与园中的女儿们日夜相伴的一本行之有效的妇德教材。

可卿去世后，鳏寡的贾蓉没过多久，便续了弦，娶了胡氏为妻。还有贾珍，其妻尤氏也不是他的正室，而是原来的妻子去世以后，被纳作填房的。还有贾赦的老婆邢夫人，其地位也如尤氏一样，也是贾赦的填房。男人丧了妻，可以随意续娶，唯独丧了夫的李纨不能。

因为，从小在夫权观念下失去了自我的女人们，一律要牺牲生命、耗去青春地为代表男权的丈夫默守。

否则，便是为人所不齿的不贞、不洁。

三、贾惜春

诗曰:

身量未余逢世未,胭脂憔悴又几春。

寒梅数点妆园景,瘦雪偏争弄凡尘。

膝上娇儿曾入苦,觞中姊妹意可真。

堪偿逆旅倍心冷,空自皮囊灯下人。

《心经》曾说:"色不异空空不异色,色即是空空即是色,受想行识亦复如是……"每日,这短短二百余字的经文,我均会一边在口中心中默念着,并用蘸着墨的寸毫,在纸上默默地抄写数遍。

这样的抄写诵读,不为别的,只是祈望能用这样的方式,受了佛祖的感化,令自己浮着的心静下来,褪掉顽劣、褪去浮华,多一些予人为善的慈悲,少一点为世俗所垢染的贪念。

佛法即心法,善用心就是极乐,不善用心便是地狱。红尘之中,我们都是世俗之人,用一颗慈悲的心淡然地活着,不是遗忘,不是离别,而是放下不曾得到的。以自己的方式,恬淡地细数一生,有时难免会为了这样或者那样的蝇头小利而与人争得面红耳赤,或者为了那些所谓的颜面,而打肿自己的脸来充个胖子。

常常我也会扪心自问,作为一个世俗的人,名与利、成功与失败、得到与索取,何者为第一,或者是不是人生的唯一?

其实,人生一世,迷离的富贵也好,炫美的奢华也罢,都不过是过眼的云烟。

身在大观园中,身量未足的惜春是不善的。也许是环境使然,加之她扑朔迷离的出身,小小的她,虽然身在大观园,但心如同在地狱,没有一日开心。

抄检大观园的时候,面对直接冲进自己闺房的王夫人、邢夫人、凤姐、王保善家的等人,惜春不仅放开了手,让人逐一搜查自己丫鬟的物品,当王保善家的等人开始搜自己的东西时,年幼的惜春更是吓得不知所措地放手让人来查。

作为主子,这样的关键时刻,惜春理应挺身而出来设法保护自己人的利益。可是,事实却不如人的想象。往日里曾与惜春朝夕相处的丫鬟们,却在王夫人、王保善家的等人的盘问下,成了惜春的路人。

王保善家的等人在惜春的丫鬟入画的箱子里,寻出了三四十个金银锞子,一副玉带板子并一包男人的靴袜等一些无关大体的"违禁物品"。

当时,入画就吓得脸变黄了,并立刻下跪解释。

入画的父母在南方,平日里是跟着哥哥、叔叔婶婶一起生活的。又因叔叔婶婶只知道喝酒赌钱,怕被他们挥霍了,入画才只好把哥哥做小厮得来的赏赐,带进了园中,代为保管。

其实这种不足挂齿的小事,作为主子的惜春只需睁一只眼闭一只眼,便也大事化小、小事化了的。再或者,如她的姐姐探春那样,在凤姐等人面前拦一下,事情也就过去了。可是惜春身量未足,形容尚小,是一个没有经过世面的孩子,如何有这样的心机?

王保善家的一干人查抄时,惜春不但没有任何阻拦,而且还急于将"犯了事的入画"推给凤姐。她对凤姐说:"我竟不知道,这还了得!二嫂子,你要打她,好歹带她出去打罢,我听不惯的。"

如此不近人情，急得直哭的入画便跪着哭着向惜春求情，希望她能看在自己与主子从小一起长到大的情分上，不要将自己撵走。

这边在流着泪地苦苦求情，那边的惜春却一副大公无私的模样对凤姐说："别饶他这次方可。这里人多，若不拿一个人作法，那些大的听见了，又不知怎样呢。嫂子若饶他，我也不依。"

惜春这种态度，让在场的尤氏和众婆子们也纷纷替入画说情了。这事根本无关大体，而且也不是王夫人等的目的。况且，这些东西只是日常的生活所需，无害他人也算不得什么过错。私藏娘家的人的东西，只是入画一时糊涂，不知其园中的规矩，改了便是。

大家都希望惜春能看在主仆一场的分上留着入画，让她将功折罪下不为例。而且也说她不过是一时糊涂了，下次肯定是再也不敢的。念在入画从小服侍了惜春一场的分上，到底留着她为是。

因众人的劝说，惜春的态度才有了稍微转变。但当凤姐随口问了一下旁人，给入画传递东西的人是谁时，惜春赶紧不打自招地牵出了其他无辜，说必是后门张妈等人。

其实，这样无关大体的事，查出来了又何妨。可是惜春却说："不作狠心人，难得自了汉。或打、或杀、或卖，我一概不管。我只知道，保得住我就够了。不管你们，从此以后，你们有事别累我。"

这样的绝情，与同为庶出的姐姐探春相比，俨然是冰火两重天的两种态度。王保善家的等人在探春的房里检查的时候，探春便提前在屋子里做好了应对的准备。彼时，同是有主子在一旁看着，同是奉命前来抄检。可惜春的姐姐探春就是不让婆子们查，尤其是要搜查丫头东西的时候，探春将自己的丫头们护在身后，对着来人放狠话："这里是贼窝，我就是贼头子，要搜就搜我。"王善保家的掀探春的裙子，探春"啪"的一下，毫不客气给了王善保家的一个耳刮子。这样的强势，让探春不仅树立了自己的威风，同时也赢得了人心。

其实，维护自己的人面子就是维护自己的面子，予人方便即是予己方便。可是，少不更事的惜春看不懂，也悟不透。

众人都在劝解，惜春依旧固执己见。她不仅不帮自己的人说半点好话，且一味推脱责任，生怕连累了自己。为了将自己洗刷干净，忐忑不安的惜春还对尤氏说："古人说得好，善恶生死，父子不能有所勖助。我只知道保得住我就够了，不管你们。"

虽然，在凤姐等人看来，入画手中的财物，确实有些蹊跷。但是平素，入画和院中的张妈等人关系极好，从不以大丫鬟身份自居。虽然她不及鸳鸯、袭人她们精明能干，左右逢源，也不如迎春的丫鬟司棋为了丁点大的一碗鸡蛋砸了园里的小厨房，更不如探春的丫鬟侍书巧言利舌，还能在抄检大观园时将王善保家的一干人骂得左右不是。而且，入画手脚麻利，做事踏实本分，这样安静平和的丫头，不论换了哪个主子，都会喜欢的。

可是惜春不然。事情发生之后，作为主子的惜春不仅没有维护自己人的半点利益，还在事发当时，硬逼着凤姐将嫌疑人入画带走。被凤姐拒绝了，惜春又在次日请来了证人尤氏，将入画所藏的"赃物"让尤氏一一察验。一应行事，如同遇见了有毒的疮疤，定要除之而后快。

贾家四春中，惜春排在最末一位。她是贾珍的妹妹，母亲早亡，父亲贾敬又一味炼丹，别的事一概不管。作为宁国府贾敬的女儿，虽然家境殷实，但是家中的财产早已被身为哥哥的贾珍挥霍一空。作为哥哥的贾珍对于这个来路不明的妹妹也是从不理会。而嫂子尤氏，在妹妹年幼时，本应像李纨如父母般管教荣国府的迎春、探春，照顾其生活起居、读书识字、学习女红。可是她却对惜春如甩包袱一般，一并甩给了荣国府贾母后从此不闻不问。

同样是没有了母亲，可是远在苏州的黛玉，是贾母亲自下令，千叮咛万嘱咐，还差了专门的船只、护送的仆人接来的。而身份不明的惜春，好似宁府甩给荣府的一个包袱。无人关心，亦无人理会。这样的寄人篱下，其实比同是寄于贾府的黛玉还要凄惨。

贾母孙女儿众多，多一个，少一个根本算不得什么。但是，对待孙女儿们的态度，贾母却是亲疏有别的。贾母曾亲自出席宝钗的生日宴会，每年都给黛玉办寿筵，还有湘云等园中姊妹，每逢生日、及笄，贾母也定会出现。唯独惜春，既未见贾母有任何行动，也不见园中的人有什么表示。

惜春的亲侄媳妇秦可卿去世的时候，从贾家向外发告消息，到布置灵堂、七七四十九天亡灵超度，再到隆重的发表，整个丧礼，作为贾蓉的姑姑、秦可卿的长辈，惜春自始至终都没露过一面。

不仅如此，惜春之父贾敬宾天的时候，既没见人去通知惜春，也没有人看见作为女儿的惜春有何悲伤的表情，更没有人看见，作为女儿的惜春，为父亲服丧。所有的大小事宜，也是一

概地交给了外姓的尤家人在料理。

或许,这样的不闻不问,是因为小小的惜春自小就是泥菩萨过河自身难保。她从小就没有母爱,尚在人世的父亲也似有若无。偌大的贾府,除了收留她的贾母,从小到大她就没有得到过多少亲情。

来到这个世上,惜春所目睹的均是一派阴暗萧条的景象。大姐元春,虽然入了皇宫贵为贵妃,但是在那个见不得天日的地方,元春与家人不得相见,里面处处是争斗、时时有暗箭。浮萍一般,且无根基的她短命夭亡,那也定是后宫争斗的又一件牺牲品。二姐迎春,误嫁了中山狼,出嫁之后所遭遇的也是无休止的毒打和辱骂。还有庶出的三姐探春,待嫁前被庶出的身份所困扰,成年以后亦是如棋子一般远嫁他乡,从此骨肉分离音讯渺茫。还有园子里的姐妹、丫鬟们,也无一例外地如雨打花落一般,或被打,或被骂,是别人手中被任意拿捏的棋子。

一念浮生,满世凄凉。不曾感受过世间的人情冷暖,亦不曾经历过家中的繁荣景象。面对家族的日益衰败,人生,对于惜春而言,不过是寒冬里即将落去的夕阳,冰冷且无希望。

在长久的被忽略里,自卑的情绪便油然而生了。在五味陈杂的人生里,伴着家族的没落,无助的惜春又在深入骨髓的自卑之中，徒生了几许孤僻、胆小、怕事的特质。

心无所依，身在这个死而不僵的虚空之地，飘摇不定的彷徨，亦曾使惜春为自己找寻过一个可以栖身的立命处所。

惜春也曾试图融入到大观园的小社会中。园中的姊妹们组建诗社，惜春也参加了。并且，她也和园里的姐姐们一样，给自己取了个好听的别号"藕榭"。又在史湘云主持诗会的时候，慷慨地拿出几篓螃蟹作为资助。她的处所暖香坞冬暖夏凉，在她的精心打理下，院内红蓼花深，清波风寒。因为环境优美，园中的姊妹们还曾在这里举办过两场热闹的诗会。

只是，惜春并不工诗，并且才学疏浅。在由贾探春在海棠社发起的海棠诗会和由史湘云发起的菊花诗会，以及后来由宝玉发起的螃蟹诗会等数次集会中，她不是缺席，就是所作的诗不如她的姐姐们。尤其是在海棠诗会上，诗文水平不如他人的她，不但没有作诗，而且作为副社长的她，只落得个负责为在场的诗翁们"誊录监场"的闲职。

吟诗作赋，本是文人间的小把戏。于是，不合群、又不善作诗的惜春，在众姊妹面前又一次退却了。相比要讲究平仄、押韵、炼字、炼意的作诗，绘画或许更能表现惜春的才情。加之她爱画,不愿意作诗的她,便借着贾母命她作《大观园行乐图》的理由,干脆向诗社的社长李纨告假一年,去专心研墨作画,诵读佛经了。

如此,因了惜春的作画,大观园中,能够与她交流的人便越来越少了。除了邢岫烟外,与她关系密切的只有妙玉、智能儿等。

佛门之人,需要遵守"五戒十善",不结婚、不准私蓄财产、不打妄语等,有许多清规戒律。

带发修行的女尼妙玉本是仕宦人家的小姐,自小就受过良好的家庭教育,因为从小多病,不得已才皈依佛门。而且,妙玉家境殷实,平素也爱读庄子的文章,所以其言行举止,也如庄子那般超尘脱俗。

不仅如此,遁入佛门的妙玉,日常起居是有专人料理的。除了一身缁衣,她的一头青丝尤在。所以,这样一位带发修行的富家小姐,即使身在清静无为的佛门之地,所过的生活也较平常百姓家的女儿要好上千百倍。

自然,这样的生活,是惜春向往的。只是,一心想出家的惜春,身上满是世俗的烟火。而且,惜春无依无靠,既无雄厚的经济实力,亦无满腹的诗文才华,出家,只是为了逃避,并祈望着能够在那个虚无的世界里找到尊重、自信,以及渴望已久的温暖。

不自信的人,总是想用这样或那样的伪装来掩饰自己的不足。同样,房里出了入画这样的事,自称失了颜面的她便当着众人责骂入画:"这些姊妹,独我的丫头这样没脸,我如何去见人。"

她担心由此而起的风言风语,更担心有人在背地里说她的闲话。所以,一见凤姐在场,她便要凤姐快些带她出去。不但要将入画遣走,还断绝了入画在贾府最后的退路。

众人依然在劝惜春,泪如雨下的入画也在苦苦哀求。就连凤姐也替入画求情了。凤姐对惜春说:"她素日还好,而且谁人无过,这一次饶了她即是。"

众人的劝解,惜春还是不听。而且,唯恐瑕疵玷污了自己,她又在次日找到了嫂子尤氏,令尤氏将入画快些带走。同时还嘱咐尤氏:"嫂子若饶她,我也不依。"

尤氏说她是一个"心冷口冷心狠意狠的人"。惜春便说:"我不了悟,也舍不得入画。"态度依旧没有半点回旋的余地。

佛法里说，修行要清心寡欲，要六根俱净，对尘世之中的一切事务要放得下，看得开。但是佛祖也告诫我们，要慈悲为怀，要普度众生，要用一颗善良的心去感化世上一切的罪过。

贾家的"原、应、叹、息"四春，所对应的"琴、棋、书、画"四位婢女中，抱琴随元春一同入宫，主仆二人的命运可谓共荣共辱、同生同死。还有迎春的司棋，身为主子的迎春之所以保不住司棋，是因为司棋犯的是有辱家门必加严惩的死罪，且是抄检大观园的缘由所在，加之人证物证俱在，迎春实在是有心无力。还有探春的侍书，平素探春即在竭力维护下人的尊严和利益，故而抄检的时候，探春主仆数人才能够齐心协力地同仇敌忾，共同抵制。

最终，在惜春的一再坚持下，入画终于被成功地遣出了大观园。并以这种冷冷的用牺牲别人、成全自己的方式，维护了自己的清白，与那所谓的"责任"撇清了关系。

不知惜春是否想过，离了入画的日子，她在作画的时候，有谁还会在她的身边为她展纸磨墨、调色换笔。每日的起居，还有谁能够如此细心地为她梳头打扮，铺床叠被。

数十载的朝夕相伴，或许真的不值那张轻薄如纸的颜面。

或许，没有抄检大观园一事，惜春给人的印象始终是一种擅弄丹青、静贞自守的可人形象。怎奈，太虚幻境警幻仙姑处的那面风月宝镜，照的是人的本来面目。不论世间的人如何伪装、如何掩饰，只要到了这面宝镜面前，均会遁出原形。

修行也是修心，宽容大度，同时还要看得破也忍得过，方是一个出家人真正的品格。

四、妙玉

诗曰：

清心半缕绕檀香，淑质如兰逢剑霜。

玉斗烹茶飖绿盏，雪梅煮酒漾红汤。

直须雅趣逐尘世，一任芳思入乱瓢。

沤灭沤生终有序，倩堪梦醒许归乡！

《佛说施灯功德经》云："舍利弗,若有众生于佛塔庙施灯明者,得四种可乐之法。一者色身,二者资财,三者大善,四者智慧。"

慈祥的佛祖前,卑微的我们,其实都是世间一粒轻薄的尘埃。

但是,灌愁海边的三生石畔,化度为人的我们,无一例外地被世俗的尘渣所污染。不论是身,还是心,都算不得什么圣洁。

因了一日三餐的生活所迫,红尘里的我们均在为金钱、为名利,以及为着难以预料的未来所忙碌。不论男女,不论老幼,在快节奏的都市生活里,我们常常会被这样或者那样的欲望所左右。

生活在传统中的人,总是与传统有着千丝万缕的联系,身处清静的佛门之地的妙玉亦然。

僧侣身份使然,同样喜爱诗词的妙玉,与大观园里的热闹却无缘分。尽管她不能参与诗会,但是,妙玉依然是个作诗的能手,还被一向自傲的黛玉拜为"诗仙",且十分客气地向妙玉请教。

身居栊翠庵的她极通文墨,会作诗,模样又好,而且她眼界颇高,一般的人她基本都不予来往,内心丰富的她在园子里只有黛玉、宝钗、湘云、邢岫烟几位朋友。她过分追求洁净,刘姥姥仅在她的栊翠庵喝过一次茶,她便把刘姥姥用过的那只成窑杯子扔掉了。异类、不合群,似乎成了妙玉的代名词。就连成日在女孩子们当中厮混的宝玉也说她,为人孤僻,不合时宜,万人皆不入她的眼目。

如庄子一般超凡高雅，其一言一行便也较常人不同，加之她的才气，于是，妙龄女子妙玉，在同龄人当中显得有些鹤立鸡群。

虽然，宝玉对妙玉的评价颇显贬义。但是，一个仕宦人家出身的千金小姐，在如此孤弱的劣势下，没有向生活低下头，且用她天赋异禀的盖世才华，在竭力主扬独立、高洁的自我。想必，大观园里的女儿们没有几个能比得上的。

妙玉极其自尊。在进贾府之前，她便说"大户人家常以势压人，我再也不去的"。她不嫌贫，和家境贫穷的邢岫烟交往颇久，并且关系一直很好。虽然妙玉讨厌刘姥姥的肮脏，但在刘姥姥离开贾府时，却又把名贵的茶具送给刘姥姥，以资她卖钱度日。她亦不爱富，虽然身居栊翠庵，但她从来不主动与府上的官员、妇人有任何来往。就连贾府的最高权威贾母带着刘姥姥来栊翠庵吃茶的时候，妙玉也只是用着平常的礼节，用了那个成窑的小盖盅为贾母沏茶。而且与贾母一番客套之后，妙玉便反身拉着宝钗、黛玉，还有定会随之而来的宝玉一起，到了其他的屋子，煮了上好的水，同自己的知己一起品茶。待贾母和刘姥姥吃完茶要出栊翠庵，对于亲自而来的贾母，妙玉也并不甚留，而且，待她们离开了栊翠庵后，妙玉也是回身便把庵门闭了。

曲终人散时，湘云和黛玉便相约着到了那有一山一水，山势一上一下，并且月光里山和水一明一暗、一高一矮的凹晶馆里联诗作乐。皎洁的月光下，在寂寞中联诗取乐的黛玉与湘云你一言我一语地将题为《右中秋夜大观园即景联句三十五韵》的诗，一直作到了前面的二十二韵。

当黛玉刚刚联到"寒塘渡鹤影，冷月葬花魂"的时候，在月光里被那悠扬的笛声吸引了来的妙玉，此刻便从栏外山石转了出来，参与其中。

曹先生评价她"气质美如兰，才华阜比仙。天生孤僻人皆罕"。遁入空门，不是妙玉的本意。本是苏州人氏的她，原本出身仕宦人家，因为从小多病，买了好几个替身儿也不得好转，不得已才皈依了佛门。

"青青子衿，悠悠我心。纵我不往，子宁不嗣音？青青子佩，悠悠我思。纵我不往，子宁不来？"古往今来，研究红楼的人多说妙玉凡心未泯，且认为妙玉对宝玉有着非同一般的情愫。并且，曹公给她的判词也说她是："欲洁何曾洁，云空未必空。"

这样的评价貌似中肯。其实，佛门之中，除却那身素白的袈裟，妙玉的一头乌云，依旧代表着人间情愫。佛门之中的她，依旧属于尘世。

虽然身在佛门,妙玉所耳濡目染的,却皆是大观园里一个个青春年少、活力无比的青年才俊。而且,在不久的时日,这些与妙玉同龄的青春女孩儿皆会披上那美丽的嫁衣嫁作人妇。十八岁,正是花儿一般绽放的年纪,是心智与情感最为朝气蓬勃的时节,也是妙龄女子情窦初开的时候。又有哪个少女不多情,那个少男不怀春呢!更何况妙玉是因了病,迫不得已在寺里带发修行的。

童年没有家人的陪伴,古刹里封闭、单调、刻板,且生活清苦,使得妙玉不能如同龄人那样,可以随意欢笑,可以随意穿戴好看的服饰,拥有自己的理想,一切只能在清冷中四大皆空。

小说家玛格丽特·米切尔的《乱世佳人》里,女主角斯嘉丽原本也喜欢鲜亮的衣服,喜欢好看的首饰,喜欢戴花,喜欢有缀缎带加镶边的装饰品,只因丈夫查尔斯在军队中因肺炎去世,斯嘉丽从此便要披上那身黑色的丧服,需要和年长的寡妇一样,对任何事情均要漠不关心,不能谈情说爱,也不能跳舞,只能恪守妇道,寡言少语。

那身黑色的丧服,穿在斯嘉丽的身上,犹如一枚不太厚重的茧,湮灭了斯嘉丽所有的喜好。也因这身丧服,本是五彩的人生,从而失去了应有的光彩。幸而,在这样的困顿里,出现了曾经偷听斯嘉丽说话的瑞特。当着众人的面,瑞特不仅为斯嘉丽脱去了那身黑色的丧服,还带着她在慈善舞会上翩翩起舞。从而使斯嘉丽重获自由,并且有了新的可以选择爱的权利。

只是,这样的好事并不是每个女子都能碰到。妙玉身在佛门,披着袈裟的她不能如斯嘉丽那般,将不喜欢的衣服随意脱去。更没有一个人,如瑞特那样,为妙玉褪去袈裟,给她重新生活的勇气,令她从森严的禁锢里还俗归真,去想自己所想,爱自己所爱。

妙玉不入凡尘,自恃清高,还有良好的家学渊源,使得她博学而聪颖,不论是眼界,还是心智,均要比平常人高出许多。只是,即便如此,妙玉的活动范围依旧狭小,所结交的人也仅仅只有四类。一类是少时曾为邻居,且以师生之谊来往的邢岫烟;第二类则是佛法里的同道之人惜春;第三类则是同样孤高桀骜,并且志趣相投的黛玉;还有一类,便是那个尊重他人、厌恶人情世故、不追求功名利禄的"富贵闲人"宝玉了。

众人在芦雪亭联诗,只有宝玉才能向妙玉乞来红梅。宝玉过生日的时候,妙玉还以槛外人自称,向宝玉送来一张写有"槛外人妙玉恭肃遥扣芳辰"的拜帖。不仅如此,平日里对宝玉醋意甚浓的黛玉,还大方地接受了妙玉将自己平常使用的"绿玉

斗"给宝玉作茶具这件事。

无人的时候,妙玉亦在悄悄思考着那些凡间的爱情,尤其是那英气逼人、性情谦和的宝玉。其形象亦在妙玉的脑海里时隐时现。只是每每有这种情愫升起的时候,栊翠庵里,那袅袅的禅音,便会令妙玉不得不在佛祖面前深深忏悔。

西周时,不少青年男子被官府征调,充作了劳役和兵役。加之连年征战,被征调的男子御敌戍边,死伤者颇多,从而也导致了当时的男女比例严重失调。而那时的奴隶社会的婚姻制度,男需三十而娶,女需二十而嫁。凡是达到适婚年龄,而未能嫁娶者,还会受到旁人的歧视。故而,那时有不少适龄的青年女子对自己的终身大事急不可待、心急如焚。

而这样的婚姻制度,依然不属于妙玉。

庄子淡泊名利,主张修身养性和清静无为。而且,庄子的文章,充满着对世事的悲愤与绝望,哲学中所体现的也是退隐、不争、率性的思想。与庄子有关的既有天人合一和物我两忘的宇宙观,也有逍遥无待和顺应自然的生死观念。

栊翠庵里,闭门不出的妙玉需要在庵中斋戒诵经,需要静心打坐,还需清静无为,心无他念,书便是妙玉的良师益友。

妙玉爱读庄子的书,尤其是《杂篇·秋水》,还有庄子所著的

《逍遥游》《齐物论》等著作,它们用博大的人生哲理潜移默化地影响着妙玉。不仅如此,修为救治了病痛,庄子所提倡的修身养性、清静无为,亦与佛门清规里的"六根具净"一脉相通。

贝叶遗文,是印度人用贝多罗树的叶子刻写成的经书。作为佛教的发源地印度,虔诚的佛教徒将最为圣洁、最富智慧的圣人的事迹及思想用铁笔记录在象征光明的贝多罗树叶上,然后又在刻好的贝叶上涂上煤油,令其中的字迹可以显现出来,最后再用细绳将刻好的贝叶串联着装订成册,"贝叶书"便做成了。

传说,"贝叶书"可以历经千年不坏,而且数载之后,其中的文字仍然可以清晰如初,其中所载的知识也可以一并流传百世。

带发修行的妙玉自是虔诚的。为了亲睹观音遗迹和贝叶遗文,她便随了师傅从苏州来到了京城。又因元春回家归省,妙玉才被贾家的人聘买了来,作为元春省亲时皇族规定的必要景物之一,又因她特殊的身世,才被王夫人亲自下了请帖,又用车轿接了来,住进了大观园里的栊翠庵。

一为俗家,一为僧侣。而且同是"玉"字,黛玉的潇湘馆里有龙吟细细、凤尾森森的竹,妙玉的栊翠庵便有彤云冉冉、暗香缕缕的梅。她们一个住在清冷无比的栊翠庵带发修行,一个在春吹柳絮、繁花似锦的大观园依附过活。两人都是在长辈的万千嘱咐下,用专用的车船接进大观园的。除此,还有"玉"与"梅",同为道学与理学的高洁之物。这样的相似,浑如风月宝镜里的另一个黛玉。

只是,黛玉身在凡俗的尘世,有着充分的权利去享受人间的一切情爱。可是妙玉不能,尽管她的凡心未泯,喜爱俗家的一切,并且,也对宝玉有情。

但是,身在佛门里的她,只能将发乎的情止于"六根应净"的礼。

第二章 · 如锦烟花，容易绝

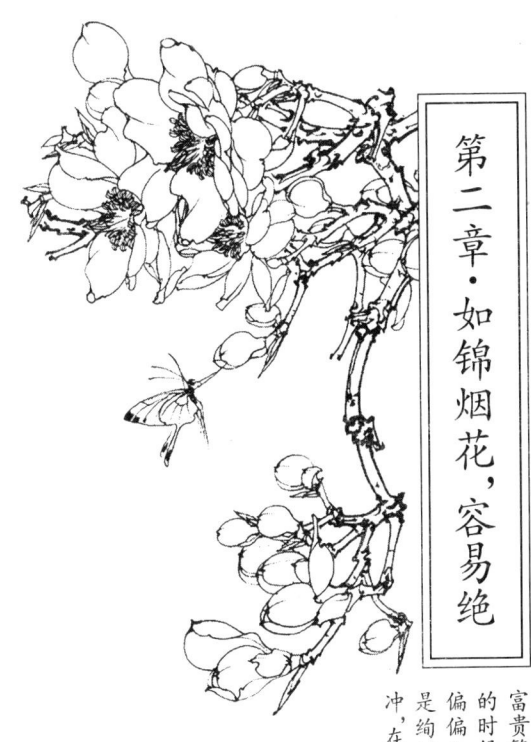

富贵繁华，不过是尘世里的过眼云烟。离开的时候，不论何者，都将归复为零。偏偏大多的人，看不透，放不下。明知前方是绚烂的刀山火海，却依旧在执着地往前冲，在执迷不悟地往里面跳。

一、秦可卿

诗曰：

兼美有行辞父苒，群芳圃内炼今生。

幻由幻自花心动，情不情缘月貌呈。

两鬓皤霜催暮走，一腔柔顺盼天明。

劝君忱念繁花盛，魂断天香忘可卿。

古画《燃藜图》描绘的是，汉代的刘向在黑夜里独坐诵书，一旁有手持青藜杖的神人，在用杖头的火光照着他勤学苦读的场景。

这样的画，意在教人如何勤学，如何做人。只是，挂在纨绔子弟贾蓉的房里，实在亵渎了古人的一片苦心。

所幸,这样的房舍之内,古画还有秦可卿的陪伴,才又有了些洞明世事、练达人情的感慨。可是,可卿为一弱女子,既不能像男人那样拯救济世,也不能博得功名,建功立业。这样教人奋进的古画,只会令待字闺中的女儿们无可奈何地掩面一哭。

贾家富足。作为贾家长房长媳的秦可卿,上有最高权威的贾母,高祖贾敬,公婆贾珍和尤氏;嫂嫂凤姐、李纨;中有丈夫贾蓉,姊妹黛玉、元、迎、探、惜"四春",兄弟宝玉;外有旁系王公、贵族等亲眷;下还有无数丫鬟、小厮、婆子等男女奴仆等等,人数多达三百人。实可谓,人口众多,关系复杂。

如此高位,其言行举止无不受到众人瞩目。相比于富足的婆家贾府,秦可卿的娘家,可谓家境微寒,生活贫苦。

可卿的父亲秦邦业原是京城建筑行业的营缮郎,也是享受着国家的俸禄。但与声名显赫的贾、史、王、薛四大家族相比较,秦家同样只能算作平常的百姓人家。

建筑行业其实也是一件油水颇丰的肥差。明清两代的工部,下设的四个司之一"营缮清吏司",主要掌宫室官衙营造修缮。而且,两座由皇帝亲赦修建的"国公府",在最初的奠基、建造时,也是由主管建造的工部营缮司秦邦业一手申报,一手建设的。

家境虽贫,在子女的教育问题上,两袖清风的秦邦业却言传身教地用"清正廉洁"四个字向子女诠释了自己为人处世的道德准则。建筑行业是一个油水颇丰的美差,可是秦邦业却办事公正、刚直不阿,从来不与世俗的污浊同流合污。

如此的家学渊源,加之父亲的亲身示范,小小的秦可卿,从小便养成了品格风流、举止娴雅、行事温柔和平的大家气质。她不但能识文,还能断字,而且在打理家族事务上,也得心应手、出类拔萃。

嫁入贾府,秦可卿也不负族中众望,在贾家做儿媳的不长时日里,不论人们猜测的她是养生堂里的弃儿,还是废太子之女的尊贵之躯,皆没有改变她受众人喜爱的形象。府上最高权威贾母,亦称她为重孙媳中,第一个得意之人。长一辈的,想她平日孝顺;平一辈的,想她素日和睦亲密;下一辈想她慈爱;就连家中的仆人也想她素日怜贫惜贱,慈老爱幼之恩。如若不是病着,她的精明干练,亦不在酸辣的凤姐之下。

原本,她与风月无干,而且家教甚严的她,一向视名节为生命。

可是,林子大了,什么样的鸟都有。尤其是在人口众多的贾府,各色人等可谓鱼龙混杂。就连那个性格豪爽、不拘小节的柳湘莲也这样评价贾府,说东府里除了门前的两座石狮子,其余没有一样是干净的。

确实,富贵繁华之地,长夜无期,人言可畏。一阵又一阵的冷雨相摧,任有何等的玉质的傲骨,同样也逃不过落红成泥的宿命。

旧时,男女结婚甚早。十四五岁,正如豌豆花一般绽放的年纪,不论怎样的女子,呈现给世人的都是俏丽、青春的活力。女儿及笄,便是成年可以婚配了。十九、二十来岁,正是旧时的女人年华最鼎盛的时节。容颜、神韵、风姿,皆是春日里迎风绽放的荼靡花,明艳得令人炫目。

旧时的男子,三十来岁的祖辈、四十余岁的上祖辈比比皆是。那时,世袭三品爵威烈将军,贾敬之子贾珍刚刚年过四十,正是意气风发的年纪。除此,其父贾敬一味好道,成仙心切的他,只将家中的一切事务交予儿子贾珍,便一头扎进了都外玄真观去潜心烧丹炼汞,家中、族中的一切大小事务,均不再过问。

少了父亲的管束,加之其妻尤氏是填房,作为妻子也无法管住丈夫贾珍的所作所为。以至于本就荒淫的贾珍愈发变本加厉了。进而,这个日渐衰败的"百足之虫,死而不僵"的家,到了贾珍的手里,被折腾来折腾去,也无人敢说半句不是。

可卿有宝钗的丰满,黛玉的风流,并且行事干练,人缘又极好。比起那些在烟花巷陌里朝夕相处的烟花女子们,要强过数千倍。这样的可卿在贾珍的眼里,自是一个不可多得的尤物。

借着近水楼台先得月的便利,贾珍哪管他什么道德伦理,还是长幼尊卑,便不失时机地偷偷窥探可卿的一切。

因了可卿是当家人的便利,他的那双风流快活的浊眼,无时无刻不在可卿的身上扫射。

凭着女人的直觉,可卿很快发觉了异样。公公垂涎儿媳,这是"不伦"的事。起先,愤怒的可卿竭力回避,并且,对于贾珍的种种恶行极端反抗。

她想要向人诉说,至少可以找到一个解决问题的方法。可是,这样的事又如何说得?即使说,这样一个人多口杂的皇皇大族,又该向谁去说?

可卿心软,惜着贾母疼爱、婆母的视若己出,还有丈夫贾蓉的颜面,一次又一次,她默默地忍了。

四十岁,正是男人意气风发的时候,数次的交锋,贾珍那成熟男人的魅力堪比一杯不经意就可将人致死的毒药。渐渐地,贾珍一次又一次无耻的纠缠,让可卿原本高筑的道德防线开始松懈了。

这日，借着商量如何为贾母做寿的由头，贾珍又乘机寻了来。

彼时，已是夜晚，儿子出门在外，要数日才归。天香楼里，刚刚沐浴完毕的秦可卿通体芬芳，闲来无事地就着一卷经书，跪在案前一字一句地诵读。直奔而来的贾珍，只是用轻蔑的眼光将两个贴身的丫鬟轻轻地一横，便径直走进了可卿的屋里。

作为男人，能娶得这样一个年轻貌美，而且又精明能干的女子为妻，贾蓉理应高兴才是。可贾蓉不，自打可卿嫁进府以来，贾蓉就没有喜欢过她。原因很简单，他们原本就不是一路人。吃、喝、嫖、赌样样俱全的贾蓉，与父亲贾珍是一路货色。而且，在贾蓉的眼里，这个女人太过正经，整日都是经济文章、人情世故，这些条条框框的教条，不仅令贾蓉头脑发涨，而且甚感乏力。

家教严格的可卿，从来不染指那些风情浪笑与淫词艳曲。沉稳端庄、协理族中事务，也成了贾蓉厌弃可卿不解风情和他在外享乐自在的绝佳理由。仅仅数月，新婚时的新鲜一过，男人天生的喜新厌旧便显露了出来，加之贾蓉的自卑心理作祟，从此，他宁可与那些烟花柳巷里的女子日夜为伍，也不愿意与那事事明理、积极向上的可卿有任何交集。

平日里,贾蓉无视可卿的存在。已然在妩媚的温柔乡里沉醉的贾蓉忘了自己是一个有家室的男人,成家立业、光宗耀祖才是他的责任。可他,也和父亲一样,只图享乐,喜弄风月。至于妻子,他根本就不理会。

种下的因,很快结出了不善的果。

数个月后,身体羸弱的可卿,妊娠的反应来得比谁都要强烈。先是眩晕,紧接着浑身乏力,进而精神倦怠呕吐不止,整个人也瘦得只剩了皮和骨头。

将为人父,这样的喜悦,换了谁都会高兴。可是,作为丈夫的贾蓉却是一脸冷笑。

即使是喜,这喜又从何而来?贾蓉的记忆里,可是碰都没有碰过她一下。

肚子里的孩子是谁的种,贾蓉心知肚明。但是身为儿子,面对这种不能说的丑事,他同样气愤。

而且这样一顶绿帽子,贾蓉是忍无可忍。只是,忍无可忍也还要忍。因为那是父亲的脸面,家族的名声。整个家庭的名声,只在贾蓉的一念之差。

不得已,贾蓉只得甩手出了宁府的门,经常十天半月地,久久不归。

在丈夫的狐疑中,无助的可卿只得独自咽下这样的苦果。太医前来把脉,可卿便一再向大夫暗示。喜,不能称之为"喜"。只能称为过不了七八月的"大症候"。

暗夜里,伤怀的可卿抚摸着腹中的胎儿。这毕竟是自己身上的肉,想要舍去,多少有些不舍。可小小的他或者她,来得太不是地方。因为一旦降临,这样的身份,便坐实了贾府乱伦的罪证。

一步一步地疏远,本无感情的贾蓉与可卿,夫妻关系更加形同虚设了。原本,贾珍垂涎可卿一事,作为婆婆的尤氏是知晓的。可心性软弱的尤氏,向来在府上就是做不得主的。丈夫这样地胡来,毫无话语权的尤氏也只得睁一只眼闭一只眼地由他去了。

"情天情海幻情身,情既相逢必主淫。漫言不肖皆荣出,造衅开端实在宁。"薄命司中,记录于警幻仙姑的厨册里的时间已然结束。

作为贾府的当家人,可卿对于府上的过度奢华、铺张浪费,其实是无比忧虑的。甚至,在闲暇的时候,可卿还为贾家想好了退路,比如,兴建家族学堂、多置田地等。但是,出了这样的

丑事,纵有万种宏愿,她也无暇顾及了。

孩子在一天天长大,前来诊治的大夫依然络绎不绝。眼看着,这样的家丑就要遮掩不住了。为了顾全家族颜面,摆脱贾珍的纠缠,来不及告别,对于人间的一切美好,本是无比留念的可卿,便携着一尺白绫,在天香楼黯然离去了。

消息一出,曾经在可卿的房里午睡过、并在梦里学会男女之事的宝玉,立刻口吐鲜血。整个贾府,阖府上下,无不纳罕。

子孙不肖,原本是与柔弱的可卿无关的。柳湘莲所说的"不干净",所指的其实也是贾家的那些文字辈、玉字辈、草字辈的后人们。可是,腐化的背后,男人所犯的罪责,到了最后,偏偏要一个弱女子来承担。

离别如此,或许是真爱,抑或是佳人离去的情不自禁,可卿的棺椁前,做了亏心事的贾珍如丧考妣。

为了弥补伤痛,可卿的葬礼可谓风光至极。也许是心中有愧,可卿的死去,令憔悴的贾珍哭得跟泪人一般,且需拄着拐杖才能行走。因为过于哀痛,所以无法办理丧事。贾珍只得请来了荣府的熙凤,倾其所有地任由凤姐胡乱打理。

哭成泪人一般的贾珍,不仅为逝去的可卿置办了一副千两银子也买不来的亲王用的棺木;花一千二百两银子,给儿子贾蓉捐了一个龙禁尉的官职,使逝去的可卿有了五品龙禁尉夫人的封号;送葬当日,百余乘车辆,浩浩荡荡三四里远的执事、陈设、百耍压地银山;沿途,东平王府、南安郡王、西宁郡王、北静郡王高搭的路祭丧棚,规格堪比皇亲国戚。

不仅物力耗费巨大,在人力上,他在宁府大厅停灵七七四十九日,请来了一百零八位和尚念经,为可卿超度亡魂。又在天香楼另设一坛,由九十九位道士打醮四十九日。

葬礼如此隆重,就连弱冠的北静王水溶,也赶了来,以示吊唁。

自此,警幻仙姑的薄命司卷册上,从此又勾销了一笔孽缘的情债。

擅风情,秉月貌,是败家的根本。带头作恶,荒淫爬灰,贾珍才是真正"败家的根本"!只是,人们茶余饭后的谈资里,有关风月之事的情孽,责任无一例外地又会推给无辜的女子。

其实,斯人已去,如此耗费,如此奢华,终究洗不去贾珍贪婪、好色的本来面目。

不论后来的贾珍,再作如何弥补,不过是为魂归青埂的秦可卿,平添了一层"莫须有"的罪。

二、贾元春

诗曰:

桂殿无边阡陌远,纵闱横墨锁华年。
金窗旧槛盛榴火,香屑琪花托杜鹃。
骄凤沐恩题九区,玉龙播雨润三妍。
庄生残梦成追忆,几度春秋亦惘然。

我从小就喜欢看凤冠霞帔的女子模样。童年时,每当小伙伴们聚在一起玩跳房子、捉迷藏的时候,喜欢安静的我总爱学着画那小人书里的古装女子,并且一画就是一整天,常常乐此不疲。

我之所以如此痴迷,不是因为那些身着华贵服饰的女子如何富贵、如何高高在上,而是喜欢画中的女子美丽婀娜的身姿、飘若仙袂的衣裙,还有那好看的头饰、发带。甚至,还天真地幻想着,有朝一日,我也能和那些古代女子一样,凤冠霞帔,金钗摇步,仙袂飘飘。

殊不知,当我成年以后,在读了有关皇宫、有关贾府,还有青埂峰下有关宝玉与黛玉的爱情故事以后,方才明白,那些在人前一个个看似风光的女子,背后其实都是满纸的荒唐和一把把心酸泪水。

那时的皇宫看似华美,其实是一个冷酷无情的冰冷牢笼。

一入宫门深似海,那些或被作为贡品、或被采选、或被掠夺而来的女子,一旦进入这个暧昧的是非之地,便从此与奴役为伍。

偌大的皇宫,既是皇帝的享乐之地,也是宫女们的受难之所。她们住的是低矮潮湿的耳房与偏房,从事的是受人鄙视的劳动,享受的是牛马一般的待遇,一旦染病,等待她们的便是被送到浣衣局里等死的命运。

贱若蝼蚁的她们,同时还是后宫的嫔妃们争权夺利的牺牲品。嫔妃生气时,她们是嫔妃的出气筒。后宫的争斗中,卑微的她们亦是主子们手里的一枚棋,棋的胜负,便是她们的生死。

她们没有人生自由，被选入宫后，她们要各司其职，未经允许，不可以在宫中随意穿行，也极少有可以回家探亲的机会。被选入宫时，她们皆是豆蔻年华，然而整个皇宫，她们所能接触到的，除了皇帝，便是那些徒有男人外表的太监们。自打进了皇宫，爱情从此也与她们无缘了。

她们当中有的在宫中耗尽了青春，直到乌丝变作白发，也无缘与皇上见面。待到出宫时，她们也大多亲人不在，家早已不是原来的家了。明代，有的宫女因为不堪压抑，密谋造反。事件的当事人嘉靖皇帝，差点被发怒的宫女用丝带勒死。试想，如若不是忍无可忍，有谁会舍了性命，孤注一掷地去铤而走险呢！

位于京城的四大家族之首的贾府的长女贾元春，因为贤孝才德，被选入宫中当作女史。后因她卓越聪慧、刻苦钻研，又被封为了凤藻宫尚书，加封贤德妃。

贵为皇妃，其待遇和境况远比一般的宫女、才人要好得多。只是，作为整个贾府的政治依靠，身在皇宫的贾元春所付出的艰辛与甘苦却无人知晓。

那时的贾府虽是"百足之虫，死而未僵"，但是偌大的贾府依然较平常人家来得富足。渺渺大士和茫茫真人在青埂峰下度化神瑛侍者下入凡间为人时,也曾对神瑛侍者说,要度他去的地方是一个风流富贵之地、烟花柳巷的华美之所。

冷子兴演说荣国府时也称,二宅相连的宁国府与荣国府,将东西整条街占去了大半。里面厅殿楼阁峥嵘轩峻,后边一带花园里面树木山石,也有葳蕤洇润之气。贾雨村的护官符上更是直言贾、史、王、薛四大家族"贾不假,白玉为堂金作马。阿房宫,三百里,住不下金陵一个史。东海缺少白玉床,龙王来请金陵王。丰年好大雪,珍珠如土金如铁"。

在这样的富贵人家出生的贾元春,自是生得珠圆玉润,贵气十足。只是,身在那明争暗斗的宫闱之内,虽然贾元春一人之下,万人之上,但是她没有杨贵妃那样集皇帝唐玄宗的万千宠爱于一身,也没有入朝为官的兄弟为她把持着朝中的势力,同时也没有分别被封为韩国夫人、虢国夫人、秦国夫人的众姊妹们,在后宫的各个角落布满了眼线,帮助自己竭力打击来自后宫的异己。

在宫中,势力单薄的元春虽然尽了全力,给摇摇欲坠的贾府暂时带来了"烈火烹油,鲜花著锦"的盛况,但是此时的贾氏子侄基业微薄,也无甚权力。族人现有的官位不是袭来的,便是花了银钱买来的,而且这些袭来的官职皆是没有实权亦无实能的虚衔。尤其是在清代的降等袭爵制度下,亲王降为郡王,郡王降为贝勒、贝子、镇国公、辅国公、将军;功臣外戚则是公、侯、伯、子、男如此传袭,直到爵位降无可降的事情时有发生。贾家的子侄们一个个不思进取、不善经营,所袭的官爵亦在逐代递减,且是一代不如一代了。

元春的嫡长兄贾珠早亡,弟弟宝玉不仅不肯读书,而且还整日在女孩们当中厮混,对于经济文章一概不闻不问。堂兄贾琏虽是同知,但是这样的官职也是用了大量的银钱捐来的。喜爱打牌赌酒,亦不肯读书的贾琏,如今只是依附着父亲贾政,帮助料理些居家买办、迎来送往的家常事务。还有大堂兄贾珍,虽然世袭三品爵威烈将军,但他生活极度放纵,恣意奢华。在为父亲服丧期间,他不顾体统地聚众赌博、宴请宾客。后因作恶多端,被人参奏革去了世职,被派往了海疆成了罪人。

除此还有元春的文字辈的贾敬、贾赦、贾政等长辈们,其中一位好道,每日只知与道士一起炼丹,最后因服食丹药中毒而亡。一位整日安富尊荣,一味贪恋玩乐,不务正业,对子孙也不加教育和管束,并且结交贾雨村,与贾政一府内斗,是加速家族衰败的始作俑者。还有一位,虽然身为工部员外郎,也深受儒家思想熏陶,孝顺母亲、为人拘谨,对子女的管教也十分严厉,但他悖时迂腐,庸碌无能。他也曾想做一个好官,只是他不谙世情,因受人蒙骗,致使自己得不偿失。

作为长姐,为了光耀门楣,扶持手足,元春也曾在未进宫之前,就手把手地教宝玉读书识字。入宫以后,元春也时常带出话来,令父母好生抚养,严加管教,且令父母对宝玉不能管教得过于迂腐,唯恐适得其反。除此之外,每逢佳节,元春亦要差人送出灯谜、口信等,敦促宝玉及族中男子要常思长进、勤奋立业。

如此良苦用心,元春的话却在娘家人的耳中被置若罔闻。奢靡、浮华、不思进取依然是贾府的主要基调。

为了迎接元春的归省,由贾府从东边一带,借着东府里花园起,转至北边,占地面积有三里半大的省亲别院,是由元春之父贾政亲自主持,由贾赦、贾珍、贾琏、赖大、来升、林之孝、吴新登、詹光、程日兴等数人具体操办的。

贾家的人历时数月,根据图纸重新建造了风格华美、耗资巨大的大观园。同时,为使省亲别院富于皇家风范,负责采办的贾蔷和贾云,还分别从江苏等地采买来了省亲晚宴演出用的二十出杂戏的戏子,诵经的尼姑、道姑。园子里的各处古玩陈设、仙鹤、孔雀、鹿、兔、鸡等器物畜禽也是一应俱全。所耗费

用，花钱如流水。

那年正月十五上元日，整个贾府自贾母等有爵者，皆按品服大妆。园内各处亦帐舞蟠龙、帘飞彩凤、金银焕彩。园中各处宝鼎焚的是百合香，瓶中插的是长春之花蕊。贾赦等在西街门外，贾母等在荣府大门外。在全府的等待中，街头巷口皆用帷幕挡严，静悄悄的竟无一人咳嗽。

其实，这样的等候，原本只是祖母盼着孙儿、父亲和母亲盼着女儿回家的平常幸福，只因她是帝王之妃，亲人相见时，元春时刻要保持皇家风范，纵有再多的思念亲情，也只能被有宫官在场的繁文缛节所替代了。

款款而来的元春，在以贾母为首的跪拜中，乘八人所抬的绣凤銮大轿舆回府。凤舆停在仪门往东的一处院落，元春在昭容、彩嫔的服侍下，入室更衣，后又上舆进了大观园。稍许，元春又在执拂太监的跪请下，弃舆登舟。一路上，呈现给元春的皆是处处灯光相映，时时细乐声喧，有说不尽的太平气象，道不完的富贵风流。尤其是清流一带，势如游龙，两边的石栏上皆有水晶玻璃以及各色风灯装点，灯内烛光亮如银花雪浪。岸边的柳树、杏树等各色树种，虽然暂时没有花叶，也一并用绸绫纸绢粘于枝上。每一棵树，皆悬着数盏灯，池中荷荇凫鹭，也为螺蚌羽毛之类制成。就连元春所乘的船,也系着各种精致盆景,并且珠帘绣垂,桂楫兰桡。各色的灯,加上水的倒影,在漆黑的夜空上下争辉,俨然一个水晶中的明亮世界。

一同陪伴元春归省的除了执事的太监,还有随元春一同进宫的抱琴、随行的侍女,还有答应、昭容、彩嫔等宫中女官。这样的归省,除去必要的君臣礼节,归省的一切行程,均在随行女官的监视下被一一记载着。说了些什么样的话,随行的女官也一一记录在案,待到回宫以后,一并向皇帝、皇后和内务府禀告。

成了皇家的人,对于父亲、兄弟以及族中男客,元春便只能隔着帘幕,端坐于高位,看着帘外的跪在地下的父亲、宝玉、兄长、叔伯等亲人,在向自己行君臣之礼。帘幕之内,元春虽然一手挽着贾母,一手挽着王夫人,三人满心皆有许多话,但说不出,只是呜咽对泣。

白头的祖母,年迈的亲娘,此时此刻,在头戴八尾凤钗的元妃心中,或许对于嫁入帝王之家亦是多有悔意的。只是为了整个家族的兴盛,元春已身不由己。

嫁入皇宫,虽然元春的身份为妃,其境况要好过那些为皇帝以及皇帝身边的女子服务的宫女,且锦衣玉食,还有专门的别院,有专人服侍。只是,与元春相对应的贾家,也是同身在皇宫之中的元春——荣俱荣,一损俱损的。

省亲,这场盛世繁华,只是上元灯节那晚短短的五个时辰。此后,贾府曾经的富贵景象便永久地停驻于此。元春在宫人、太临的监督下,起驾回銮了。也许此生终老,骨肉至亲将永难回还了,真是悲从喜中来。

与皇族联姻,以及元春的种种努力,依然没能挽回贾府衰败的命运。兴建省亲别院,还有为了迎接元春的归省,整个贾府已经家财虚空了。此后,又因元春下旨令宝玉和众姊妹一并到园中居住,为此,众姊妹进园以后,每个姊妹的住处增加了数个老嬷嬷、丫头,同时,除姊妹们各人的奶娘、亲随丫鬟外,还另有专管收拾打扫的大量奴仆,这都是一笔只出不进的沉重开支。

不仅如此,平日里,喜爱谋求利益、贪赃枉法的凤姐,为了那三千两银子,拆散了有情人金哥和她的未婚夫,间接使他们双双自尽;又因府中的仆妇鲍二家的与贾琏私通,就用手段逼其上了吊。此后,凤姐又巧用心机逼死了尤二姐,将尤二姐的未婚夫张华杀人灭口,这些事也为贾府埋下了一个重大的祸根。

其实，在祖茔附近多置田庄房舍地亩、完善私塾建设这两条保贾氏家族长远利益的良方，早在可卿去世时，就已托梦于凤姐。只是，这两项实施起来并不困难的建议，却在凤姐梦醒之后，在一如往常地享乐之中，被忘却得一干二净。

衰败一若失了支持的大厦，在不住地倾斜下去。因为财政上的入不敷出，凤姐和贾琏便求了鸳鸯，将贾母的金银家伙偷偷地运了出来典当。为了应付夏太监的有借无还，凤姐不得已变卖了两个自己的金项圈。为了增加营运，节省口粮，王夫人和凤姐、贾琏不得不商量着将出过力的老人家开恩放了几家出去，将各房里的使唤丫头该使八个的使六个，该使六个的使四个，逐级递减。就连被凤姐、赵姨娘看好的彩霞，也被凤姐如作包袱一般地配给了来旺家的小儿子。

为了节省开支，抄检大观园后，晴雯、蕙香、芳官、入画等与此次事件无关的丫鬟们，皆被逐了出去。闻知了消息的宝钗，也借故搬出了大观园。与此同时，贾家的老亲甄家因获了罪，也被遣回京城治罪。贾珍所在的宁国府，已赌博成风、喝酒戏乐者络绎不绝。贾府门前的大石狮子旁停满了前来聚赌的大车。往来于宁国府的赌徒们，称三赞四、恨五怨六之声不绝于耳。

月满则盈，盛极必衰。贾家一日不如一日的衰败气象里，作为贾家的先祖们，也在冥冥之中为自己的后嗣焦虑不已。借着中秋节前夜宁府的家宴，他们向贾氏族人发出了深深的凄凉叹息，又在惨淡的月色下，借着冷风将祠堂内隔扇开阖数度。

纵然如此，贾赦、贾政、贾珍、贾琏、贾宝玉、贾环等这些本可以支撑贾府脊梁的后人们，依旧在那灯红酒绿中执迷不悟。于是，中秋之夜往日里贾母的面前膝下儿女成群、子孙环绕的情景已不再了。渐近惨淡的景象里，李纨、凤姐病着不能前来参加荣府的家宴，宝钗姊妹也自抄检大观园之后便搬出了园子，在家与母亲团聚。坐在席上的也只有迎春、探春、惜春姊妹三人。厅前平台上的圆桌椅上，只坐了一半，下面的半壁却是空的。不仅如此，在家宴的过程中，从桂花荫里发出的呜呜咽咽、袅袅悠悠的笛声也使原本精神抖擞的贾母双眼朦胧，呈现出夕阳人将要离去的凄凉晚景。

此后，随着贾府持续性地有出无进，贾府愈加捉襟见肘。平日里，如白菜一般随意使用的人参，到了凤姐生病时，只乘了几枝簪挺粗细的根须。因为凤姐的药方调经养荣丸急需人参，所以贾府的人才不得不向家中的食客薛家去借。

衰败，一若僵死的百足之虫，在贾氏子侄的一再败弄下，已然被渐渐杀死。三春过后,曾经繁盛无比的贾府,变成了无比凄凉的没落残景。

显然,这不是身在深宫,并且用尽了全部心思争权夺宠的元春想要的结果。怎耐她身为女子,凤冠霞帔的她,除了在皇宫里眼睁睁地看着他们一个个醉生梦死,除了黯然地伤怀落泪,已别无他法。

三、薛宝钗

诗曰：

冠艳群芳解语花，从时随份任无瑕。

霜娥有意形和影，金玉无姻幕与纱。

滴翠亭旁停倩影，埋香冢外逝仙葩。

凝芳聚气白成冷，空对残园度韵华。

刻于金锁之上的"不离不弃，芳龄永继"与鏨于玉上的"莫失莫忘，仙寿恒昌"八字遥遥相望。

一为金，一为玉；一个属于宝钗，一个属于宝玉。

两者，皆是那两位衣裳破烂的癞头和尚所赐，并且宝钗之母薛姨妈王氏还声称，这把金锁，是等日后遇着了有玉的，方才可以结为婚姻。

只是,因了这样的吉祥谶语,并未应验薛姨妈的最初设想,而且还令本来亲密无间的宝玉与黛玉剑拔弩张,从此互相猜忌。

两情相悦的爱情里,岂能容得他人的涉猎。

幸而,来到贾府,嫁给宝玉,并非宝钗的初衷。而且,抱着与姐姐结为儿女亲家的薛姨妈王氏,来京的首要目的,是送女儿待选秀女,期望着能像贾府的靠山元春那样,富贵荣华,一人之下万人之上。故而,自从进入贾府以来,在亲眼目睹了宝玉与黛玉的爱情以后,薛宝钗是常常远着宝玉的。

薛宝钗生得体态丰满,肌肤白皙,并且举止娴雅,举手投足之间,皆有皇家之妃贾元春的风范。宝玉曾这样打趣她:"如杨贵妃那样'体丰怯热'。"当时,宝钗就恼了。

薛家本为皇商,是专为皇家宫廷采办各种物资的商者。故而,商人之间的尔虞我诈、投机取巧和恃强霸市,是为薛家掌上明珠的薛宝钗从小便耳濡目染。薛父在世时,因为酷爱宝钗,不仅令其读书识字,而且每遇采买大内物资,薛父也将宝钗带在身边。故而,宝钗自小便见多识广,阅历丰富。

为了能使薛宝钗顺利入选,来京之前,薛家也曾不遗余力地对宝钗进行了知识技能、为人处世、礼仪社交等方面全方位的培养。使得年轻的她对于历史、哲学、文学、艺术、医学,以及诸子百家、佛学理学都有着广泛的涉猎。其深厚的学养,是宝玉、黛玉及园中众姊妹所不能及的。

原本,这样的用心良苦,条件优越的薛宝钗,是可以如元春那样在宫中有一个美好的前程的。只是,那个薛家人在宝钗小的时候便开始为其编织的"皇妃梦",在宝钗之兄薛蟠的手里,却成了泡影。

选秀其实与美貌无关。到了挑选审核秀女的时候,适合挑选的女子便由参领、佐领、族长等,逐一审核后呈报至户部,由皇帝亲自确定选看秀女的时间后,待选的秀女才由本人父母或族中亲眷亲自带着送至紫禁城,依次用马车载着,排好队伍,由宫官逐一审阅。凡经太监挑选被记名的,才可再行选阅。否则,才能自行聘嫁。而且,未经阅看之女子及记名之女子,私自嫁人的,还要受到相应惩罚。

能够入选宫中成为秀女,除却待选的女子自身与良好的出身等外在条件以外,还要经过一系列烦琐程序。备选之前,待选的女子不得擅自抢先婚配。被革职官吏属员、八旗闲散人等、士兵之女、失父的孤女均不在送选的条件之列。除此,待选女子的家人的德行如何，也是选秀的条件之一。

来京之前，倚财仗势的薛家本是金陵一霸，薛宝钗之兄薛蟠与冯家为争买甄英莲，众豪奴便将已经付了银钱且准备接人过门的买者冯渊乱棒打死。那时，薛父早已亡故，加之宝钗的至亲哥哥薛蟠命案在身，按照当时大内的律例，原本勉强符合条件的薛宝钗，便因薛蟠的一己之私，被考察的判官"撂了牌子"。

因了这样的缘由，薛宝钗自打进了那人多口杂的贾府，便再也没有人谈起薛宝钗会何时入宫、何时参选的话题了。无限期的等待中，依然怀抱一丝希望的薛宝钗和母亲迟迟不肯离去。

那时，王夫人与宝钗之母的兄弟王子胜已擢九省统制，奉旨查边，并离了京城，别了王夫人到远疆上任去了。因为王夫人思念亲人，且对薛姨妈一家殷勤挽留，薛家从此便常驻贾府了。

倚仗着母亲、王夫人的庇护，宝钗给贾家人的印象是，稳重平和、颇得人缘。尤其是在王夫人的眼里，薛宝钗更是宝二奶奶的第一人选。抄检大观园后，因为当时的当家人凤姐病着，薛宝钗便以贾府当家人的身份，参与了贾府的日常管理。

这样的殊荣，其实是对薛宝钗标准好媳妇的默许。只是，远离皇城，如此平淡地嫁予平常人家的男子为妻，在志存高远的薛宝钗心中，其实是不屑于这样的结果的。尽管，薛宝钗所嫁之人的家境位于四大家族之首，所处的地位在京城也算得上是翘楚。但是，富足的贾府依然是不能和皇宫相提并论的。

或许，自己未来丈夫的人品如何、相貌几许，见多识广的宝钗在心中早就有了标准。力争仕途经济、考取功名、振兴家业的男子，远比成日和大观园中的女孩子们厮混，不知进取的宝玉强过数倍。只是父母之命，媒妁之言，大家闺秀的她在长辈面前纵有千般不愿，也不能说个"不"了。

从最初的逃避，到后来不由自主地接受，原因依旧是落选。待字闺中，宝钗的活动范围便是贾府。而宝钗所能见到的男性，亦只有宝玉。虽然宝钗先时称宝玉为"富贵闲人"，而且宝钗眼里的宝玉不喜读书，性格乖张。但是，与哥哥薛蟠、宝玉之庶弟贾环相比，这样一位衔玉而生的青年才俊，依旧是英气逼人、才貌双全的。

那时，宝玉、黛玉、宝钗正值青春年华，亦是少女怀春、少男多情的时候。加之大观园中由贾母、众姊妹以及各房举办的一次又一次的家宴，专门为薛宝钗举办的生日寿宴，还有，由园中姊妹轮流做东举办的诗会,朝夕相处之间,朦胧的情愫也在宝钗的心中渐渐萌芽了。

入宫落选,再把目标转向宝玉,这种退而求其次的默许,薛宝钗亦开始将远眺的目光收回到了大观园里。

宝玉因金钏投井和私藏琪官一事遭到了贾政的毒打,薛宝钗便带着治伤的膏药到怡红院探望宝玉。因见宝玉睁开了眼、开始说话了,宝钗劝宝玉要听大人的话,方才不致今日。刚说到"心疼"二字时,宝钗还红了脸,低下了头来不再说话。元春端午赏赐,唯独宝钗与宝玉的节礼相同。两串红麝香珠,是赏赐的物品当中宝玉和宝钗二人独有的。为此,不论何时,宝钗都将那串与宝玉相同的麝串戴在腕上。

夏日午时,宝钗别了黛玉,独自走进怡红院,欲寻宝玉去说话,以解午倦。那时,宝玉穿着银红纱衫子在床上睡着了。来了又不肯离去的宝钗干脆坐在睡着了的宝玉身旁,如小夫妻模样一般,拾起袭人还没有绣完的白绫红里兜肚,极其认真地扎着上面的"鸳鸯戏莲"的花样。因对宝玉有心,所以宝玉挨了打,宝钗盘问哥哥薛蟠宝玉挨打的缘由时,莽撞的"呆霸王"薛蟠也快口直言:"好妹妹,你不用和我闹,我早知道你的心了。从先妈和我说你有金,要拣有玉的才可正配,你留了心,见宝玉有那劳什子,你自然如今行动护着他。"

确实,在母亲的说合下,薛宝钗嫁予宝玉为妻,成为贾家二奶奶已经指日可待。进不得皇宫,治理贾府这样的小家,在薛宝钗的手中,便易如反掌。而且,来到贾府的不长时日里,薛宝钗便赢得了贾府上下一致的称赞。

人前处处示好,但是人后的宝钗却性格冷淡,处世圆滑,遇事波澜不惊。滴翠亭扑蝶,她不仅成功地在小红和坠儿的面前"金蝉脱壳",而且还成功地将偷听的罪责嫁祸在了黛玉的头上,使黛玉在无形中成了小红和坠儿的对头。

金钏坠井,只感到"奇"的宝钗,这样安慰王夫人:"她并不是赌气投井。多半她下去住着,或是在井跟前憨顽,失足掉下去的。她在上头拘束惯了,这一出去,自然要到各处去玩玩逛逛,岂有这样大气的理!纵然有这样大气,也不过是个糊涂人,也不为可惜。"把全部罪过都归之于金钏的"糊涂"。宝钗这样劝王夫人:"不过多赏她几两银子发送她,也就尽主仆之情了。"除此,为了笼络未来的婆婆,宝钗又大方地把自己平日穿的旧衣服拿了来,作为赏赐发送金钏。

贾母要给她做生日,问她爱听什么戏,爱吃什么。深知老年人喜欢热闹戏文,爱吃甜烂的食物,便按贾母平时的爱好一一回答。为了讨得贾母欢心,她又奉承贾母:"我来了这么几年,留神看起来,凤丫头凭她怎么巧,也巧不过老太太去。"这样的甜言蜜语,果然得到了贾母的大大夸奖:"提起姊妹,从我们家四个女孩儿算起,全不如宝丫头。"

湘云要做东开诗社,宝钗因怕湘云花费而使她婶娘抱怨,便资助湘云宴席、酒水,帮助湘云办了螃蟹宴。因此,心直口快的湘云这样真心地称赞宝钗:"这些姐妹们,再没有一个比宝姐姐好的,可惜我们不是一个娘养的。我但凡有这样一个亲姐姐,就是没了父母,也是没妨碍的。"

她又设法拉拢黛玉,且为病中的黛玉送去了燕窝、糖片等物。从而使单纯的黛玉消除了对宝钗的抵触,视宝钗为知己。

薛蟠从江南贩了货物回来,给薛宝钗带的笔、墨、纸、砚、香珠、扇坠、酒令、泥人等物,薛宝钗一并分送给园中姊妹。同时,还给受众人鄙视的贾环和赵姨娘送了一份。对此感到十分惊喜的赵姨娘便夸奖宝钗:"怨不得别人都说那宝丫头好,会做人,很大方,如今看起来果然不错。她哥哥能带了多少东西来,她挨门儿送到,并不遗漏一处,也不露出谁薄谁厚,连我们这样没时运的,她都想到了。"同时,宝钗亦与宝玉的丫鬟袭人交好,以至于借着袭人的口,宝钗在得了贾母的夸奖之后,又再一次向贾母、王夫人等展示了自己会打络子的才能。

薛宝钗见多识广,从不"妄言轻动"。平日里,薛宝钗一本正经地教训黛玉不要看人所言的"杂书",以免"移了性情"。其实较黛玉年轻许多的时候,宝钗自己已将《西厢记》和《牡丹亭》等书籍倒背如流了。黛玉的潇湘馆中,湘云从莺儿处偷偷截来了一张当票,以为是个账单子,黛玉也不识得,众婆子们也一并卖关子不肯说。而宝钗却知道那是何物。因为,宝钗的家里就开着当铺,而这张当票就是从薛家出来的。

凤姐评价宝钗"事不关己不开口",但是只要宝钗一开口,便是一语中的的。她口口声声称"女子无才便是德",但她却时刻关注皇妃贾元春在诗词造诣上的喜好。元春省亲时,考验园中姊妹诗文才学,她却不失时机地以诗为媒,向元春大献殷勤。

争即是不争,不争即是争。在情敌黛玉的面前,薛宝钗始终以一个随份从时、顾全大体、对于一切事务皆冷眼旁观的态度在沉默地应对。在贾府众人的面前,宝钗也总是以一种平和稳重、与世无争的模样示人。

自然,这样不露声色地以静制动,赢得了贾家上下的一致好评。以至于贾母也不得不夸奖她稳重和平,且从不称赞别人的赵姨娘,也开始拿受贾母宠爱的黛玉来作比较。

群钗能治国，襟怀亦高远。这样的出类拔萃，薛宝钗终于如愿以偿地走进了贾府，成了贾宝玉的妻。但是，因为哥哥的失"德"而被迫落选，位于宫门之外的薛宝钗内心深处的失落，却若那随风而逝的落花，愁绪满怀无释处。

四、尤三姐

诗曰：

纷飞桃叶柔风碎，霜剑消磨始恨愁。
著意圖图非尔愿，力除俗弊任情流。
难书薄命写瑕垢，有信红颜书泪泅。
折柳折心逐烟月，别思青埂勿烦忧。

她是尤氏继母的女儿，是在宁国公贾演之孙、京营节度使世袭一等神威将军贾代化次子贾敬突然宾天由族人料理其丧事时，在继母的带领下随姐姐尤二姐一同来到富贵繁华的宁国府的。

原本她与风月无干，可是命定的运数里，偏偏令她失了名节,命归黄泉。那时,贾府实际大管家凤姐因病不能外出,媳妇李纨需要照顾园中的姊妹走不开,宝玉不识事体不能担当,还有贾琏、贾珩、贾璎、贾菖、贾菱等后世子侄们各有执事不能出面,偌大的贾家仅有尤氏一人在府上四处张罗。

由于尤氏出面,偌大的宁府便无人看家。为了两全,尤氏才将自己的继母接了来,帮忙暂时料理。彼时,三姐和二姐均未出嫁,无人照看,如此,三姐才被尤氏的继母带进了贾府。

只是,偌大的贾府,外表看似光鲜,实则内部虚空腐败,不雅、不洁、不贞等等一类与风月有关的事罄竹难书。身在其中,不论什么样的人,什么样的事,均会打上污秽的烙印。

三姐风流,模样标致,且爱美的她喜爱将自己打扮得风姿绰约,分外妖娆。于是,这样妖艳的花朵招来了多事的蜂蝶。

比如,尤氏之夫贾珍、其子贾蓉之流。因为,尤氏是贾珍续娶的妻子,平日里,尤氏的话,放荡的贾珍根本就不会听的。还有继子贾蓉,有了这样的父亲来做榜样,也上行下效,不予理会。至于兄弟贾琏,也是与贾珍臭味相投。

无人能管的宁府里,三姐和二姐到后不久,垂涎美色的他们便不请自来。个个都想挑逗,人人都在打算据为己有。

首先是贾蓉，家里理丧，本就人多事杂，这个全然不顾体统的大家公子哥，却无视丫鬟、仆人在场，拿自己的父亲同尤二姐调笑。随后，又和二姐抢砂仁吃，被二姐吐了一脸的渣滓。一旁的众丫头看不过，朝他理论几句，他便撇下二姐抱着丫头心肝、肉儿地乱亲。

年轻的贾琏更加狂妄，得知贾珍贾蓉等素有聚麀之诮，便乘机对二姐和三姐百般撩拨。同时，他还乘着尤氏带着二姐三姐在正室居住，其余婢妾都随在寺中的机会，借着替贾珍料理家务的由头，对尤二姐左右勾搭。

几番诱骗，几度眉目传情，心领神会的尤二姐便与贾琏互定了衷肠。

同时，贾琏又在国孝家孝之时，瞒着病了的凤姐，先下手为强地用一乘素轿和一些积攒的私自用度作为聘礼，将贪恋富贵的尤二姐廉价地娶了来，收做了二房。打算共育子嗣，延续香火。

还有贾珍，父亲宾天，作为长子的他理应素服、禁欲、禁酒，不事歌舞、不言嫁娶地为父服丧。可他照例借着铁槛寺未完的佛事，跑到贾琏与尤二姐的私宅，对与姐姐一同居住的尤三姐挨肩擦脸，百般轻薄。

女人，在贾珍之流的眼里，不过是可以玩亵、可以放纵欲望的活的玩偶。加之，这样两位貌若天仙的姐妹，家境贫寒，无甚根基，漂若浮萍。

对于没有得到的猎物，纵有登天的难度，他也会使出如蜜的巧言。情在浓时，人不论怎么看都是美的。更何况，那时的凤姐已病入膏肓。于是，贾琏便这样哄骗二姐，只等家里的母夜叉一死，便将二姐接了进去扶做正室，一同过活。

几番花言巧语，天真的尤二姐便信了。不仅自甘堕落地对贾琏百般顺从，还天真地将其视作自己的终身依靠。

姐姐的德行不检，作为妹妹的，态度却截然相反。三姐本就敌视这样的一路货色，加之贾珍等人有失尊严的不断羞辱，三姐已怒火中烧。可是，在这样一个富贵极盛之地，三姐不得不慎之又慎。对于贾珍等人的轻薄无礼，只好忍了又忍。可是，一味迁就，便成了姑息放纵。而且，如此轻易得手，又无防备，贾珍便得寸进尺了。

反抗，一如破了皮的脓疮，在贾珍、贾琏又一次不请自来，贾珍想对三姐无礼挑衅时，蓄积已久的报复终于爆发了。

那日晚时，已酒过三巡，借着微醺的酒力，三姐松挽着头发，半开半掩地敞着大红袄子，目无旁人地令自己的葱绿抹胸和一痕雪脯暴露在外。还有两个耳坠、一双凤眼，也打着秋千一般在贾珍、贾琏的面前乱晃。她一时阔论、任意挥霍，一时玩弄女人一般地搂着贾琏的脖子强行灌酒，还指着他们大声痛斥："你不用和我花马吊嘴，清水下杂面，你吃我看见。""你别油蒙了心，打量我不知道你们府上的事，这会子花了几个臭钱，你们哥儿俩拿着我们姐儿俩权当粉头来取乐儿，你们就打错了算盘了，我也知道你那老婆太难缠，如今把我姐姐拐了来做二房，偷的锣儿敲不得，我也要会会那凤奶奶去，看她是几个脑袋几只手，若大家好取和便罢，倘若有一点叫人过不去，我有本事把你们两个的牛黄狗宝掏出来，再和泼妇拼了这命，也不算是尤三姑奶奶……"

待到酒足兴尽，三姐也不容贾珍兄弟多坐，便垃圾一般将他们撵出了门去。此后，每遇仆人不到之处，三姐便以贾珍、贾蓉、贾琏三人诓骗寡妇孤女为由，而厉言痛骂。对于贾珍送来的金银细软，三姐满意的就扔，不满意的就剪。

这样的凌厉气势下，几个在风月场中耍惯了的纨绔子弟，终于望而却步了。不仅当场醒了酒，而且还要借故偷偷地溜。差人去请，三姐依然如此，而且，贾珍来后亦不敢久坐。

妹妹的如此放浪形骸，尤二姐也曾疑惑不解。三姐便这样无奈地感叹:"金玉一般的人,反叫这两个现世宝玷污去,也算无能了。"的确,三姐的如此凌厉,如此泼辣,还有如此尖刻的言辞,其实只是一个别无他法的柔弱女子在用自己的方式维护自己的清白。

身为女子,纵有何等才华、如何能干,在封建时代以男人为主宰的世界里,不过都是男人手中一件可以随意丢弃、随意玩弄的衣裳。

出发点虽好,可是三姐忘记了,这样的愤世嫉俗,如此抛头露面,对早已腐朽不堪的皇皇巨族的如此鞭策,无异于一个渺小的蚍蜉,想要撼动大树,不仅收效甚微,还会白白地搭上自己的卿卿性命。

起先,贾琏续娶妾室,身为正室的凤姐、平儿还被蒙在鼓里。但是,纸终是包不住火的。最先知道情况的是平儿。平儿好心,并且在平儿看来,男人纳个妾,也是再平常不过的事。于是,平儿将贾琏偷娶二姐一事,一五一十地告诉了凤姐。

岂知,凤姐不仅醋妒,而且狠毒。不将情敌斩草除根,凤姐是誓不罢休的。困顿的处境里,作为姐姐的尤二姐也在深深痛悔。自己的一朝失足,不仅德行全无,就连自己的亲妹妹,也因自己从此被烙上了失德失贞的印迹。

三姐也想远离这样的是非。可是旧时女子，没有工作，也无生活来源。一朝错，便步步错。错，只能令无辜的她们从此不能回头了。

嫁做人妇，是旧时的女子的唯一归宿。三姐同样渴望能有自己的归宿，能够在人前挺直身板，有尊严地活着。

柳湘莲原系世家子弟，父母早亡。后来读书不成，又因着豪爽的性格，加之酷好耍枪舞剑，无人管束的柳湘莲也和贾府的男人一样，赌博吃酒，眠花宿柳，吹笛弹筝，无所不为。只是他生得貌美，又是一个业余的戏剧演员。所以，客串于尤家老娘的生日家宴的舞台表演，进而结识贾珍、贾琏等权贵，便成了顺理成章的事。

人说铭刻于三生石上的姻缘，是在数度的轮回里早就注定了的。只是一个转身，一个不经意的微笑，一颗心生爱意的心便由此种下了因果。三姐与柳湘莲的缘分，便是这样结下的。那日，尤家的生日家宴热闹异常。亲家贾母、女婿贾珍、尤氏族人，还有远房近邻，将不大的尤府围得水泄不通。尤家同样也请了显示门楣、增强气氛的戏班。不大的舞台上，由柳湘莲扮演的小生，手拿折扇，头戴文生巾，显得潇洒无比。此起彼伏的喝彩声中,赏钱雨点般洒向舞台。

耀眼舞台下面,灯火阑珊的人群之中,那双闪着光的眸一直在默默注视着。不仅是小生的一招一式,就连小生的举手投足,她也看得真真切切。

确实,这个人,既非王孙公子,也无大富大贵,而且在三六九等的封建社会里,这样的人,充其量也只能算得上下九流的角色。可是,那股源自骨子深处的男儿之气,却是与不肯轻易低头的傲骨一脉相通的。

婚姻大事,柳湘莲与尤三姐一样其实都是认真对待的。虽然柳湘莲侠客一般地忍受着孤独,浪迹萍踪,还因鞭笞恶霸薛蟠,流落他乡,但是经过长久以来的漂泊,从小失去亲人的疼爱,无父无母,居无定所,孤苦的柳湘莲是渴望拥有一个属于自己的家的。

柳湘莲曾对贾珍和贾琏说,将来一定要寻个绝色的女子为妻。如今,有了三姐的相思,又有柳湘莲主动提出了自己的择偶标准,还有"姐夫"的热心媒,未曾见面的他们亦是各自欢喜。同时,柳湘莲还托贾琏赠尤三姐一柄祖传的"鸳鸯剑",作为定情信物。一向"愤世嫉俗"的尤三姐,也从此"改邪归正",待嫁的女儿一般,足不出户,每日吃斋念佛,服侍母亲,在一心

一意地等待柳湘莲的迎娶。

"鸳鸯剑"锋利无比，可以使人瞬间肝肠寸断，也可以使人青丝齐落。这样一件锋利无比的物什，本是可以斩断一切的利器，它却成了三姐与柳湘莲的定情信物。有剑为证，从此便也注定了这样的一对有情人，最终的结局是剑斩一切。

确实，美丽的容颜不仅悦目，而且赏心。只是婚姻的人选中，女子的德行如何，却是男人看中的。男人可以放纵自己处处留香，梅开数度，但不允许自己的妻、妾的行为有任何出格之举。忠贞，永远是女人所要履行的义务。因于闺阁的女人，一旦与不洁的事情有了沾染，不管是非对错，责任在谁，一律会被打上"失德"的烙印。

亦可恨柳湘莲原是如此的鲁莽行事。对于贾琏的说合，未有任何犹豫，也无对对方人品、相貌、品行等有些许了解，豪爽的柳湘莲便如此果断地应允了。假若情有所归的柳湘莲此时不再四处闯荡，或者，在订婚之前，柳湘莲能对三姐的为人、家境稍稍打听一二，多问几个人，多加留意一些贾家的人对于尤氏姐妹的评价，结局也不至于这般惨烈。

其实，柳湘莲外表豪气，实则内心脆弱。在女人的温柔乡里找寻幸福的他，虽然在纵情笙歌中与女子调笑，其实内心深处,他对这样的轻浮是极其藐视的。他以为,温软的红尘里,风尘中的女子,个个污秽不堪。只要张开双臂,那什么样的女子都会不请自来。

也难怪,进入贾府,三姐所接触的人和曾经经历的事,皆是一概的声名狼藉。三姐身处这样的处事环境,又如何教未曾对其有过深入了解的柳湘莲不心生疑惑?在平安州大道与贾琏、薛蟠相遇的酒馆里,提及三姐这个人,既不谈她的相貌才艺,也不提她的德行家境,而是贾琏等人向柳湘莲说如何偷娶了尤二姐时被顺便带出的。

对照贾琏、贾珍的一贯为人,想必生活在他们身边的女子,也好不到哪里去。三姐本就姓尤,加之宝玉又失口说她们是"一对真正的尤物",更使柳湘莲对三姐的品行不端深信不疑。

他不相信沦落风尘的美人,还能如出淤泥的莲朵一般一尘不染。更不能容忍自己未来的妻,有不洁的德行名声。

反悔,退婚,成了必然。

"失德"并非三姐所愿。女子,只要失了德,便是一概地坏;只要沾染了风尘,便是一概地淫。

一若当初答应与三姐的婚事一样地雷厉风行,不几日,柳湘莲又找上了门去。

痴心守候的人，久等不来。好不容易来了，却是当头棒喝的退婚。柳湘莲与贾琏的谈话，被一帘相隔的尤三姐听得清清楚楚。

不再爱了的人，放下便是，从此各自再寻属于自己的爱情天空。就此罢手，于己，于他人，或许才是一份最深的解脱。

可是痴心的三姐，放不下。五年来，心有所属的她一直在"剑"的陪伴下，痴痴地等候着那个未曾谋面的情郎。

从未有过沟通，心灵的沟壑只会越来越深。旁人的流言蜚语，更会使彼此的误会越来越深。不论之前痴心的三姐做了何种努力，对以往的言行进行了怎样的忏悔，只因旁人的一句无心戏言，其人品、德行就被彻底否定了。

以死明志，这样的表白，太不值。可五年的痴心等待，换来的不仅仅是对她的全盘否定，同时还有有失颜面的侮辱。

"易求无价宝，难得有情郎。"这是唐代女道士鱼玄机对于男人发自心底的感叹。由男方提出的悔婚，不论在哪个年代，在什么样的女子身上，都是莫大的耻辱。就连在开放的当今，想必也没有几个女子能够坦然接受。

"借问吹箫向紫烟，曾经学舞度芳年。得成比目何辞死，愿作鸳鸯不羡仙。"鸳鸯,雄者为鸳,雌者为鸯。"鸳鸯剑",多么富于柔情的名字,多么美好的爱情象征,只是那锋利的剑刃、冷峻的剑锋,却是他们无法成全的爱情最后,一道凄美的余光。

从此,警幻仙姑的薄命册上,又消去了一笔虚妄的情债。那柄不该存在的"鸳鸯剑",不仅令揉碎的桃花,在孤单中零落,而且,在黯然的神伤中,魂归青埂。

第三章·身陷沼泽,不改香

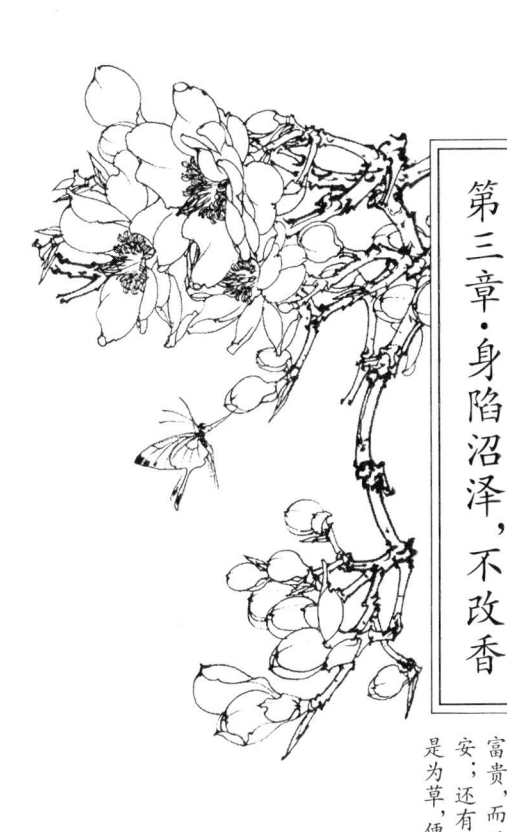

人是三节草,必有一节好。所以,有的人先前富贵,而后清贫;有的人本来困苦,后来平安;还有的一生清苦,但无大恙。是为草,便自有草的韧性。不屈、不辱、不怨。

一、林黛玉

诗曰：

灵河石畔生忧草，华筵繁天情错牵。
愁绪纤纤扶弱柳，盈盈笑语并肩眠。
脂痕粉渍生悲孽，鸟梦花魂对冢怜。
缘尽香销昨夜事，红尘一路泪涟涟。

她，原是生于西方灵河岸上三生石畔的一株绛珠仙草；而他，则是西方赤霞宫里的神瑛侍者。他对她原有灌溉之恩。因他日以甘露灌溉，方才久延岁月。后来，又受天地的精华，复得雨露滋养，脱去了草木之胎，修成了女体。

后来，因为神瑛侍者要下凡造历幻缘，触动她五内之中郁结着的那段缠绵不尽之情,她便也向太虚幻境里的警幻仙姑求了,且随着他一同来到人世,向他偿还一生的眼泪。

因为她的前世终日游于离恨天外,饥则食蜜青果为膳,渴则饮灌愁海水为汤。故而,化世为人,生在了巡盐御史林如海家、名为黛玉的她,仅有草木般的胎质,不仅体弱多病,而且此后的人生,也泪水涟涟、多愁善感。不论是因为思念亲人,还是与宝玉吵架拌嘴,泪和忧愁,始终与她相依相伴。

前世有约,又是还泪。故而,双双来到红尘之中,他与她的第一次相见,她给他的印象便是:"两弯似蹙非蹙罥烟眉,一双似喜非喜含情目。态生两靥之愁,娇袭一身之病。泪光点点,娇喘微微。闲静时如姣花照水,行动处似弱柳扶风。心较比干多一窍,病如西子胜三分。"

那时,失去了母亲的黛玉与父亲洒泪拜别,在贾母的嘱托下乘着船儿从扬州来到贾府暂住。

因有贾母的庇护,还有宝玉的陪伴,孤单的黛玉过的是无忧无虑的生活。她与宝玉一同吃、一同睡,就连平日日用所需,也在贾母的细心安排下,被照顾得妥妥帖帖。

稍大了些,贾母觉得孙子女太多,挤在一处不方便,便将嫡亲的孙女迎春、探春、惜春一并遣了出去,只留下宝玉与黛玉二人解闷。

再大一些,宝玉与黛玉分房而住了。唯恐对这个嫡亲的孙女照顾不周,贾母又将自己身边最为得力的袭人和紫娟两个丫头分别给了宝玉与黛玉。除夕夜放烟花时,因怕黛玉被爆竹声吓着,贾母又一把将黛玉搂在怀中,紧紧地为她捂着耳朵。

因有贾母掌上明珠一般的疼爱,那个被贾母称作"破落户"的凤姐,也见风使舵地对黛玉百般怜惜。黛玉与宝玉拌嘴了,第一个来劝的是凤姐。黛玉的父亲去世,护送黛玉回家理丧的也是凤姐之夫贾琏。宝玉挨打之后,前来看望宝玉伤情的凤姐便当着众人的面戏问黛玉,既然吃了她们家的茶,便要给她们家做媳妇。

只是,这样的无比疼爱,却未能换得宝玉的母亲王夫人,这个在凤姐、李纨、贾母等人看来是黛玉未来的婆婆的一丝笑脸。

原本,接纳一个失了母亲的外甥女儿来府上居住,一心向佛的王夫人无可厚非。对于宝黛二人的耳鬓厮磨,王夫人是既不反对,也未接受的。因为,作为贾家的媳妇,王夫人上有贾母把持着贾府的全部大局,下还有既是亲侄女又是儿媳的凤姐在理事当家。况且贾家家大业大,家中多一个人少一个人根本不足挂齿。

只是,姑嫂之情总不如后来的亲姊妹薛姨妈关系来得亲密。况且,这个世上最难相处的除了婆媳关系,便是姑嫂关系了。而且,疼爱黛玉的贾母对于王夫人这样一个性格沉默的媳妇,也不甚满意,说她是:"和木头似的,在公婆跟前就不大显好。"其次,就是王夫人与黛玉之母贾敏的相处。黛玉之母贾敏还未出阁时,贾母对这个独生女儿的万般疼爱,也令王夫人如眼中之刺。除此,还有凤姐的处处逞强,又与贾母深贯一气,同样也招来了不喜张扬的王夫人的嫉妒。

自然,这样的婆媳关系是难以融洽的。于是,恨屋及乌,贾母已故的独生女儿贾敏,贾母身边的那些机灵通透的凤姐、鸳鸯、晴雯们,还有"心肝儿宝贝"一般被贾母捧在手心里的黛玉等等,就成了王夫人的打击对象。

初到贾府,一无所知的黛玉是在邢夫人的主动请缨下,带领着逐一到宁荣两府去拜见舅舅、舅母的。到了王夫人处,这个平日里只知吃斋念佛、一心向善的亲舅母王夫人,碍着待客的情面,只是客套地询问了黛玉路上的行程,以及家中情况等寥寥数言。对于儿子宝玉,王夫人给黛玉的忠告也是:"家里的那个混世魔王,你还是远着他吧。"贾母、王夫人众人各处游玩,到了黛玉处。林黛玉亲自用小茶盘捧了一盖碗茶来奉与贾母。而王夫人则是冷冷地回了一句"我们不吃茶,姑娘不用倒了",此后也未见她对失了亲人的黛玉表现出什么关心与照顾,也更不用说,对薛姨妈母子的殷切挽留,同宝钗那样为了金钏坠井一事而推心置腹般的交谈了。

后来的日子里,黛玉与宝玉的爱情日渐明朗,两人的关系已然成了整个贾府公认的事实。自然,这样的交往是违背王夫人当初对黛玉的忠告的。同时,在宝玉与黛玉交往的时日里,黛玉也没有如舅妈王夫人和舅舅贾政所期望的那样,能够给宝玉些许取得功名、整饬家业的规劝。不仅如此,黛玉和宝玉一样叛逆。同样不喜功名,不喜说那些有关"经济文章"的混账话。

黛玉不及宝钗圆滑,更不会拉拢王夫人,也不善于对宝玉身边的人施以小恩小惠。于是,当黛玉与宝玉因为彼此误解而争吵个不停的时候,宝玉的头牌大丫头袭人便从来不为黛玉说半点好话。因了宝钗的拉拢,后来袭人成了宝钗的心腹。于是,袭人在听到宝玉对黛玉的真情表白时,便到王夫人那里告发了他们。恰巧,一直就想给王夫人好脸子看的邢夫人又向王夫人出示了傻大姐在大观园里捡到的"绣春囊"。

因对婆婆贾母的抵触,和对媳妇凤姐的厌恶,还有与逝去的小姑贾敏的关系不睦,恐要发生的"不才之事"与有关男女情爱的"绣春囊"成了王夫人查抄大观园的直接由头。厌恶,还有快些将之扫地出门的决心,也在这一刻油然而生。

抄检大观园时,王夫人的矛头直指黛玉。大观园中,李纨、宝玉、迎春、探春、惜春皆为贾家的子孙。家庭成员之间,任何形式的教育子孙、整饬家业的方法,皆在情理之中。并且,抄检的前日,王夫人又在凤姐面前,拿黛玉之母贾敏未出阁时的金尊玉贵、千金小姐体统的模样,明赞贾敏之德,实损黛玉之行。

那日,以王夫人为首,其次是邢夫人、凤姐、周瑞家的、王保善家的、吴兴家的等一干抄检班子,在大观园里悄无声息地撒开了所谓的抄检大网。查抄之前,王夫人和邢夫人首先审问了宝玉房中和黛玉的眉眼神态颇为相似的晴雯。当着众人的面,王夫人痛骂晴雯:"好个美人!真像病西施了。你天天作这轻狂样儿给谁看?你干的事,打量我不知道呢!我且放着你,自然明儿揭你的皮!宝玉今日可好些?"而后,无辜的晴雯就这样被爱子心切的王夫人,连训带骂地逐出了贾府。

其次抄检的是宝钗的住处蘅芜苑。只是,王夫人等刚刚从宝玉的怡红院走了出来,便被凤姐以"要抄检只抄检咱们家的人,薛大姑娘屋里,断乎抄检不得的"为由,搪塞着绕开了。于是，不抄亲戚家的王夫人等，径直来到了同是亲戚的黛玉的潇湘馆。

当时，黛玉已经睡下了。奉命抄检的王保善家的便在黛玉不在场的情况下，在黛玉的房里，对黛玉以及黛玉的丫鬟们的一应器物查抄得格外仔细。当他们从紫鹃房中抄出了宝玉旧时手中曾拿过的寄名符儿、一副束带上的披带、两个荷包并有扇套的扇子时，王保善家的自以为得了意，查到了证据。幸而当时有凤姐在场，凤姐解围说那是宝玉送给黛玉的玩物，他们一同长大，不足为奇。王保善家的才就此罢手。

这样的抄检，对于孤单的黛玉来说，无异于莫大的羞辱，更是对黛玉行为的极端怀疑。无奈，那时的黛玉无父无母，也无亲人。她不能像宝钗那样，可以搬出大观园去，回到母亲的怀抱去纵情撒欢。所受的委屈，除了宝玉，已无人为她排解。唯有疼爱她的祖母可以依傍，已是待嫁年龄的黛玉，已经无处可去了。

在有母亲、哥哥护佑的宝钗面前，黛玉是时时处在劣势。薛姨妈不住地在贾府上下散播着"金玉姻缘"的说法，并且不时地用送宫花、打络子等方法竭力拉拢着贾府上下的关系。同时，又不失时机地在姐姐王夫人、侄女元春面前求亲、说合。令其默许钗玉二人的婚事。除此,因了宝钗的左右逢源,又在滴翠亭前,借着找寻黛玉之名,在躲在一旁偷说私房话的小红和坠儿面前表演"金蝉脱壳"之术,使黛玉在下人面前坐实了心眼儿小、爱耍小性子的冷峻形象。除此,宝钗又拉拢湘云,出资为湘云办诗会,又令园中的姊妹们在一点一点远离着尖酸、刻薄、爱耍小心眼的黛玉。

大荒山无稽崖旁的二位仙师曾说,红尘之中确有一些乐事,只是不能永远依持,况有美中不足。确实,这样的无比疼爱持续的时间并不长久,而且就在黛玉的父亲林如海身染重病而亡,她彻底成为荣国府里一个没有任何经济来源的寄食者以后,黛玉在贾家的所有待遇便彻底改变了。

清朝的法律里,女性是没有继承权的。只有在家中绝户,且没有同宗的情况下,未嫁的女儿才有权利继承父亲的遗产。林如海没有儿子也无近亲。于是,带着黛玉去扬州理丧的表兄贾琏代黛玉做了主,将林家的所有财物收回至贾家了。

再到贾府,黛玉已经彻底地成了寄于贾府的孤儿了。没有钱财,也无经济来源,原先曾经对其百般疼爱的贾母、凤姐等人的关怀,此后再也不见了踪影。

宝玉棒伤未愈,同在宝玉房里看望宝玉的贾母当着众人的面夸奖宝钗:"从我们家四个女孩儿算起,全不如宝丫头。"贾母带领贾家内眷到清虚观打醮,张道士为宝玉相亲,贾母亦当着众人的面回道:"上回和尚说了,这孩子命里不该早娶,等再大一大再定吧。你可如今打听着,不管她根基富贵,只要模样配上就好,来告诉我,便是那家子穷,不过给她几两银子罢了。"后来,贾家来了洋气且见识颇广的薛宝琴。于是,对其甚是喜欢的贾母,不但夸奖宝琴比画上的还好看,而且还一度想把宝琴说给贾宝玉为妻。

抄检大观园后,虽然得知了消息的宝钗立刻搬出了大观园,但是此后不久,贾家又以凤姐生病为由令这个贾家的客人与探春、李纨一同理家了。对于宝钗参与贾府的管理,贾母也在王夫人面前如是说:"既是你深知,岂有大错误的。"

癞头和尚说,若要黛玉的病好,除非从此以后总不许见哭声。除父母之外,凡有外姓亲友之人一概不见,方可平安此世。

可是,失去了双亲,寄住于外姓之家,且在那人多嘴杂的贾府之中处处被忽略,时时遭冷眼。又怎么能让这个涉世未深的孤单女儿不落泪呢?

寄于贾家,亲睹着宝玉、宝钗在母亲的怀抱里撒娇撒欢,零落的黛玉,心里又怎么能不五味杂陈呢。可是黛玉本为草木凡胎,来到人世的任务只是为了还泪。所以,草儿一般的她无从选择,亦无处诉说。

前世的命定里,宝黛二人的姻缘,是处处处于劣势的。黛玉和宝玉虽然有着"木石姻缘"一说,但是在有金也有玉的宝钗面前,这样浅薄的姻缘便脆弱得不堪一击。所以,随着黛玉的步伐紧随而来的薛宝钗,在进了贾府之后,让原本忧愁的黛玉的眼泪更多了。

因是孤女,且又流落异乡,在陌生的环境里,黛玉那颗本就受伤的心,不仅要强打精神与人交往,同时还要不断地调整自己,来适应贾府的新环境。故而,初入贾府,黛玉对于府上的一切都是敏感的。

张道士向贾母提亲,便引来了宝玉摔通灵宝玉,黛玉剪玉上穗子的哭闹,使得阖府上下一片混乱。宝玉开玩笑地对黛玉的丫头紫鹃说:"好丫头,'若共你多情小姐同鸳帐,怎舍得叠被铺床?'"刚刚熟识,彼此还未真正做到交心换心的林黛玉听了这样的话,便以为贾宝玉在用书里的混账言话,拿她取笑。出于自我保护,脆弱的黛玉便被宝玉气哭了。

黛玉夜访怡红院,想去打听一下被老爷叫走后宝玉的情况。可偏偏伶牙俐齿的晴雯非但没有听出是黛玉的声音,反而将其当作有事没事就来一坐半夜,闹得丫鬟们不得安生的薛宝钗,便赌着气地将黛玉拒之门外。

而黛玉则误以为宝玉生了自己气,不让自己进来。于是,不肯离开的黛玉独立于怡红院外的墙角边的花荫之下,悲悲戚戚地哭泣着。她的哭泣还令附近柳枝花朵上的宿鸟栖鸦,因了她的绝代姿容和稀世俊美俱忒楞楞地飞起远避不忍再听。

沁芳闸处,因在盛开的桃花树下品读了《西厢记》里"花落水流红,闲愁万种"的词句。黛玉便由此想到了自己的凄凉身世,并对未来的人生感到迷茫无助。在黯然神伤的思绪里,黛玉亦黯然地落泪了。

宝玉挨了父亲的打,昏迷之中恍恍惚惚听得有悲戚之声。睁开眼,为之哭泣的不是别人,正是黛玉,而且两个眼睛肿得如桃儿一样,对着宝玉满眼泪光。明了黛玉的心思,宝玉又差晴雯送来了两条定情的旧帕。那晚,夜不能寐的黛玉便提笔写下"眼空蓄泪泪空垂,暗洒闲抛却为谁?"的咏泪之诗。

人世之中,黛玉一切的伤感与眼泪,更多的是来自孤苦。

薛宝钗送了黛玉一些自己哥哥从南边带来的土物。见是家乡之物,黛玉触物伤情,想起自己父母双亡,又无兄弟,这样寄人篱下的生活,不觉又伤满怀、泪眼朦胧。

黛玉本是大家闺秀,懂得诗书礼仪的她必须尊重礼法、恪守传统。她既不能如崔莺莺那样,勇敢地和宝玉走出家门去寻找属于自己的爱情,也不能如现代的都市女性那样,走出家门,融入社会,用自己的一技之长去选择属于自己的职业,养活自己。

花如人,人若花。

为了自己的归宿和宝玉的爱情,黯然神伤的黛玉唯一能做的,便是为凋零于这满世的污秽之上的落花收拢芳骨,也为无助的自己找寻一个可以依靠的彼岸。

"芒种节"园中的姐妹们欢聚着在祭饯花神,这时,素喜清静的黛玉便避开了园中的喧嚣,独自一人扛着花锄,带着先前缝制的绣花锦囊,一朵一朵、一瓣一瓣,将落于地上的落花收起,装入囊中。又用花锄将树下的泥土掘开,权作花的香冢,并呜咽着,为其赋诗吟唱:"一朝春尽红颜老,花落人亡两不知。"

同为知己,在一旁悄悄观瞻的宝玉,心也在一并翻腾着。黛玉的诗,令贾宝玉也落泪了。

泪,终于尽了。完成了还泪使命的黛玉,最终无声地离开了化世为人的神瑛侍者的身边。凄惨的尘世里,不久的时日,贾家彻底败落了。宝玉被贾家的人用调包的伎俩糊涂地迎娶了宝钗。

几度轮回,那株受了甘露之惠而生的绛珠仙草,还有弃于青埂峰下后又自经锻炼的顽石,在茫茫大士和渺渺真人的超度下再次回归到本来的模样。

只是,红尘之中,她与他的故事,还有她为他而流的眼泪,一若明净的溪水,淌于心中,如此教人意难忘、志难平……

二、贾巧姐

诗曰：
蜡凤承恩却囹圄，半生浮世巧更名。
桑麻密密遮寒露，啸月滔滔遗暖声。
慈母空怀终日顾，奸兄有爱一虫泯。
迷津遥指逢新路，柚聚香团理冀盟。

  薄命司的厨册里，小小的她，只是一朵还未绽放的花骨朵儿。只因贾家的运数迭尽，她便没有了机会体味人世的繁华。原本，这是警幻仙姑事先划定的命数，或许是警幻仙姑偶然的善念，又因着她还太小，所以在困苦的人生里，她才有了一次转机。
  由衰及盛的艰辛，总比由盛及衰的跌落要来得圆满。虽然巧姐的圆满,不像小姨宝钗那样如愿以偿嫁入了豪门,成为贾家的掌门人宝二奶奶;也不像姑姑探春那样,远嫁异乡,贵为王妃;更不像叔叔宝玉和小姨黛玉那样,花前月下,锦帕传情。

但是,数度的磨砺之后,能够过上正常的百姓生活,能与家人平安相守,日出而作,日落而息,那也不失为一种人间最为真实的幸福。

荣宁两府,巧姐家的大门前,车如流水,马若游龙。家中的豪奴一个个因了贾家的势力,好不威武。还有,停在两座石狮子前的豪奴,一个个挺胸叠肚,都为了贾家的事而成群结队地指手画脚。就连府上的后门口,除了卖东西的生意担子,便是成群结队的小孩子在疯闹玩耍,其场面好不热闹。

只是,这样的盛景,却与巧姐无缘。元春省亲时,小小的她尚在襁褓。黛玉、宝玉、宝钗等搬入大观园中,偎依在母亲的怀抱的她,只能观众一般懵懂地看着眼前的热闹。迎春、探春、惜春等姑姑们聚在大观园中吟诗作赋、舞文弄墨时,她还在大观园外的奶母处牙牙学语。

她的曾祖母贾老夫人的房屋曾是红香翠秀,儿孙绕膝,满屋子的欢声笑语。贾府的库房缀锦阁里的家私,亦是"五彩炫耀、各有奇妙"。大观园中的沁芳闸畔,曾经阵阵的落红,还有催人泪下的《葬花吟》，加之那潺潺的流水，其人其景如在画中。小姨黛玉的"潇湘馆"，修篁翠竹、书墨飘香；小姨薛宝钗的"蘅芜苑"院内奇藤异草穿石绕檐，室内清雅脱俗。姊姊李纨的"稻香村"田园农舍，一派宜人的农家景象。二姑姑迎春的"缀锦楼"轩窗寂寞，屏帐倏然；四姑姑惜春的"蓼风轩"猩红毡帘，温香拂面；三姑姑探春的"秋爽斋"，名人法帖、宝砚、笔筒、花囊，笔海内插笔如树林，斗大的汝窑花囊里插的是满满的水晶球儿的白菊。除此还有大幅米襄阳的《烟雨图》、颜鲁公的墨迹对联、大观窑的大盘等等，皆是一派豪华雅致的贵族气象。

除此，还有那位于大观院内东路，与潇湘馆相近的叔叔贾宝玉的居所怡红院，院外粉墙环护，绿柳周垂，院中央有几块山石，一边种芭蕉，一边是西府海棠。五间抱厦上悬"怡红快绿"匾额。整个院落富丽堂皇，雍容华贵，花团锦簇，剔透玲珑，后院还有满架的蔷薇、宝相，如同小姐的绣房一般精致典雅。这里，曾有清客在场的试才题对额，也有以园中小姐、丫鬟为首的夜宴群芳。

初临人世，小小的她也曾被钟鸣鼎食和富贵极盛紧紧包围。那时的她，虽然和母亲一道，住在大观园外。但她，却是荣国府里，最有权势的女主人凤姐的独生女儿。她有专门照看她的奶妈,有为之服务的成群仆人。故而还在襁褓时,小小的她便娇生惯养,弱不禁风,甚至连平常的饮食起居也和常人不同。

那时的巧姐被族中长辈、府上奴婢,还有生养自己的父母珍珠一般捧在手心。巧姐食为精粮,饮系暖水;冷要见不得风,热更见不得太阳。这样的娇生惯养,自然也如温室里的花朵,有些弱不禁风。刘姥姥二进荣国府时,巧姐因风里吃了块糕,便病得起烧了。得知了情况的刘姥姥,才这样规劝凤姐,以后少疼些孩子就好了。

随着时光的流逝,贾氏子侄人人贪图享乐,个个不知进取。风刀霜剑之中,大观园里的群芳正在纷纷摇落,唯有巧姐却在困境中逢凶化吉。其缘由,只是巧姐的母亲凤姐,在冥冥之中,行了万恶之后,无心为之的一点善举。

《易·坤·文言》里说:"积善之家,必有余庆。"那时,祖上曾做过一个小小京官的王氏曾与凤姐之祖王夫人之父相识。因王氏贪图王家的势利,便连了宗、为王家人做了侄儿。那时只有王夫人的大兄(也是凤姐的父亲)与王夫人随在京中,知道有这样一门子连宗的族人,其余的一概不知。现在,这门宗亲也只有一个儿子名为王成,王成又生一子为狗儿。其妻刘氏又生了板儿与青儿一子一女。因为家境贫寒,和女儿女婿一起过活的刘姥姥为了生计,只得抱着一线希望,甩了老脸,带着板儿来贾府向凤姐打秋风。

原本,凤姐是一个谄上欺下、机关算尽的粉脂英雄。刘姥姥第一次来求时,不过是顾着情面的凤姐虚情地招待,慷慨地将自己四个月的月钱二十两银子和平儿的一串钱,舍给了刘姥姥,作为生活用度,以及回家时雇车的费用。

但当刘姥姥第二次进荣国府时,她带了些"枣子倭瓜并些野菜"来向凤姐表示感谢,因刘姥姥与贾母年龄相当,说话又甚投缘,因了凤姐之故,刘姥姥又得到了贾母、平儿、鸳鸯、妙玉等人的分别赏赐。

这一次,刘姥姥所得到的赏赐有两个笔锭如意的锞子,两件袄儿并两条裙子,四块包头,一包绒线,两件老太太从未穿过的衣服,一盒面果子,两个荷包;青纱一匹,另有一个作里子用的实底子月白纱,两个茧绸,两匹绸子,一盒子各样内造点心,两斗御田粳米,一口袋干鲜水果;梅花点舌丹、紫金锭、活络丹、催生保命丹等名贵药品,一个成窑盅子,数件旧衣裳等,可谓收获颇丰。就连回家,也是凤姐派的专车,连人带物将刘姥姥一起送回家的。

不仅如此,因了贾母的欢喜,原本对刘姥姥不屑一顾的凤姐态度也有了极大转变。那日,刘姥姥在贾母的带领下游完了大观园,凤姐一改往日目中无人的态度,抱着生病的女儿来,十分虔诚地向刘姥姥讨教。为人母亲,凤姐只希望姥姥能给久未取名的女儿起个好名字。一来可以借刘姥姥的寿,二者因为刘姥姥是平民百姓家的贫苦人家,凤姐这样想着,穷人家给孩子起的名,会令孩子更皮实、健康。

巧姐生于旧历七月初七,是牛郎织女相会的时日,也是一聚便要分别的时辰。因是女儿,是好是坏,为娘的凤姐心里一直是忐忑的。于是,刘姥姥用了以毒攻毒、以火攻火的法子,称为巧姐儿。意为,日后或一时有不遂心的事,必然是遇难呈祥,逢凶化吉,全从这个"巧"字上来。

果真,时隔不久,贾府在世间演绎的那场华丽大戏,到了散场的时候。仅仅三春过后,原是"百足之虫,死而未僵"的贾府,最终彻底崩溃了。随着贾母的去世,黛玉夭亡,贾府因犯上,而获罪查抄。凤姐、贾琏、贾政、贾赦等贾府一干人等入狱待审,府上的丫鬟、老奴一概变卖为娼,充作公府。

灾祸来时,巧姐也和家人一样,被掳入官府,关入远离京城的狱神庙。后来,又几经辗转,刚刚在狱中得以脱身,又被爱银钱忘骨肉情的狠舅奸兄卖入青楼,沦为娼妓。

多存善意,必会得到善的果。正如刘姥姥为巧姐取名时说的那样,能遇难呈祥,逢凶化吉,"巧"字,在巧姐儿身上得到了验证。

警幻仙姑的薄命司里,关于巧姐的图是在一座荒村野店里,有一个美丽的人在纺绩。旁边还有题词,曰:势败休云贵,家亡莫论亲。偶因济刘氏,巧得遇恩人。

得了凤姐好处的刘姥姥,是懂得知恩图报的。大难来时,仗义的刘姥姥不仅没有对贾家的人瘟疫般地躲避。相反,依旧是贫民人家的刘姥姥,却用尽了钱财,为凤姐上下打点。她买通了狱卒,只身来到狱中,同落难的凤姐相见。后来,经过多方打听,得知了巧姐下落的刘姥姥,更不惜耗费巨大财力,为巧姐赎了身,令其从了良,远离风尘。

粗衣布衫,从此成了巧姐此后的人生里主要的颜色。过的亦是与大观园中的姑姑、小姨们那种截然相反的生活。

从贾家彻底衰败的那一日起,逐渐成长的她,便与那人人艳羡的荣华富贵渐行渐远。此后的人生里,巧姐没有了雕梁画栋的高大府邸,也不见了那些一脸虔诚,且可以被轮番使唤的仆人们。曾经专门为贾府配制的戏班子,演奏的《豪宴》、《乞丐》、《仙缘》、《离魂》等好听的乐曲,也在贾府被查抄的那一刻起戛然而止。她不能如她母亲那样骄横跋扈,亦不可能如她的祖母那样一言九鼎地决策着整个贾府的日常起居,更不能如她的姑姑、小姨等长辈那样娇生惯养奴婢成群了。

这样自食其力的生活,终日要与青墙碧瓦的简易房舍相依相伴。她没有了成群的奴仆,更没有成堆的胭脂水粉,每日的劳动也是做不完的田间活路,夜晚还要在昏黄的灯下摇动纺车,为一家人的衣裳裁衣织布。

其实,这种从一开始便从富足的顶端回归至生命的本源,是远比在富贵繁华中顿然跌于一无所有的困顿,要来得轻松的。至少,这样的从零开始,没有什么心理落差,没有尔虞我诈,没有恃强凌弱。也不会见到那些强占良人妻,欺强凌弱的烦恼之事。与人交往时,她也不用察言观色,也不需要贾雨村手中的那张官官相卫的护官符,来谨慎行事。

平民百姓的生活,属于巧姐的日子,每时每刻都是真实的。诚如《红楼梦》一书的作者曹雪芹先生自己,原本出身于一个"百年望族"的仕宦之家。曾祖父曹玺任江宁织造;曾祖母孙氏做过康熙帝玄烨的保姆;祖父曹寅做过康熙皇帝的伴读和御前侍卫,后任江宁织造,兼任两淮巡盐监察御史,极受康熙宠信。康熙六下江南时,其中四次便是由曹寅负责接驾,并住在曹家的。那时的他,不也是经历了数番风雨,后来巧遇了贵人,才得了一线生机的么?

不论是当下,还是遥远的旷古,每一个人的心灵深处,总有一个可以眺望远方、向往美好,并祈盼未来的瞭望处所。这样的处所里,不同的人,有着不同的目光,也有着不同的目的。

为此,红尘之中,不曾清醒的人们,常常会为这样或者那样的名利所累。比如,宝玉和黛玉,一个阆苑仙葩,一个美玉无瑕,到头来却是一个空劳牵挂,一个镜中虚花;比如曾为人母,却机关算尽太聪明,反算了卿卿性命的凤姐。到头来,生前心已碎,死后性空灵。比如豆蔻年华里,偏偏却遇着那中山狼、无情兽,全不念当日根由的贾迎春,最终也是因了父亲的昏聩,白白地送了性命。更有甚者,如探春那样,骨肉尚存,却是望家乡路远山高,一帆风雨路三千。薄命司里轻敲板,款按银筝的仙姑说:"谢慈悲剃度在莲台下,没缘法转眼分离乍,赤条条来去无牵挂。"

从母亲温暖的怀抱,到恍然不知地被骗卖风尘;从富贵极盛的贾府,到刘姥姥家那逼仄的乡间农舍;从万千宠爱的千金小姐,到洗尽铅华的平常农妇……这样的返璞归真不是忘记一切情爱的退隐,而是她巧之又巧的命数里远离浮华、远离喧嚣

的真正的朴素。

放下不曾得到的,珍惜现在拥有的。后来的路方才宽敞,宽敞的人生,从此才不再坎坷。虽然巧姐的结局,不如她的父母原先所期望的那样大富大贵,但是,有了刘姥姥的呵护,巧姐逢凶化吉,此后嫁予板儿为妻,过着平凡的安宁生活,亦不失为另外一种幸福。

"劝君莫弹食客铗,劝君莫扣富儿门。残羹冷炙有德色,不如著书黄叶村。"这是曹先生在写红楼一书时,耗尽了气力、耗尽了财物,在最为落魄的时候,好友敦诚为鼓励曹先生继续作书而写给曹先生的。

风雨过后,始见彩虹。尝遍了人世的苦,再品人间的味,一切便是甘的了。述书人所撰的书和故事,其实就是在复述生活中的自己。读罢书中的巧姐,再回看曹先生后来的人生,这个遇难呈祥的巧姐儿,其实便是那个家道败落的曹家那个可怜的遗孤,《石头记》一书的叙述者曹雪芹。

"十年辛苦不寻常。"也许,后来的人生里,遇难呈祥、逢凶化吉的巧姐,也曾遇到了曹先生那样的知己,不离不弃地与她相依相伴,并且时时与之交流,为其解忧,不断鼓励落难的她,要自强自立,重振生活的勇气!

三、香菱

诗曰：

原由清水出，堪破一枯荣。辞母承恩去，君卿可作盟？

花随残影落，魂任污言惊。乡里不知路，秋霜寄泪晶。

三界众生，以淫欲而托生；净土圣人，以莲花而化身。莲，本是菩提佛祖清净的法身，庄严的报身，是由烦恼而至清净的佛的法源。

绽放于夏日的清雅之花，莲，圣洁优雅，不张扬，不骄奢。虽然出自淤泥，却始终在洁净之中释放着淡淡的优雅。

莲与雪，一为夏，一为冬。两者之间需要经历一个万木萧疏的秋和一个生机盎然的春。如此遥远的距离，本是不该相逢的。

可是寒霜凛冽,娇嫩的莲朵,岂容得那冰冷的寒霜一次又一次的凌辱。可是早已既定的命数里,大荒山无稽崖旁的空空道人不仅令她身陷囹圄,还托茫茫大士和渺渺真人,给她划定了后来的人生轨迹,并且笑称:"娇生惯养笑你痴,菱花空对雪澌澌。"

香菱和黛玉一样,也是姑苏人氏。她的家在姑苏城最是一二等富贵风流之地的阊门城外,是十里街内仁清巷葫芦庙旁的一户人家。父亲甄士隐禀性恬淡,不以功名为念,喜爱观花修竹、酌酒吟诗,虽然家中不甚富贵,然本地也推他为望族了。

甄英莲是甄士隐唯一的女儿,小小的她被父亲珍珠一般地捧在手心,从小教以诗书文墨,令其明白事理。只是,幸福虽好,属于英莲的美满,却若一现的昙花,转瞬之间便戛然而止了。

元宵节之夜,三岁的她,被粗心的家奴霍启带着到闹市里去看灯。中途霍启因要小解,便将小小的英莲独自一人放在一个不知名姓人家的门槛上,自己去自行方便了。殊不知,霍启的所作所为早已被图谋不轨的人贩子盯了许久,只在找寻时机,便好下手。霍启刚转身离去,守在一旁的拐子便立马上前,将小英莲抱走了。

此后，落入拐子之手的英莲，被人贩子毫不手软地打骂着。不仅给她改了姓名，而且还让其认了"亲爹"，被"亲爹"养在了僻静之处，只待她长大成人，再卖个好价钱。

岁月匆匆而过，凌辱、冷眼、恐慌的情绪，已渐次占据了香菱的整个世界。

家在何方，父母为谁？这些有关自己身世的一切，已然在人生最初的起点上，被生硬地抹去了。后来，被改名为香菱的英莲，又随着薛家到了京城，见到了父亲的老相识，并且是因得了父亲的资助才飞黄腾达的贾雨村，故人虽相见，却也不相识了。

原本，苦命的香菱是有机会脱离苦海的。因为，那个曾经住在葫芦庙中，且与香菱家为邻，每日以卖文作字为生的落魄穷儒贾雨村的发迹，是因香菱的父亲甄士隐的资助——甄士隐给了他五十两纹银赴京赶考——后才走上仕途的。

贾雨村在葫芦庙里审判葫芦案时，案件的主要受害人便是香菱。起因是，拐子先将香菱卖给了冯家，且定了日子三日后过门。而冯家公子冯渊原是小乡宦之子，自幼父母双亡，也无兄弟，到了十八九岁也不喜女子偏爱男风。直到遇见了香菱，才决心改过自新，发誓不再结交男子，也不再娶第二个。不承想，世路难行，钱能为马。那拐子为了钱，又将本已许了冯家的香菱偷偷卖给了薛家，想得了两家的银子后，再逃到他处。

薛家本是皇商，薛家公子薛蟠向来就在京城称王称霸，是被当地人在背地里称作"呆霸王"的。两家相争，各不相让。于是，强势的薛蟠便喝着手下的人将冯渊打了个稀烂，抬回家第三日便死去了。

那时，香菱眉心中央有一米粒大小的一点胭脂记，也令作为旁观者的门子认出了被拐子改了名的英莲。人命关天，对于事件的当事人香菱，其实负责评判的贾雨村只需一个轻轻反复，便可将恩人的女儿从人贩的手中解救出来，送回家乡，与失散父母亲团聚的。可是，贾雨村一心向"上"，又有门子给的"护官符"在手。于是，徇私枉法的贾雨村不仅包庇了夺人丫头、又打死了人的"呆霸王"薛蟠，还令其带着家眷没事人似的直往京城赶。哪管他什么恩人与搭救，只一味地巴结权贵，为自己尽可能多地找寻攀升的机会。

借着香菱一案，贾雨村顺利巴结上了薛家、贾家和王家。又因有了这层关系，贾雨村被罢官后，才有了"四大家族"的庇护，有了黛玉之父林如海向贾政举荐贾雨村的才能，贾政才帮着贾雨村保举复官，并让其带着黛玉一同进了京城。

两家争买香菱,并且一个发誓不再二娶,一个死不让人,宁肯出了人命也要夺了来。想必,香菱的俊俏,还有源自父母在娘胎里便给予她的灵秀气质,定是深受薛、冯两位公子喜爱的。如若不是"呆霸王"薛蟠的横刀夺爱,或许,先许了冯家的香菱会和冯家公子冯渊情投意合,会成为一对令人艳羡的美好眷侣的。香菱与冯渊,门第相当、经历相似,这样的相逢,虽不如赤霞宫里的神瑛侍者和生在那三生石畔的绛珠仙草那样,在红尘之中有着挥泪相伴的轰轰烈烈;也不像私订了终身的司棋与潘又安那样,一个始乱终弃,一个触墙而亡。但是,同病相怜的他们,至少心有灵犀、言语相通,定是彼此的人生里相互的依靠。

　　可是冯家根基浅薄,在强势的薛家面前,不几个回合便败在了薛家豪奴的棒下。而自小便被拐子打怕了的香菱俨然在拐子的打骂中,没有了反抗的胆量。所以,即使彼此有情,在冯薛两家的争抢中,她也只是商品一般地任其摆布了。

　　《石头记》一书撰稿的校审脂砚斋也曾对英莲这样评价:"细思香菱之为人也,根基不让迎探,容貌不让凤秦,端雅不让纨钗,风流不让湘黛,贤惠不让袭平。"

　　最初,成为薛家的妾的时候,香菱的生活也不算是太差。

那时,薛父早亡,加之薛姨妈的纵容溺爱,使得五岁的薛蟠从小就生活奢侈,言语傲慢。薛姨妈因为担心骄横的薛蟠贪恋于烟花柳巷,才将模样体统、文雅贤淑的英莲早早纳进了门来。其用意,只是为了拴住儿子的心。待到儿子成年,再为儿子明媒正娶。

薛蟠虽也上过学,不过略识几字。终日不是斗鸡走马,就是吃喝玩乐,游山玩水。虽是皇商,却一应经济世事全然不知。"富二代"的他,不过是赖着祖上的旧情,占着茅坑没拉屎,在户部挂了个支领钱粮的虚名罢了。

那时薛蟠尚未正式婚配,所以那时的薛蟠,对于香菱是有情的。因了赵姨娘的唆使,凤姐与宝玉同时双双发病,弄得府上天翻地覆。贾赦、邢夫人、贾珍、贾政、贾琏、贾蓉、贾芸、贾萍、薛姨妈、薛蟠并周瑞家的一干家中上上下下、里里外外的男人和女人都来园内看望时,薛蟠便急了。

大家都在为凤姐与宝玉的状况急,而身在其中的薛蟠则是在为自己的女人急。薛蟠担心薛姨妈被人挤倒,又恐妹妹薛宝钗被人瞧见。更为重要的是,薛蟠担心自己这个好不容易抢来的小妾香菱被人臊皮。尤其是在贾珍的面前,薛蟠知道贾珍等人是善于在女人身上做文章的,因此也忙得不堪,唯恐香菱被人盯上了。

　　这样的时光对于香菱来说也算得上美好。香菱喜弄风月,且爱诗文。知书达理的她,生得袅娜纤巧,做人行事温柔安静,其行为举止,全然不是丫鬟、侍妾的体统。就连世俗的贾琏和一向醋妒的凤姐也说,香菱被"薛大傻子"收为房里人,实在是玷辱了她。

　　脂砚斋还说:"所惜者青年罹祸,命运乖蹇,足为侧室,且虽曾读书,不能与林湘并驰于海棠之社耳目一。然此一人,岂可不入园哉!故欲令人入园,终无可入之隙,欲令入园必呆兄远行后方可。"

　　婆母温良、小姑子宝钗平和稳重,而且薛家富足。身为薛家的半个女主人,地位也是比准姨娘的袭人、晴雯等人要高许多的。那时的她,亦不用服侍别人,同时丈夫薛蟠经商在外,更无夫妻事宜的吧盼。

　　被拐时的数度磨难,并没有泯灭香菱的本真。薛蟠外出经商,闲来无事的香菱便到了大观园中,拜了黛玉和湘云为师,学作诗词。学诗时,她的认真态度和执着精神,无异于平常的富贵人家小姐。

　　虽然委于人妾,香菱的纯真与娇憨,依旧丝毫未减。她的朋友亦不分贵贱,黛玉、湘云、李纨等诗翁是她的良师。袭人、紫鹃,小戏子芳官、蕊官、藕官、荳官等,则是她亲密无间的玩伴。

大观园中,她与芳官等四五个丫鬟一起玩斗草游戏,当香菱对荳官说:"一箭一花为兰,一箭数花为蕙。凡蕙有两枝,上下结花者为兄弟蕙,有并头结花者为夫妻蕙。"接不上头的荳官便说她:"你汉子去了大半年,你想他了,便拉扯着蕙上也有了夫妻了,好不害臊!"香菱霎时红了脸,忙起身,并笑骂着,两个人拧打着滚在了地下。

只是这样的无忧无虑,却不能长久。因为,香菱是妾,是正妻旁边立着的那个身份卑微的女人,是要在正妻的鄙视下,才能苟且偷安的。薄命司里的厨册里,有关香菱的判词是:"根并荷花一茎香,平生遭际实堪伤。自从两地生孤木,致使香魂返故乡。"香菱虽有官宦小姐的出身,行的却是丫鬟、奴仆的事业;虽有贤德女子端庄贤雅的容貌,却是整日愁容,与凄苦的眼泪相伴的。香菱的存在,其实只是大观园众女儿优点的集合,亦是诸女儿后来的人生之中,所受凌辱、苦难的总和。

莲,本是夏的月令。经过了秋,再迎来冬日的寒霜时,莲花那娇嫩的姿态,便在霜剑的侵袭下渐渐凋零了。

贾府彻底败落之前的回光返照里,薛蟠"游艺"归来了。那时的薛蟠不仅和柳湘莲化敌为友,结成了兄弟。同时,已到婚嫁年龄的他,也在母亲的安排下,给香菱带来了将要成家的"喜讯"。

薛家聘的是夏家的千金夏金桂。自打薛家与夏家定了亲,择了日子,薛家便沉浸在筹备婚礼的热闹之中。将要与他人分享丈夫,同时还要像奴隶一般地服侍他人的饮食起居。这样的消息对于香菱而言,其实是更进一步的苦难。

可是香菱单纯。不晓得人心的险恶的她,理应对于这个仗势而来的女人有所警惕,心中应该满是痛苦与嫉妒。只是,天真的她不仅对这场不属于自己的热闹筹备没有任何伤感,反而在闻得了夏家小姐十分俊俏,也略通文翰之后,满心盼望着新奶奶早一天过门,早一天和她谈论诗词,自己也好早一天尽到主仆情谊。

自古以来,婚姻的殿堂里,从来就是不容他人来插足的。旧时,正妻处死侧室、虐待侧室的事件在社会上早已屡见不鲜。为香菱的未来深感担忧的宝玉在紫菱洲提醒她,要她多加提防。殊不知,宝玉所担忧的,比起香菱后来所遭遇的,已远远超出了宝玉的想象。

这位所谓的"奶奶",因为家中非常富贵,而且种有几十顷地的桂花,其余田地不用说,单长安"城里城外桂花局,俱是她家的,连宫里一应陈设盆景,亦是她家供奉"。故而,她的名字便为"金桂"。又因她自小丧父,且是独女,加之寡母的溺爱,她便养成了横行霸道的性格。"女霸王"的她尊自己若菩萨,视他人秽如粪土。因她小名叫金桂,就不许别人口中带出"金桂"二字,凡有不小心误说的,定会遭到她的苦打重罚。

如今,嫁入了婆家,又有这样一位才貌兼备的侍妾,于是,自小跋扈的夏金桂便在眼里容不得人,拿出了威风,力要钤压住所有。

哭、闹、泼,是夏金桂的看家本领。夏金桂先用此计压服了薛蟠。接着,她又用同样的伎俩开始了对香菱的折磨。

夏金桂先从香菱的名姓中着手。她先将"香菱"改为了"秋菱"。见薛家的人没有言语,此后,为了进一步摆布,夏金桂又故作贤惠地让薛蟠纳了自己房里的陪嫁丫头宝蟾,并学着凤姐借刀杀人的伎俩教唆薛蟠来处治香菱,致使香菱在无意间撞见了丈夫与宝蟾的好事。引得薛蟠赤条精光地对香菱一阵苦打。她又以夜里需要服侍为由,将香菱弄到自己的房内。她不让香菱睡炕,只令香菱在自己的炕前打地铺。每夜不是让香菱倒茶数遍,便是半夜让其捶腿、揉腰,不让香菱有片刻安宁。这样似还不够,夏金桂又弄出了写有金桂生辰八字的纸人来嫁祸香菱,引得喜新厌旧的薛蟠对香菱又是一顿苦打。薛姨妈来解劝,她就隔窗叫喊拌嘴。

菱,为夏末之花,秋季结实。夏秋一度,生命的历程便结束了。想要一夫一妻的夏金桂终于成功地将香菱赶出了薛家,使其不得已地跟着宝钗躲进了大观园里。而后,因香菱体弱,加上夏金桂的不断折磨,可怜的她,最终得了干血之症。此后,她日渐羸瘦,饮食懒进,如秋日的残荷一般彻底凋零了。

人们总是向往美好,期望着皆大欢喜的结局。所以,在曹先生的半部残书之后,人们也开始续写着夏金桂、香菱等人的结局。人们因为憎恨夏金桂的跋扈,于是,后来的续书者便将夏金桂塑造成为愈加凶狠的妇人,使得被压制得服服帖帖的薛蟠躲出了家门,从此不敢回去。还有的续书者直接说夏金桂因为勾引薛蝌不成,而再次迁怒于香菱,想要将其毒死。不料,鬼使神差,夏金桂自己饮毒而亡了。再后来,香菱不仅被扶为了正室,而且还为薛家诞下了一子。

无量佛如莲,无边佛如莲,一世人生应如莲,平安步履方为莲。

不论香菱的结局如何,幸福与否,想必,红尘之中,走过无数坎坷,又经反复锤炼,或许她早已卸下了包袱,忘却了烦扰,在宁静、愉悦和圆满中得以超脱。

四、邢岫烟

诗曰：

华庭一脉香，紫陌半分霜。灵秀精华地，钗荆裙布妆。

闲云书墨卷，弄鹤惠风扬。熠熠琴弦意，始开并蒂芳。

老子曾说："为学日益，为道日损，损之又损，以至于无为。无为而无不为。"老子在求学上力求天天有增益，肯下功夫；在追求真理和修德上，能不断革除偏见和恶性，更肯下功夫。这便是，先有为而后上升至无为，最后又达于"无不为"。

无为，是一种境界。亦是一个人在心性、意识、行为上的一种修为。需要坚韧的意志，更需要不为外界因素所干扰的淡定。

邢岫烟是邢忠夫妇的女儿,贾府邢夫人的侄女儿。是和"酒糟透之人"的父母一起来投奔京城里的亲戚邢夫人一家的。邢岫烟虽然来到了那昌明隆盛之邦,诗礼簪缨之族,花柳繁华之地,温柔富贵之乡。每日所见的,亦可谓举步皆权贵,展眼尽富足。不论府上的主子还是丫鬟,吃穿用度,行为举止皆与她之前的清苦生活有着天壤之别。但是,在这些炫美的诱惑面前,清贫的邢岫烟淡定、从容,不为名所累,也不为那所谓无纷争而烦扰。

初到贾家时,与邢岫烟在途中相遇,并一同投奔贾家而来的薛宝琴、李纹、李绮四个姑娘,当时被贾家的人称作"一把子四根水葱儿"。而且,同来的四个人当中,薛宝琴最受贾母的宠爱。贾府里,薛宝琴一出现便赢来了众人喝彩。有的人称赞宝琴漂亮,也有人说宝琴有才华。不仅想要为宝玉说亲,同时还令王夫人认了干女儿,连园中也不用住,只让夜里跟着贾母一处就寝。

还有同来的李纹和李绮,因生得人才齐整,也使得喜爱女子的宝玉忍不住在袭人、麝月、晴雯的面前由衷感叹:"大嫂嫂的这两个妹子,是老天用多少的精华灵秀造出的这样的人上之人。"她们与李纨等一道住在稻香村,家人在稻香村里亲热无比。

姊妹们热闹欢喜，唯独邢岫烟是淡淡的。她无薛宝琴的殷实家境，也无李纹和李绮的姣好容貌，加之她的清贫，府上的人对她也是不冷不热。四个女儿中，薛宝琴、李纹、李绮被贾母逐一夸奖，唯独邢岫烟贾母不想将她留下。而且还对邢夫人说"你侄女也不必家去了，园子里住几天，逛逛再家去"之类的客套话。

又因邢岫烟的父亲巴望着能和贾家攀上点交情，不管贾母和邢夫人是真心，还是假意，邢岫烟就这样在贾府里"留下了"。

虽是寄人篱下，但她没有黛玉整目的泪水涟涟，自贱自卑。而是以一种谦卑、隐忍的姿态昂着头，挺直着身板与人交往。

邢岫烟虽有荣国府长房媳妇的姑妈邢夫人做依靠，可是，在邢夫人眼里，对自己的娘家人这样极力帮衬，使自己在贾府常常陷入窘境。如今，侄女儿又这样不请自来，无异于给自己额外增加了负担。为此，对于这三位远道而来的穷亲戚，邢夫人的态度便是不亲不疏、不尴不尬。

为了省却麻烦，碍着情面又懒得理会的邢夫人将邢岫烟像踢皮球一样地踢给了凤姐。而凤姐又揣度着迎春的木讷、好说话，便将邢岫烟塞给了迎春，令她和迎春一同挤在迎春的紫菱洲。

虽是贾家的大小姐，但是诨号"二木头"的迎春生性懦弱，是一个连自己都照顾不好的人。不仅如此，这个软弱的富家小姐身边还有一群嘴尖、爱惹是非的丫头和老妈妈。所以，对于邢岫烟这样一个无依无靠的穷亲戚，紫菱洲里的丫鬟婆子们自然也没有将她放在眼里。

在紫菱洲，邢岫烟借着迎春的日常用度在生活，同时还要将自己的月银分一半给住在园外的父母，邢岫烟在大观园里的生活可谓捉襟见肘。加之，紫菱洲里管理混乱，仆人胜似主子，主人还要看仆人的脸色行事。用凤姐的话说，一个个乌鸡眼似的，不是你吃了我，就是我吃了你。但是，在这样的复杂环境里，邢岫烟不与是非争长短，从不向园中的主子小姐们发牢骚。她没有邢夫人的冷漠愚钝，也不像她的父母那样乖张诡谲，虽然衣着寒酸，但她却时时处处，以一种温柔和顺的态度与人以礼相待。

同是主子，邢岫烟不但没有使唤迎春的下人，相反她还隔三差五地用钱为紫菱洲的下人们打酒买点心。为的只是止住这些多事的下人们的嘴，来想尽办法息事宁人，化解一切可能发生的矛盾。

虽然贾家富贵,邢岫烟出身清贫,但在这样一个富贵的世界里,她人穷志不穷。她没有在富贵里沉沦,也没有因为自己的单薄衣衫而失掉她本来的志气。她聪慧贞静、安贫乐道,为人不卑不亢。她也不慕虚荣,更不怨天尤人做损害人格的事。

她不受别人的施舍。虽然邢夫人早已示下,她可以和迎春合用紫菱洲的东西,但她只用当卖自己衣物的钱来支撑自己的日常用度。尽管身上的衣服已经半新不旧,被窝也是薄薄的,而且,房中桌上摆设的东西,也都是老太太拿来的,但被她收拾得干干净净,一丝不苟。

那日,邢岫烟丢了一件已经旧了的红小袄儿,得知了情况的凤姐要将涉事的老婆子撵出去,邢岫烟便替这老婆子再三讨饶,凤姐才饶了这老婆子。凤姐令平儿取了一件大红洋绉的小袄儿、一件松花色绫子料子并衬一斗珠儿的小皮袄、一条宝蓝盘锦镶花绵裙、一件佛青银鼠褂子包好了叫丰儿送给邢岫烟。邢岫烟却坚决不接受,反倒还拿了个荷包回送了丰儿。她和宝玉、薛宝琴、平儿四人的生日在同一天,而且生日那天也被邀请来给宝玉过生日。穿戴整洁的她,明明知道也是自己的生日,但她却瞒着别人只字不提。

她不怨天尤人。芦雪庵赏雪作诗,可谓大观园里的女儿们比美的盛会。宝琴穿的是贾母所赐的野鸭子头上的毛做的翠羽斗篷,宝玉穿的是红猩猩毡斗篷,黛玉穿的是白狐皮斗篷,李宫裁的斗篷是哆啰呢,宝钗的是莲青斗纹锦,贾母的是大斗篷,凤姐的斗篷恰似掌家人,湘云有斗篷未穿,唯有邢岫烟仍是家常旧衣裳,并无避雪之服。但是,邢岫烟并没因此而感到自卑,依旧大方地加入诗友当中,和众人一起赏雪作诗。

自守、自尊、自爱的人,自会受到旁人的尊敬。同样,品性高洁的人,不论环境如何,其良好的品质也定会受到他人的喜爱。

日久见人心,后来与贾家人相处的日子里,大家渐渐对四位投奔而来的女儿分出了彼此。邢岫烟既没有给凤姐送过礼,更没有说过一句奉承她的话,但是,这个以往以貌取人的凤姐,却戳叕着邢岫烟的心性和为人竟不像邢夫人及她的父母那样,却是温厚可疼的人。故而,怜惜着邢岫烟家贫命苦的凤姐,特意批准邢岫烟与园里主子小姐迎春一样,享受着每月二两银子的月例。精明细致的探春见别人都有玉佩,唯独邢岫烟没有,便也悄悄送了她一枚碧玉佩。邢岫烟生日时,自己不声张,但是被探春知道了,探春便立刻为邢岫烟安排,其礼遇与薛宝琴同等。平儿也擅自做主,把凤姐的一件大红羽纱防寒服给了邢岫烟,受到了凤姐的称赞。

史湘云听说迎春的下人占邢岫烟的便宜,总是偷偷地当了她的衣服,致使她经济紧张,也仗义地想为她打抱不平,并对她说:"等我问问二姐姐去,我骂起那老婆子丫头一顿,给你们出气如何?"

还有细致入微的薛宝钗,不仅平时给了邢岫烟许多生活上的嘱咐指点,同时还悄悄地为邢岫烟取回了当掉的衣服,又在暗中不露声色地对其体贴接济。以至于邢岫烟同意自己与薛家结亲,是因为心中先有了对薛宝钗的好印象,方才爱屋及乌地允了薛蝌。

除此,还有欣赏她的宝玉,也为她含而不露的才情所折服。宝玉生日时,妙玉送来了以"槛外人"自称的拜帖。一时,宝玉不知如何回复,正要去请教黛玉,刚好遇见了邢岫烟。邢岫烟便说自己与妙玉有着十几年"半师"之分的交情,并且向宝玉指点要宝玉自称"槛内人",表示自己是个凡夫俗子,方能合了她的心意。恍然大悟的宝玉听得才喜地笑道:"怪道姐姐举止言谈,超然如野鹤闲云,原来有本而来。"

篆书,为秦始皇统一六国后所用的官样文字。其字排列整齐,行笔圆转,线条匀净而长,美丽端庄。故而在给自己的丫鬟起名时,邢岫烟便给了丫鬟这样一个名儿。度着邢岫烟的清苦,诸事无人照料,于是在凤姐卧病在床,李纨、探春和宝钗三人共同理家时,宝玉便悄悄地向凤姐求了,将名叫定儿的丫头偷偷地给了邢岫烟以示帮衬。

只是,这样的处处讨喜,终究在邢夫人那里被打了折扣。因为家里穷,邢岫烟的父母才不得不低声下气地举家来到贾府,祈求着邢夫人能够帮着置些房舍,帮衬些盘缠。可是,因了邢夫人的冷漠,而且禀性愚弱、失了自我的邢夫人,只知奉承自己的丈夫贾赦,家中一应大小事务不仅做不得主,而且还甚不得人心。邢夫人不愿意给邢岫烟半点好处。只令邢岫烟将凤姐每月给的二两银钱的月例分一半给自己的父母。于是,照办的邢岫烟,只得用余下的一两月银在大观园里紧张度日。

贫穷往往能够动摇一个人的意志,击垮一个人的德行。比如,迎春的父亲贾赦,因为欠了孙家的五千两银子,还不出,便抵债一般地将迎春嫁给了孙家做媳妇。同样,因为邢夫人的贪婪,出入的银钱一经她的手,便被克扣异常,府上的下人多是对邢夫人不服的。又因儿媳凤姐的强势、对待下人态度鲁钝,故而,邢夫人在贾府上下甚不得人心。有这样的亲戚做靠山,想必也稳当不到哪里去。

因要到外面当东西,于是身在贾府不能随便出入的邢岫烟只得劳烦婆子们。而要使唤贾府的人,是要出银子打赏的。所以,即使当了,所当的钱到了邢岫烟的手中,还要被盘剥一次。

平儿的虾须镯被盗了,因为她的清贫,自然成了被怀疑的对象。不仅如此,在事情没有查清之前,平儿还悄悄地对麝月说:"我们只疑惑邢姑娘的丫头,本来又穷,只怕小孩子家没见过,拿了起来也是有的。"

幸而,事情还是水落石出了,偷镯子的事与邢岫烟无关,邢岫烟是清白的。偷盗之人正是宝玉房里的三等粗使丫头坠儿。但是,之所以被人怀疑,皆是因为那个可恨的"穷"字。穷,在众人眼中,便是志短,便是一切罪恶的根源。

邢岫烟生于贫寒之家,家中没有自己的房舍,只得租了蟠香寺的房子居住。幸而,那时的妙玉也在蟠香寺中修行。而妙玉的为人孤僻,万人皆不入她眼目。但是,对于这个一墙之隔的邻居邢岫烟,妙玉却是青睐有加。妙玉不仅容许邢岫烟出入自己所在的寺庙,同时还教邢岫烟读书识字。而且,这样的友谊长达十年之久。

小隐隐于野,大隐隐于市。或许,因了妙玉的影响,邢岫烟才有了和妙玉一般贤雅的举止,闲云野鹤一般的超然气度,从容随和,乐以忘忧,自尊而不张扬。困境中的隐忍,一若山谷里悠然绽放的兰,淡雅、宁静,于悄无声息中暗暗地绽放着雅致的王者之香。

也正是因为邢岫烟的端雅稳重,淡然从容,骨子里时时向贾府闪现着"不为五斗米折腰"的傲骨才被薛姨妈看重了。薛姨妈不在意邢岫烟贫寒的家道,更不会介意她是荆钗布裙。薛姨妈看重的是她的人格品行,良好的德行。薛姨妈不仅想娶她为儿媳妇,并且思量着自己儿子薛蟠的品行拙劣,怕配不上,才说给了薛蝌。这个媒同时还得到了贾母的认可,由贾母亲自做的媒,薛姨妈请贾母说合这件事时,贾母高兴得满口答应。

同为皇商的薛蝌,虽然生在富贵人家,可惜父母早亡,并未得到皇商的眷顾。幸而薛蝌的父母生前生性豁达,令薛蝌与妹妹宝琴兄妹读了书,在外增长了见识,其实是比那个在薛姨妈溺爱下长大的哥哥薛蟠要强过百倍的。

因为父母早亡,一切无所依靠,所以"穷人家的孩子早当家"的薛蝌没有哥哥薛蟠的骄纵轻狂,也不是宝玉那般只图享乐的闲人。

除此,薛蝌处处守礼,事事谨慎。加之,清贫的邢岫烟端雅稳重,知书达理。想必,同病相怜,而且男女皆知生活甘苦的婚姻,定是一线难得的好姻缘的。

第四章·并蒂奇葩，两眉羞

娲皇氏用黄泥造人，先是造了男人。又怕男人寂寞，便又造了弱弱的女人前来陪伴。同时，为能长久，娲皇氏又将一根红线分别置于男人和女人的手中。

从此，泥样的两个人，便束缚在了一起。

一、娇杏

诗曰：

落雨青鸾秀，绿珠和露浓，碧波随水绕，红蕊展娇容。

彩线连纨绮，孤英续敝重。蒿中一身世，何必忆残冬。

电影《倩女幽魂》里，侠义道士燕赤霞经了落魄书生宁采臣的央求，才竭力作法，使在阴间不得转世的聂小倩魂魄得以超生，重新做人。

事后，侠义道士燕赤霞曾如此感叹：生不逢时，比做鬼都还不如。

虽然我不信命，但是冥冥之中，有些似是而非的巧合，有些不经意遇着的一个极好的机缘，却是难以预料、且难以用言语来描述的。

做鬼的聂小倩因为生不逢时,到了阴间,只得在树姥姥、阴阳法王的指使下,残害人类,自己也在阴间备受楚苦。

真亦是假,假亦是真。贾家的宝玉,见了女儿便清爽,见了男子便觉浊臭逼人。而似贾家的镜子的甄家宝玉,却大讲文章经济,力图上进。同样,那花柳繁华之地,昌隆盛世之邦,诗书簪缨之族,花柳繁华之地,温柔富贵之乡里,虽然女儿众多,但是仅仅三春光阴,便如雨后的娇花一般,纷纷凋落了。

相对而言,身在那大观园外的妙龄女子娇杏,却和园中的女儿命运不同。她是一个有吉人天相、处处化险为夷的有福之人。

她是整部《石头记》中,唯一得到过美满婚姻的女子。群芳之中,众女儿出场时娇杏出现得最早,又是最先一个退场的。但是,那虚幻的谶语里,凌辱、责骂、病痛……这些属于女子的悲剧命运,统统与她无关。她的命运,一点也不悲惨。虽然也曾下贱为奴,但是后来的日子,她却从此幸福平安,锦衣玉食。尤其和她原来的小主子香菱相比,实可谓一主一仆,一个"有命无运,累及爹娘",一个却是"命运两济,富贵齐身"。

那日,在甄士隐的院中,闲来无事的娇杏在院中掐花。因为嗓子有些发痒，便咳嗽了一声。恰巧落魄的贾雨村此时也在院中。而且寄于甄士隐家的贾雨村因为苦读诗书许久，便停下了手中的笔墨，正对着窗外凝思解闷。咳嗽声立刻引起了贾雨村的注意，进而站起身来，循着声音的方向在外寻找。

不想，四目相对的时候，他发现那咳嗽的来源却是一女子。而且，娇杏在贾雨村的眼中，生得仪容不俗，眉目清秀，虽无十分之姿，却亦有动人之处。

异性相吸，况且眼前还是一个妙龄女子。于是，贾雨村不觉看得呆了。那时，摘花的娇杏原本无心，而且窗帷之内，有一个风华正茂的青年男子在密切地注视着自己，娇杏也浑然不觉。

因为不知，贾雨村方才有了更多的时间，将眼前的女子打量得透彻。过了许久，当娇杏撷了花欲走时，猛一抬头，方才看见窗内有人在注视着自己。彼时，贾雨村敝巾旧服，虽然暂时穷苦，但是他生得腰圆背厚，面阔口方，更兼剑眉星眼，直鼻权腮。

旧时，举子们如在京城高中，除了笔试，同样也有面试一关的。因为当时的人不仅要考考生的学问，同时也要考察举子们的言谈、举止。如果生得相貌丑陋，即使学问再好，也会因此而打折扣的。

青春年少,加之那时的贾雨村长相不俗,身材高大,也算得上一个仪表堂堂的美男子。彼时,院中无人,故而妙龄之年的娇杏便大胆地又对贾雨村多看了数眼。

娇杏不是什么大家小姐,也不是四大家族里有见识的管家、丫头,她不曾读得什么书,没有见识过什么大场面,更不懂得什么慧眼识英雄的大理。只是那时,贾雨村给她的印象是,生得雄壮,衣衫褴褛。

封建的"礼教"让见了陌生男子的娇杏连忙转身回避。因为贾雨村是甄士隐家的常客,对于这样的常客,娇杏也是略知一二的。而且娇杏也和主子甄士隐一样,一心向善,且爱救济扶贫。因为听了主子甄士隐常常提及贾雨村的事,于是,娇杏也在心里想着,能够贡献自己的一点微薄之力,对这个落魄之人有所帮助。只是她身为女子,不仅要守礼,而且还不能越礼,故而也没甚机会,去资助落难的贾雨村。

彼时,娇杏也在打量着贾雨村。而且走时,娇杏还在贾雨村的面前一步三回头,大有不舍之意地慢慢离去。

那时,他们虽未交谈,但是对彼此的印象已深入各自的心扉。

"玉在匣中求善价,钗在奁内待时飞。"那时,贾雨村正处在困境之中,无人赏识,也没有谁对他有所提携。困在那破旧的葫芦庙中,贾雨村整日与青灯、古佛、书卷为伴,实可谓满世风尘,前途无望。这时,娇杏出现了。她虽不是达官显贵,也不是名门之后,但是娇杏的关注,成了贾雨村寂寥的路途里一道难得的风景。而且,娇杏的如此关注,在困顿的贾雨村眼里,成了"巨眼英豪,风尘中的知己"。

娇杏,侥幸。幸而,她的名字叫娇杏。恰如凤姐的女儿巧姐那样,有了"巧"字的吉谶,凡事都可以逢凶化吉。而且,这样的侥幸,其主要原因是,娇杏不是在贾府,也不是那大观园中众多女儿的一员。这样单纯的境地,才不会受到他人的干扰,才不会遭遇那爱搬弄是非的王保善家的刁难,受着跋扈的司棋、爆炭一样的晴雯等人的嘲讽,也不会如寄人篱下的黛玉、妙玉那般受着别人的冷眼,更不会在那等级森严的主子、奴仆之争的旋涡里迷失了方向,所以那悲惨的命运便与她无关。

娇杏所在的位置地处东南一隅名曰姑苏阊门外,是十里街仁清巷葫芦庙旁的一乡宦甄士隐家。主家的嫡妻封氏性情贤淑,深明礼仪。甄家虽不甚富贵,但在当地也算得望族了。那时,娇杏是甄家的大丫头,和贾府的上等奴婢袭人、鸳鸯、紫鹃那样地位相当,主要从事的是服侍主子的生活起居。

只是,随着时光的流逝,原本富足的甄家运数败落,开始频遭不幸,日子也过得一日不如一日。

先是家里的独生女儿,在元宵佳节的时候,被家奴霍启带出去观灯,而被拐子拐了去,至今下落不明。雪上加霜的是,后因葫芦庙炸供,一条街烧得如火焰山一般,可怜的甄家便在火灾中成了一片瓦砾场。屋漏偏逢连夜雨,在火海里侥幸逃生的甄家夫妇,无处安身,到了田庄上,偏又水旱不收,鼠盗蜂起,加之官兵剿捕不得安身。

不得已,甄士隐夫妇只得变卖了田产,去投奔岳丈封肃。可是封萧一见女儿、女婿这样地落魄而归,便也一改往日和悦的颜色,对其冷眼相向。因为顾着女儿的颜面,封萧才予了甄士隐一些薄田朽屋,使其勉强度日。

但是,甄士隐本是一个读书之人,并不善于田间的活路,也不善算计过活,所以日子更加窘迫了。中年丢女,暮年贫病,数重打击之下,下世光景便与悲愤的甄士隐相距不远。

最后,只得拄了拐杖行走的甄士隐在街前散心,遇着了一个疯癫落魄、麻屣鹑衣的跛足道人,在其度化之下,便跟了这道人飘飘而去。只留下甄士隐之妻封氏与两个旧日的丫鬟哭泣

第四章・并蒂奇葩,两眉羞

145

不止。无以为继，封氏只得日夜做些针线，在街边变卖度日。

而甄士隐的女儿甄英莲，自从被拐子拐了去，便被养在了一个僻静之处。不仅缺衣少食，而且时常遭受打骂，害怕得已不知家在何方，父母为谁了。岂知，这拐子又将英莲偷卖给了薛家，意欲偷卷了两家的银子，再逃往他处。但被两家拿住，因为英莲生得袅娜纤巧，做人行事又温柔安静。所以，两家都不退银子只是要人。薛家原是早定了日子要去上京的，是距动身的前两日才遇见了这丫头，并欲买了便进京的。而那薛家公子薛蟠原是金陵一霸，又是两家夺人，于是薛蟠便喝着手下的人将冯家公子打了个稀烂，抬回家去三天便死了。从此，随了薛家进了京城的英莲便远离了家乡，又被主子家更了名姓，委身为奴，改名香菱了。

主家在日益衰败，作为奴才的娇杏却恰恰相反。先是她曾经用无心的咳嗽声引来对方的关注，后又成了自己丈夫的贾雨村，与甄士隐位置荣枯易位。

贾雨村自从得了甄士隐的资助，便有了足够的盘缠取得了进京赶考的机会。来到京城，贾雨村先是考取了进士，被选入外班，做了知府。中间虽因得罪了权贵，被人以贪污徇私、恃才侮上、生性狡猾、擅篡礼义等罪名而革了职。在游到维扬地面时，因偶感风寒，病在旅店一月光景。就在身体劳倦、盘费耗尽的时候,贾雨村又在两个旧友的力谋之下,到了林如海家给黛玉做了家塾教师,得以安身。又因主家黛玉之父林如海也是书香之族,林如海考中探花后,被迁为兰台寺大夫,钦点为巡盐御史,权倾一方。在林如海的举荐下,又有林如海专程向黛玉舅舅贾政寄书要对其帮助,贾雨村很快官复原职,补授了应天府,从此一路富贵。

而后,便是在甄士隐家中多瞧了贾雨村一眼的奴才娇杏。因为甄士隐出了家,甄士隐之妻封氏无以度日,便携主仆三人在父母家做些针线帮着父亲度日。

人在落魄的时候,总会想抓住点什么,作为自己的依靠。加之,旧时未出阁的女子是不能擅自与陌生男子见面的。但是,娇杏那声无心的咳嗽却似一根无形的"红线",不仅就此系住了彼此,而且还让落魄的贾雨村在这样一个品貌不凡的婢女身上找到了些许自信。

只是时过境迁,甄家又屡遭不幸,已举家迁至他处,加之旧时的信息匮乏,故而,原本有情的贾雨村与娇杏便从此天各一方了。

纵有千百个离去的理由,只要有心,相逢便不论咫尺还是天涯了。贾雨村不久便官复原职,而且就职的地方就在娇杏所在的应天府。

新太爷上任,场面自是隆重无比。街市之中,手执武器的衙役一对一对地站在街市两边,乌帽猩袍的贾雨村被大轿抬着,在里三层外三层的人群围观中经过。围观的人群里,正在卖针线的娇杏也在其中。同样是无心的一瞥,大轿之中的贾雨村便再一次瞧见了那张似曾相识的面孔——娇杏。

此后,娇杏便更加顺风顺水。当晚,办完公差的贾雨村便差了人来,问明了情况,并赠送银两,确认是娇杏无疑。次日,贾雨村又差人向封氏送了两封银子、四匹锦缎,以示答谢。同时又向封肃密寄书信一封,转托甄士隐之妻封氏要了娇杏作二房。

封家原本清贫,权贵面前自是巴不得奉承的。于是,封肃不仅催促了女儿,且在当夜便用一乘小轿将娇杏送入了贾宅,称了贾雨村的心意。

到了贾雨村身边不到一年,娇杏便为雨村生下了儿子。随后,贾雨村正妻染疾亡故了。母凭子贵,为此,生了儿子的娇杏便被贾雨村扶了正,成了贾家的正室夫人,从此一生荣耀富贵。

娇杏与贾雨村"偶因一回顾",便成了人上人。他们是石头城内唯一的一对"美满"的结合。诚若女娲氏炼石补天之时,只用了三万六千五百块,只单单剩了一块未用,被弃于青埂峰下,自经锻炼,通了灵性之后,才有机会到了那昌明隆盛之邦,诗礼簪缨之族的温柔富贵之乡去安身乐业的。

贾府的长房长媳秦可卿曾托梦于凤姐,三春去后群芳尽,各自需寻各自门。待字闺中的时候,活得如"二木头"一般的迎春,被父亲当作了赌资抵给了孙家,后被孙家折磨致死。三小姐探春,虽然精明能干,有心机,能决断,但是最终,不过是成了朝廷的棋子,被逼远嫁,从此远离故土、永诀亲人。还有寄人篱下,依附着祖母生活的黛玉与湘云,不仅孤苦,凡事做不得主,而且还受尽了冷眼。还有晴雯、坠儿、金钏、司棋、芳官等等,卑贱的奴婢们,同样在主子的凌辱下,死的死,被逐的被逐,没有一个得以善终。

或许,这就是娇杏的命。不求大富大贵,但求一生平安。

不是在贾家,也不曾富贵极盛。只是在丈夫贾雨村的宽大臂膀之下,过着平凡的日子,步步为营,小富即安,实可谓生在不幸中的万幸。

二、小红

诗曰:

淡淡婵娟意,绵绵花影垂。绛园眠旧梦,苍幙阻新词。
名岂乾坤渡,余皆愁海湄。谁怜小儿女,罗帕寄相知。

小红本名林红玉,是荣府负责管理田房的管家林之孝的女儿。因为生下来不会哭,林氏夫妇担心不会哭的孩儿是异兆,又怕主子们怪罪,便将小红弃给乡下一家农户收养。

可是,小红的养父母家也不甚富裕,都是以种田为生的庄户人家。贫贱夫妻百事衰,连年干旱,家里又凭空多添了一张嘴,供养不起的养父母只得把小红送回了林家。

此林家非彼林家,林之孝家本为贾家之奴,是卑微地依附于他人脚下讨生活的。远在扬州的林黛玉家,系世禄之家又是书香之族。当家人林如海考中探花后,便被迁为兰台寺大夫,钦点为巡盐御史。两个林家并无瓜葛,只是同了一个姓,两家同样都只有一个女儿罢了。

林红玉家虽然卑贱为奴,但在奴才们当中也算得上是有头有脸的了。小红的父亲是贾府的管家,并且负责贾府的房产的管理,因此她的条件和背景要比其他丫头好许多。大观园在建的时候,小红的母亲负责的是园子里小尼姑的安排,居于大观园中栊翠庵里的妙玉也是林之孝家的接进园子里来的。

只是,林家的发家之路并非一帆风顺。黛玉的贴身婢女紫鹃,为了帮黛玉试探宝玉的真心,谎称黛玉要回苏州老家去。

一听黛玉要走,如同打了焦雷一般的宝玉不仅信以为真,还两个眼珠儿直了起来,给他个枕头他便睡下,扶他起来他便坐着,倒了茶他便吃茶,痴痴地如同失去了知觉一般,弄得贾母、王夫人等顿时惊慌得不知所措。而恰在此时,林之孝家的单大娘又出现在宝玉的面前,并当着宝玉的面说林之孝家的云云。一听到"林"字,担心黛玉被林家的人接走的宝玉以为接黛玉的人真的来了,便满床满地地滚闹着,要将姓林的打出去。

贾母爱孙心切。孙子的胡闹,祖母也纵容。为了安慰宝玉，贾母便当着众人的面，示意要将来者打出去。同时声称，贾家除了黛玉，凡是姓林的都要被打走。尤其是林之孝家的，从此不许再到园子里来，以后也不许再说一个"林"字。

其实，林黛玉的"林"与林之孝家的"林"并无任何关系。只是因了同一个姓，无辜的林之孝家的，便这样被牵连其中。

给别人打工，尤其是给"四大家族"中的贾家打工，一言一行皆需谨小慎微。而今，宝玉的留林遣"林"，令单薄的林之孝家雪上加霜。

宝玉逐"林"的直接结果除了黛玉要长留贾家，不许被任何人接走，此外便是在贾家最高权威贾母的口谕下，本与此事无关的林之孝家，从此再不得进入大观园了。

原本，林之孝和妻子就是八面玲珑的，而且洞察过世事险恶的他们亦知在关系复杂的贾家事难做，人更难做。所以，困难来时，林之孝夫妇便知晓，与其针锋相对地自绝后路，还不如"装聋作哑"地静候时机。

贾家的矛头虽然直指为奴的林家，其用意也不过是为了哄骗哄骗孙儿，不让其哭闹。

为了息事宁人，在旁人异样的目光里，为难的林之孝一家唯有"忍"字。而且，平日里为人处世就十分低调的林家，便不得不低调再低调了。那时,贾府的当家人正是宝玉的母亲、凤姐的姑母王夫人,而为凤姐、贾琏效命的林之孝夫妇也在贾家处处装傻。平日,夫妻俩只完成贾府的分内之事,既不多言,也不与凤姐、贾琏之外的人有过分交集。

贾珍数次骚扰儿媳秦可卿,被林之孝家的撞见了,林之孝也故意装作没看见,什么也不知,什么也不问。贪淫好色的贾瑞觊觎凤姐。凤姐为其所设相思局,故意施以假言引贾瑞上钩,且被凤姐捉弄得命在旦夕。作为为数不多的旁观者之一,林之孝家的非但没有半点同情,反而还站在凤姐身边暗暗地拍手称快。为了取得主子的信任,比凤姐年轻许多的林之孝家的还认了凤姐作二妈。

于是,这样的用心良苦,便给了凤姐林之孝两口子一个天聋一个地哑,老实得三棍子也打不出个屁来的蠢笨又可信的奴才印象。

这样的处心积虑,自然换来了林之孝夫妇想要的结果。随着时间的推移,主事的王夫人渐渐老去,家中的主事大权便由凤姐和贾琏夫妇接管了。母凭子贵,仆随主荣。主子的权力越来越大,为奴的也在奴才们当中狐假虎威。

林之孝寡言少语,但是办事踏实稳重,见地深刻。于是,二爷贾琏有什么事情,必要跟林之孝商量。林之孝家的细心周到,且颇合主子心意。贾母、王夫人不在家时,林之孝家的便会代为行使责任。

凤姐过生日,由贾母牵头大家凑份子,各人所交的份子是由林之孝家的负责保管的。鲍二媳妇吊死之后,鲍二媳妇娘家亲戚要告凤姐,林之孝家的不仅以荣国府管家的身份与其交涉,还和荣府里的其他人半是威胁、半是许钱地摆平了此事。

正月十五元宵节荣国府开家宴,宴会的统管是林之孝家的。正月二十日,林之孝家也办年酒,因了凤姐的情面,贾母高兴得直视众人散去方才回来。在玫瑰露与茯苓霜事件中,为了集中权力,林之孝家的借柳五儿发难,将自己的心腹秦显家的取代了柳家的,从而进一步控制了园子里厨房的管理权。而为了达到目的,秦显家的还悄悄地送给林之孝家一篓炭、五百斤木柴、一担粳米作为酬谢。林家富足,就连探春也说,林之孝家的花园子都快有大观园的一半大了。

嫁出去的姑娘,泼出去的水。女儿终归是别家的人,主子的光环照耀,权力日盛的林之孝夫妇,在安守本分的同时,对于女儿的态度,却是淡之又淡的。女儿在园子里做事,林之孝夫妇便对初入职场的小红故意远离,处处回避。虽然林氏一家三口都在贾府为奴讨食,但是小红是林之孝夫妇的女儿,园里的丫头们也鲜有人知道。

小红本名林红玉,但因重了宝玉和黛玉的玉字,林之孝便给女儿改了名,去掉了女儿的"玉",只剩一个红字,人称小红。在女儿小红的工作安排上,林之孝家的也以管家和管家婆之职为由,对其置之不理,只任其在贾家自由发展。

初入职场,在贾家做事的小红所做的也是无足轻重的轻差事。怡红院位于潇湘馆之侧,院中粉墙环护,绿柳周垂。院中的几块山石、数棵芭蕉,还有一棵西府海棠势若绿伞、葩吐丹霞。这里的工作可谓清冷、清闲又清静。而且元妃省亲以后,大观园本是空着的,为了增加大观园的人气,一时找不到合适的人选,小红才被主管大观园内部的巡视、查房事务的母亲临时派到了大观园怡红院看守房子。

之所以成为贾宝玉房里的丫头,是因为元春省亲,回宫的元春觉得大观园空着可惜,才令众姊妹搬入园中居住的,而怡红公子宝玉便一眼相中了这里。

怡红院可谓大观园里的重中之重,可是灵巧的小红并没有得到父母的格外恩惠。小红在怡红院的地位依旧是一个三等奴仆。虽然生得模样标致,其待遇却不如袭人、晴雯这些后来买进来的丫头。所做的工作也只是负责打扫怡红院里的卫生、烧茶水等粗使活计。

没有父母的护佑,也无他人提携。人生的每一步,只能靠自己去走。一心向上的她,其实是时刻巴望着能够得到主子重视的。尽管她生得俏丽恬静,口齿伶俐,说话办事也不像其他丫头那样扭扭捏捏。但是,怡红院中的女孩子个个都是由贾母、王夫人精挑细选的人尖儿。加之奴才们之间三六九等的等级之差,同样都想在主子面前讨好的丫头们,私下里竞争激烈。作为怡红院的三等奴才,她进不得宝玉的房内,递茶倒水、叠被铺床也没有她的份儿,做的也不过是些浇花、扫地、烧茶水之类的琐碎之事。

不仅如此,因她和坠儿在滴翠亭里聊天,谈话的内容被追着彩蝶而至的宝钗听了去。又在无意中被宝钗坐实了"素昔眼空心大,是个头等刁钻古怪东西"的名声。

木秀于林,风必摧之。没有谁是心甘情愿地被压于人下,更没有谁不愿意人前风光。所以,虽然居于人下,但是不甘人后的她也在怡红院里寻找机会。

那日,袭人去了宝钗的蘅芜苑打络子,晴雯奉着宝玉之命到了黛玉的潇湘馆，麝月又在家中养病，秋纹、碧痕在给宝玉打洗澡水，宝玉使唤人递茶倒水，无人理会。刚巧，在怡红院里找帕子的小红，听到了宝玉的叫声，又见四下无人，方才越了级给宝玉倒了茶水。

结果可想而知，小红果然遭到了秋纹、碧痕等人的一顿狠狠奚落。事后，当她遵了凤姐的命令兴兴头头地拿着凤姐让她取来的荷包往回走时，丫头们便批评她正经事不干，光知道在外面逛。小红反驳是二奶奶使唤她去取东西时，只图嘴上快活的晴雯便讥笑她是爬高枝去了，主子对她只是一个点头示下，便不知道姓甚名谁，根本没把怡红院里的头等二等丫头们放在眼里。

成功的道路总是用荆棘铺就的。不畏困难，勇往直前，总会摘到胜利的桂冠。但一旦为奴，一世为奴，世代为奴，且在那个靠着主人的依附来决定自己前途的社会里，又有哪一个丫头没有爬高枝的想法呢？何况，身在社会的最底层，父母不管，一切都要靠自己的努力谋生存的小红所要经历的注定要比其他的女孩儿多得多。

虽然小红争强好胜，并且有志向、有野心，希望能有一番作为。尽管她在时时用心，可现实的残酷，一件又一件刺伤她心肺的事，却令她疲惫不堪。

处处受阻，处处不如意，心有不甘的小红也开始动摇了。或许，退一步便是海阔天空。更何况，人不会穷一辈子，也不会富一辈子。她不愿意如袭人那样，放下身段向宝玉、王夫人出卖肉体和灵魂求得升迁。也不像晴雯那样时刻以自己为中心，不顾旁人的看法，不管不顾地率意而行。远离这个看似光鲜的是非之地，虽然未来的日子清苦，不如这里的富贵繁华，至少心是不累的。

就像她劝自己的好友坠儿时说的，"千里搭长棚，没有个不散的筵席"。冷静的她将旁人的嘲讽、漫骂化成了一股积极向上的动力，她不断学习，不断提高着自己。她和黛玉生着同样的毛病，坠儿劝她，向黛玉要一些药来吃。见识不凡的她便这样告诉坠儿，黛玉是主，她是奴，两人的位置不同，虽然生了同样的病，治的方法也是不同的。

是金子总有发光的时候，机会总是垂青有所准备的人。从滴翠亭里出来后，小红便遇上了改变了自己一生的伯乐凤姐。

生得干净俏丽，说话知趣是小红给凤姐的第一印象。恰巧到大观园里来的凤姐没带随从的丫头，因突然想起一事，要使唤个人又寻不着，才向小红招了手。

领了凤姐的命令,小红不仅利落地完成了凤姐交办的所有事宜,同时在事后的回复中,小红又用简洁明了的话语向凤姐回复了所办的每一件事的结果。其中还对"这里"奶奶、"这里"的姑奶奶、凤姐本人、五奶奶和舅奶奶统共五位奶奶的关系描述得滴水不漏。

这样的人才不论哪个主子都会喜欢。而小红的干练,也是凤姐一直在寻觅的。只是当时,生在那丫头众多的怡红院中,小红根本没有施展的舞台。

爱才心切的凤姐,不仅夸奖小红说话齐全,办事利落,还当场要认小红做干女儿,同时还抱怨小红的父母早该把女儿送到自己的身边。

接下来的事,便更加顺理成章了。凤姐直接向宝玉要了她,她便成了贾府的当家人的得力助手,成了丫头中的丫头。

当事业有了转机的时候,属于小红的爱情便也瓜熟蒂落了。和宝玉与黛玉一样,手帕同是他们的媒人。经了坠儿之手,小红遗失的手帕,不仅到了心上人的手中,而且还几经辗转又物归原主。

贾芸原是贾府姻亲,是西廊下五嫂子的儿子。因贾宝玉的一句玩笑话"像我儿子",他便认宝玉做了干爹。为了能到荣国府谋个事儿做,他借钱买了冰片、麝香来巴结凤姐,又百般求告,才得了一个在大观园里种树种花儿的活儿。

小红为石,贾芸弄木。一石一木,虽然都是红尘里的卑贱之物,虽然他们出身寒微,但他们不甘人后,皆在困境迎难而上,没有半点退缩。

那个失了的手帕,成了他们的媒人。这样的"木石姻缘",实为大观园里为数不多的"金玉良缘"。

三、司棋

诗曰：

衾薄难存信，蛩声摧美城。云间无彩线，阃中有悲萝。

别母凭优去，从君意若何？柔花飞满地，漫妒任蹉跎。

她的主子，老实无能，懦弱怕事，是一个拿根针戳一下也不知唉一声的"二木头"。主子的攒珠累丝金凤首饰被下人拿去赌了钱，非但不去追究，别人设法要替主子追回，司棋的主子却说："宁可没有了，又何必生气。"

有了无能的主子，便就有了凡事自作主张，行事大胆泼辣的奴才。司棋让厨房给做一碗鸡蛋羹，柳家的说没有鸡蛋，还把传话的小丫头莲花儿数落了一顿。主子迎春向来懦弱，这样的事，迎春自是不会多说什么的。可是司棋却不肯跟着主子受这样的窝囊气。

司棋不仅领着莲花儿等一群小丫头，在园子里大闹厨房，还把菜蔬瓜果扔了个满天飞。当厨的柳家的做了一碗鸡蛋羹给司棋送去赔礼，却被司棋全部泼在了地下。

司棋也是贾家的家生子儿。她也来自宁府，是邢夫人的陪房王保善家的外甥女儿。仗着这么一点点靠山，司棋也和王保善家的一样，在下人面前嚣张地作威作福。

她与表弟潘又安自小青梅竹马，并且，两情相悦的他们，一个非他不嫁，一个非她不娶。

只是，作为服侍别人的奴才，司棋从小没有读过多少书，也没有认得多少字。虽然生在昌明隆盛之邦，为奴的司棋与潘又安不过是来自市井街巷的凡俗之辈。所以，司棋不懂得如她的主子那样，含蓄地用题有墨迹的手帕，或者诗句来表情达意。她只懂得人类最为原始的性。

司棋胆大，大观园便成了司棋与情人私会的场所。某日，领了凤姐的命，为凤姐办事的小红便无意间撞见了与潘又安私会的司棋。那时，凤姐令小红到自己的家里告诉平儿，外头屋里桌子上汝窑盘子架底下放着一百六十两银子，是给绣匠的工价,等张材家的来要,当面称给他瞧了再给他拿去。同时,小红还要帮凤姐在床头间拿一个小荷包交给凤姐。办完了事的小红,回来再找凤姐时,凤姐已到了别处,小红遍寻不着,却在山洞子里遇见了司棋。那时的司棋,正站着系裙子,一脸慌张。对于小红的提问,魂不守舍的司棋也是答非所问地回了一句:"没理论。"

因要私会情郎,无心工作的司棋开始玩忽职守。迎春房里的婆子们好赌,因无赌资,奶娘便背着迎春,越过了司棋等人,将黑手伸向了迎春的奁匣。将迎春的贵重首饰偷了出来拿去当了。主子丢了贵重东西,作为房里的大丫头,司棋是难辞其咎的。可是迎春懦弱,不仅不予追究,而且还帮着司棋打掩护地说:"宁可没有了,又何必生气。"

因为大胆,所以司棋在大观园中与潘又安的私会已不是一次两次了。何时进园,何处私会,潘又安已是轻车熟路。

这一天,潘又安买通了看门的婆子,径直进到了园子来找司棋。只是,从山洞子里出来的时候,司琪穿着红裙子,梳着鬅头,加之她高大丰壮的身材,便被无心的鸳鸯一眼认了出来。

事情败露之后,虽然司棋不住地向鸳鸯救饶,而鸳鸯也向他们发了誓,这事只是烂在自己的肚子里,不令任何人知道。

但是潘又安胆小,不敢担责任的他第二天便从角门逃了。从此丢下司棋一人,远走他乡。

爱情,在旧时的封建社会,仅指婚姻的围城之内,妻子对丈夫的尊敬、恭顺与贤德。抑或是青楼之中,玩偶一般的女人在男人面前,只是达官显贵调笑与戏谑的对象。尤其是在等级森严的贾府,不论是主子小姐,还是丫头小厮,只要彼此有情,互赠了信物,便是不才的事。不仅被当时的礼法所不容,还要受到世人的谴责。

司棋是贾家的家生子儿,她的人身自由和婚姻支配完全属于贾府。尤其在婚姻上,不仅司棋自己做不得主,就连司棋的父母也无权干涉,一切全是由贾府来指派的。

绣春囊本是贾家的家丑,说出去也不是一件什么体面的事。而且王夫人和凤姐也原是打算在暗地里查访,将大事化小,小事化了的。可是司棋的亲人王保善家的却认为,园子里的下人们平日对她不恭不敬,而心内不大自在。如今,有了绣春囊一事,便想以此为把柄,并撺掇着王夫人和邢夫人马上查办,好让园子里的姑娘得一个没脸。

孰知,查来查去,却查出了自己的亲侄女。男人的锦带袜、缎鞋、同心如意、大红双喜的字笺,一件一件证据确凿。还有笺上所写的,有关司棋与表兄的往来、相思、情谊的书信,也被凤姐逐字逐句,公布于大庭广众。

大观园容得了偷鸡摸狗,却容不得最为朴素的儿女情长。古往今来,不管男女,不管老少,都有追求爱情的权利。可是,这里是诗礼簪缨之族,从对长辈的昏定晨省,到逢年过节、生日丧葬、宗祠祭祀,这里的人都要遵守那个所谓体面的礼。

抄检大观园后,尽管司棋已被那所谓的"罪证"折磨得恹恹大病,但是贾家的人才不管她的死活,依然绝情地将她逐出了贾府。

贾琏在国孝家孝期间偷娶了尤二姐、与鲍二家的私通,纳了秋桐,且占了丫头平儿,没有人认为那是无"礼";宁府的贾珍有一妻二妾,同时还强占着儿媳秦可卿,玩弄妻妹尤三姐,形同嫖客,如此带头败家毁业的不肖子孙,没有指责他无"礼";贾代儒之孙贾瑞,在宁府庆贾敬寿宴时且公然越了礼,对凤姐心生歹意,几次三番地乘着贾琏不在家,跑到凤姐的房内几次调笑,也没人说贾瑞的不是。

还有,荣国府老色鬼贾赦虽然上了年纪,儿子、孙子、侄子满堂,却还要左一个右一个小老婆放在屋里寻欢作乐,但凡府中稍有头脸的丫头他都不肯轻易放过。还与贾雨村勾结,强索石呆子古扇,逼得石呆子愤而自尽。实可谓贾府里,不肖子孙的罪魁祸首。因要霸占贾母贴身的丫环鸳鸯作妾,在鸳鸯的誓死抗拒下,贾母才不轻不重地训斥了他放着身子不保养,官儿也不好生做去,成日里和小老婆喝酒。

尊卑、贵贱、长幼、嫡庶、男女。

封建宗法的繁文缛节里,不管责任归谁,矛头一律指向弱势的女子。

旧时,女子是入不得厅堂的。即使成了婚,为妻的如果对丈夫的活动有兴趣,也只能是隔着帘幕,在一旁观瞻,而不能加入。宋代理学家朱熹在《礼记》里曾言,女人的职责只限于纺织、针黹、抚育儿女、侍奉公婆。顺从、温婉、忍耐,几乎是旧时唯一形容女人的词汇。男人可以三妻四妾,可以流连于风月,可以纵情笙歌地任意与他人调笑,即使犯了有违礼法之事,人们都只是对涉事当中的女人问责,男人即使是犯了罪,也大都无人问津。

宝黛爱情在贾府上下人人皆知。只因袭人撞见了宝玉向黛玉的深情表达,便被袭人诬陷为不才之事。抄检大观园的时候,因为晴雯的模样神态颇像黛玉,加之平日里又曾得罪过王保善家的。于是王保善家的在王夫人面前谗言,她生的模样儿比别人标致,又生了一张巧嘴,在人跟前能说会道,掐尖要强。一句话不对头,她就立起两个骚眼睛来骂人,大不成个体统。

这样的添油加醋,让本来就对绣春囊一事胆战心惊的王夫人更加愤怒了。于是无辜的晴雯便被一向以慈悲为怀的王夫人视作了眼中钉。其实,王夫人与晴雯之间本无过节,晴雯在王夫人处的印象也不过是当着她的面训斥过其他的小丫头。但是,王夫人不管这个曾为贾府效命了数年的奴才状况如何,也不看当时的晴雯病得已是四五日水米不曾沾牙,奄奄一息,毫不手软地令人从炕上将她强拉了下来,晴雯蓬头垢面地被两个女人架着,只准顺带几件贴身的衣服,被垃圾一般撵出了贾府。

为了惩戒大观园里的丫头们,只要是不讨主子的喜欢,长相俊俏、举止风流的,皆成了王夫人要打击的对象。小丫头四儿,因为说了句"同日生日就是夫妻"的玩笑话,便被王夫人撵了出去,让家里人领出去配了人。小戏子芳官因为性格活泼,讨得宝玉的喜欢,而被王夫人视为会引得宝玉不长进的"妖精",也被列入了清除的对象之一。

除此还有当着王夫人的面,让宝玉吃嘴上的胭脂,又在言语上被宝玉进一步挑逗的婢女金钏。无知的金钏不仅得不到主子的任何保护,反而还被王夫人暴跳如雷地打了一记耳光,死活要将她撵了出去。迫不得已,王夫人的羞辱加责骂,让惊慌的金钏只得跳井自尽,来做解脱。

女子的弱,不仅来自生理,还来自外界强加于女子的枷锁。道德的败坏,不论对错,也不管责任在谁,所受责罚的,都是女子。于是,被抓了罪证的司棋情况亦然。

彼时,司棋的那个不敢担当的表兄潘又安,早已一个人逃得不见了踪影。恐惧、羞辱,以及未知的风险,只得司棋一人来承担了。

女人,天生是感性的。一旦付出了爱,即使前面是刀山火海,女人也会义无反顾。抄检大观园时,凤姐当着众人念了潘又安写给司棋的情书,无处解气的王保善家的只得当着众人打自己的脸,而当事人司棋却只是低头不语,并无畏惧惭愧之意。

虽然仗着王保善家的脸面,司棋只落得个从轻发落。但是,私会情郎,被无心的鸳鸯撞见,司棋早已志忑得忧郁成疾了。而后,和情人之间的定情之物、互通书信,又在来势汹汹的王夫人、邢夫人,以及贾府的诸多执事婆子面前被公之于众,这样的丑,无异于被人剥去了衣裳,被投置于街头。

女儿失了足,做父母的除了要自我反省,对女儿进一步的教育外,更多的应是安慰女儿,想尽办法来为女儿挽回颜面。绣春囊事件发生以后,司棋的父母本可以逼着潘又安家来向司棋提亲,以此来顺水推舟,既遮了女儿的丑,又成全了两人的好事,实可谓一举两得。可是司棋的父母不。自从司棋被赶出了紫菱洲,失了那体面的工作,从此断了颇为可观的收入来源,司棋的母亲便也和司棋闹翻了。

司棋哭着求母亲能够成全她与表兄潘又安,可是司棋之母只恼怒于女儿丢了工作,对于女儿的终身幸福,更是无动于衷。

后来,外出的潘又安赚了钱,终于回来了。爱人所受的苦,为夫的本应态度诚恳地到司棋的家去道歉谢罪。同时,再请上媒人,去司棋家提亲,明媒正娶,也还为时不晚。

只是,那时的潘又安深知司棋母亲是个见钱眼开的人,便怕司棋家贪图自己的几个臭钱,便又装作一副穷样到了司棋的家,来考验司棋母女。

因为他不负责任的逃离和不敢担当,潘又安自然遭到了司棋之母的狠狠责骂。

孰知,潘又安虽然一走了之,但在司棋心底,却依然对他一往情深。闻得母亲与潘又安的争吵,司棋忙老着脸向母亲祈求:"我是为他出来的,我也恨他没良心。如今他来了,妈要打他,不如勒死了我。"

女儿的哭诉,负罪而来的潘又安依然穷酸,司棋的母亲便依然见钱不见人,并哭骂司棋,说:"你是我的女儿,我偏不给他,你敢怎么着?"

司棋只得据理力争:"一个女人嫁一个男人。我一时失脚,上了他的当,我就是他的人了,决不肯再跟着别人的。我只恨他为什么这么胆小,一人做事一人当,为什么逃了呢?就是他一辈子不来,我也一辈子不嫁人的。妈要给我配人,我愿拼着一死。今儿他来了,妈问他怎么样。要是他不改心,我在妈跟前磕了头,只当是我死了,他到哪里,我跟到哪里,就是讨饭吃也是愿意的。"

女孩儿的名誉,比一切都重要。尤其生在处处有"礼"的封建社会,失了名节,便等于失了性命。

可是司棋的母亲不管。尽管司棋此时已在人前下贱得抬不起头来,可她的母亲依旧只认一个"钱"字。唯有了钱,她才肯收钱放人。

事情就这样僵持着。阴暗的天空渐渐下起了雨。

冬日的雨,极寒彻骨。

绝望的司棋只得以死明志。

生为女儿,本就不幸。而有了情的她,又是一个身份下贱的奴仆,这样便又增加了一层不幸。遇见了这样负心的情郎,则是她一生中不幸中的不幸。母亲绝情,恋人绝义。或许,压在司棋头上的封建枷锁太过沉重,柔弱的她,已不堪忍受,更无力担当。

多情的宝玉一向视女儿为水作的骨肉,视男人为泥作的骨肉。并且,见了女儿便清爽,见了男人便觉浊臭逼人。

在司棋与潘又安这样的一对苦难情侣面前,不知多情的宝玉在知晓了他们的结局后,会做怎样的感想。

四、龄官

诗曰：

才干贫女泪，故土有亲恩。素手摇琴瑟，轻歌掩法门。

泪频书锦岁，眉蹙画颜温。任尔乾坤变，同君牵梦魂。

戏子，顾名思义，是专门给人演戏的人。因为是戏，那浓妆艳抹的面庞演绎的是毫无真情的虚伪，还有那嘶哑的余音、摇曳的长裙、蛇一般舞动的身态，皆在虚幻的炫目里重复着别人的故事。

曲终人散，空荡的舞台，空无一人的观众席位，戏，复又成为最初时的冷。人生如戏，红尘之中的每一个人，其实都是戏里的戏子。

隔岸灯火，炫美的妆容和衣裳，在喧嚣的锣鼓声响起时，身为戏子的她们，便不是原来的她们了。缓缓展开的帷幕里，她们在木偶一般地笑，且在别人的故事里流着虚假的泪。雷鸣般的掌声里，她们且歌且舞，且行且谈。虽然舞台上的她们，个个面带笑容，却是笑着别人的笑，哭着别人的哭。

与贾蔷相识，只是因了元春归省时的那出华丽的大戏。

那时，皇上为了体贴宫里皇后妃嫔们的思亲之心，特恩准每月逢二、六日，家人可入宫请候看视，且除二、六日之外，凡有重大事情的各三宫六院可请示内廷后，返回娘家以尽骨肉之情。

沐主隆恩，为了迎接晋封为贤德妃的元春归省，贾家不惜耗了巨资大兴土木，建造规模园林，还在其中遍植花木，饲养家禽，兴建道观，专门为元春所设的小戏班子，也被列于规划之一。芳官、蕊官、葵官、荳官、茚官、藕官、艾官、玉官、文官、宝官等十二位小小的优伶，便被负责采办的贾蔷从苏州买了来，成了大观园中御用的戏班。

梨香院小巧，十余间房屋，前厅后舍俱全，另有一门通街。西南有一角门，通一夹道，尽头便是荣国府王夫人正房的东边。为了迎接龄官们的到来，香梨院原来的主人宝钗、薛姨娘等，还另择了房屋，搬到了位于东北上一所幽静之所，以梨香院

第四章·并蒂奇葩，两眉羞

专供其练习弹唱。

　　班子当中,身为小旦的龄官,是小戏子里的名角儿。她不仅与贾蔷有情,还深受元春的恩赏。

　　红衣、轿马、龙旌、凤翣、御香。

　　元宵月夜,凭借"贤孝才德"选入宫中,后又被封为凤藻宫尚书,加封贤德妃的贾元春,乘着八人抬的绣凤金銮大轿,由宫女们簇拥着款款而来。

　　贾母的房中,元春一手挽着贾母、一手挽着王夫人,同邢夫人、李纨、凤姐、迎春、探春、惜春等女眷行家礼,且隔着垂帘,同父亲贾政行君臣之仪。因了皇妃的贵躯,曾经是血浓于水的骨肉亲情,亦只能垂泪相对。

　　此后,元春又在园中参观了家中的各处美景,亲提了园中各处匾额,又考校了宝玉及众姊妹的诗文才学。最后,由龄官主演,且为皇妃钦点的大戏,才在随行而来的才人、赞善、太监、宫女,以及贾家合族人等的众目睽睽之下,缓缓拉开了帷幕。

　　龄官生得风流。她眉蹙春山、眼颦秋水、面薄腰纤、袅袅婷婷,举手投足皆有黛玉的柔弱。那日,元春虽然只点了《豪宴》、

《乞巧》《仙缘》《离魂》四出，但龄官用心，尽情投入的她至情至深，唱得极好。为此，元春凤颜大悦，不仅差太监送来了一金盘糕点的赏物，并夸奖龄官唱得好，而且令她继续再唱。

戏班的采选、戏目的准备，原是贾蔷的分内之职，夸奖龄官自是对贾蔷工作的首肯。于是贾蔷令她再唱《游园》《惊梦》二出，此时尽管面对的是皇妃，下令的是自己的主子贾蔷，但龄官依旧不奴颜婢膝。只在贾蔷面前矫情的龄官，却以不是她的本行为由，改唱了她擅长的《相约》《相骂》两出。

讨得了皇妃一笑，龄官不仅再次得了元妃的赏，同时还让主管采办的贾蔷在贾政、贾珍面前挣足了面子。为此，兴致颇高的元妃还下旨，教人好生教习了龄官，并额外赏赐了四匹宫缎、两个荷包并金银锞子、食物等物。

深得皇妃喜爱，演技大好的龄官在梨香院的地位自是非同他人。

只是，龄官本为戏子，是一个做得了戏里的红娘，却做不得自己的青衣的官宦玩偶。

繁华过后，随之而来的便是无言地散场。卸下了美艳的浓妆，褪去那华丽的凤冠霞帔，素洁的脸庞之上，所写的尽是寂寞的孤苦。

龄官自小便没了爹娘，商品一般被数度贱卖之后，直到入了贱籍成为优伶，方才有了歇脚的着落。

家，与家里的亲娘，便在模糊的梦里一次又一次出现，但是没有一次能够成真。

无所依傍，又从小孤苦，本是青春的容颜，在困苦中又多了一分憔悴，多了一分思乡的隐忍。

龄官情痴，心许了贾蔷，其余人等便皆不入龄官的眼目。那日，因在各处游玩得烦腻的宝玉想起了《牡丹亭》里的"袅晴丝"一套曲目。因闻得梨香院十二个女孩儿当中小旦龄官唱得最妙，便到了梨香院，想请龄官试唱一出。其他小戏子们对宝玉的到来，一律都是恭敬地起身迎接，笑脸相迎。唯独龄官，依然倒在炕上，见了宝玉进来，也不予理睬，无动于衷。

其实，龄官不过是个贾家买来的、供人取乐的小戏子儿。她卑微的身份，如同富贵人家所养的猫儿狗儿一般，是可以随意打骂、随意驱使的活的物什。对被贾府的人视作"命根子"似的宝玉，平日里府上的管家执事、主子丫头只有恭敬，不敢有丝毫冒犯。可是龄官偏不，她不仅对他毫无礼貌，而且对于宝玉的央求也拒绝得干脆利落。

宝玉靠近了在龄官的身旁坐下,龄官也忙着抬身起来离着宝玉,避着那授受不亲的嫌,且正色对宝玉道:"嗓子哑了,前儿娘娘传我们进去,我还没有唱呢。"

宝玉自诩脂粉堆里的英雄,且以为天底下所有的女孩子的眼泪都是为他而流,天底下,所有女孩子的爱都源于他。不承想,龄官的此番抢白,使宝玉不仅顿时羞红了脸,还就此顿悟了情缘各有分定的含义。

多情最是无情恼,无情之人情最痴。虽是戏班之主,且是宁府的正派玄孙,但是,贾蔷也是从小孤苦。他父母早亡,从小便跟着贾珍一块儿过活,到了十六七岁,模样长相虽然比贾珍之子贾蓉生得还要风流俊俏,虽也上得学,但受了贾珍的影响,其性子亦不过是斗鸡走狗、赏花玩柳的纨绔子弟。作为凤姐的"面首",他不仅在凤姐为贾瑞所设的相思局里,逼着贾瑞写下了欠有"财债"的字据,同时还讹了贾瑞五十两银子,并在深夜里浇了贾瑞满头满身的一盆屎尿。

浓妆艳抹楚楚动人,洗尽沿华多愁善感,龄官与贾蔷同病相怜,同在江湖里面漂,彼此怜惜与爱慕,于是,从整个小戏班从姑苏启程的那一刻起,爱情便在两颗年轻的心中悄然萌芽了。

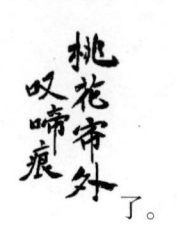

　　为解龄官的烦闷,为情所痴的贾蔷便花了二两银子,为龄官买来了一笼名为玉顶金豆的雀儿。并且,这买来的雀笼,里面不仅有雀,还有戏台。只需些谷子,里面的雀儿便可衔了其中的棋,在戏台上表演。

　　原以为,这样的良苦用心,会博得佳人的一笑。可是,贾蔷却忽略了,现在他所爱的,不正如笼中的雀儿一样,只需在其中撒几粒谷子哄哄,便也为人卖力地表演。

　　龄官恼了。不仅说贾蔷是在拿笼中的雀儿戏弄自己,还嗔怪贾蔷:"你们家把好好的人弄了来,关在这个牢坑里学这劳什子不算,现在又弄个雀儿来偏生干着和戏子一样的行当。分明是拿了笼中的雀,来取笑比奴还贱的戏子。"

　　有情,有爱,亦有怨。

　　听了龄官的话,贾蔷慌了,连忙赌身立誓,拆了鸟笼,将雀儿给放了。可是龄官依旧不依不饶,不仅哭泣雀儿的悲惨,同时又拿窝里有老雀儿的笼中之雀,来自比咳了血也无人照料的自己,无人关心,无人管束。

　　人们常言:戏子无情。的确,本为优伶的龄官本应也是无情的。旧时的"三教九流"中,为戏子的她们是属于贱而又贱的下九流。那时的社会还规定,沦为贱籍的她们,是不可以和"中九流"、"上九流"通婚的,如有违反,还要受到严厉的惩罚。

贾蔷与龄官,一个是宁国府嫡系的年轻主子,一个是家班曾受贵妃赏识的戏子。地位、身份、贫富等诸多悬殊,她与他本应是两条永不两交的直线,应分别存于各自的世界,永无交集的。只是月老红娘,在青埂峰下,三生石畔的那一端,让奉着贾府的命令,为了府上的戏班而四处采选的贾蔷,偏偏与这卑贱戏子相遇了。

龄官貌美,身为梨香院班主的她,和黛玉一样,同样来自姑苏。不仅长得颇似黛玉,就连性情脾气也与黛玉极为相似。

除却身份地位的差别,龄官与贾蔷也算得上一对般配的佳偶。两人经历相似,且都无父无母,长久地在他人的眼光下讨生活,人生的甘苦,对方的思想,不需多言彼此都能心领神会。

只是,身份地位如此悬殊,要想贾家的人来明媒正娶,怕是天方夜谭。即使是贾家允了他们的婚事,最终的结果也不过是令其脱了贱籍,纳为贾蔷的妾。可龄官不是逆来顺受的芳官,也不是"二木头"一样的迎春,可以任人随意摆布。这样的委曲求全,想必龄官断是不会接受的。即使能够修成了正果,用紫鹃的话说，富贵人家公子王孙，哪一个不是三妻四妾的。就是娶个天仙过来，也不过四五日的新鲜，便统统抛到脑后去的。

这一点，闯荡江湖的龄官悟得透，也想得明白。只是根植已久的情愫，已如春天的野草一般在龄官的心里萌了芽，开了花，且在一日盛过一日地旺盛生长着。

卖唱、乞食，原是龄官的生活主旨。因此，她没有黛玉葬花那样的闲情，也无黛玉和着泪水，为逝去的落花赋诗吟诵的雅致。烦闷的心情，一若雨季来临时的阴霾天，虽有艳阳当头，却是蝉噪鸦鸣，教人烦闷无比。无以为寄，为情所困的她便在无人的时候，来到蔷薇架下，一边悄悄地流泪，一边用了绾头的簪子在地上一遍又一遍地画着那个蔷薇花中的"蔷"字。

因是戏子，卑微的龄官在无比投入的演绎之中，已然不知道什么是戏里，什么是戏外了。只是，不论哪一出戏，到了最后，终有散场的时候。

她们的到来原是为了元春的归省，如今她们的使命早已结束，死去的"百足之虫"，亦在时光的流逝中，在一点一点坍塌，直到最后的瓦解。尤其身在那芳菲即逝的大观园中，被警幻仙姑载入了薄命司的"悲情司"厨册之内的龄官，也在那虚幻的爱情里,演完了属于自己的戏,落没地退场。

抄检大观园后,贾府的衰败一日甚过一日。府上又有谕旨,宫中老太妃薨逝,各官宦之家,凡养优伶男女者,一概蠲免遣发。

于是,浩荡的隆恩里,龄官、芳官等十二位小优伶们,也如困在笼中的鸟儿一般从此飞向了蓝天,获得了自由。

只是,遣散的时候,过惯了富足生活的她们,已然成了那鸟笼之中被驯化了的雏儿,大多不愿意回去。

梨香院的小优伶中,留下的,分别有正旦、小生、大花面、小花面、老旦等。有的声称虽有父母,但生来只是被父母所卖;有的说父母亡故,却是被伯叔兄弟所卖的;还有直言已无人可投,并恋着贾家的恩德不舍离去。

或许,那日在蔷薇架下画"蔷",为情所困的龄官已然在她所画的成百上千个"蔷"字中找到了答案。且在大观园众姨娘的悲惨结局里,看到了未来属于自己的命数。

从此,歌声缭绕的大观园里,再也没有了小旦龄官。

不如归去。不如归去。

不论身在何方,与其是痛苦的离别,还不如就此结束。不论天涯海角,只要爱过,便是人生最为美好的记忆。

或许,若干年后,旧如残垣的贾府里,婉转的笙歌依旧在传唱。还有那中秋节的月夜,悠扬的笛声,也在不知疲倦地吹奏。只是,凄冷的空景里,从此再也不见了为贾蔷所爱的龄官的倩影。

第五章·和顺敦厚，以忘忧

浅浅的笑靥，好似一杯醉人的毒酒。倏忽之间，便可化解一切的丑怪。并令其在不知不觉间沦落为他人的俘虏。幸而，毒酒的毒，不会立刻置人于死。偶尔的毒，还能警示于人。

桃花帘外叹啼痕

一、尤氏

诗曰：

世外仙姝绿，霜林万壑音。行残稀可忆，雨湿倍寒襟。

贫俭成全尚，资从两地歆。漂萍沁芳漫，冉冉脊梁寻。

"妻"即"齐"，在男人的面前意味着平等、认同。婚姻的围城里，不论是男人还是女人，其实是角色相等，权利一致，且分工不同的两个不可或缺的集合体。

其中的女人，虽不能如丈夫那样，要齐家、治国、平天下。但是，辅佐丈夫、教育子女、孝顺公婆却是女人的天职。只是，身为宁府的当家人、贾珍正妻的尤氏却以"妇以夫为天，所仰望而终身者"为宗旨，心无旁骛、不分对错地践行着这一法则。

旧时，女子嫁入夫家，在夫家的地位如何，除却女子本身的为人处世，很大程度上，也取决于女孩儿家的背景如何。如若没有一个强硬的娘家做后盾，便若芥草一般，在夫家低贱得甚至不如奴仆。

比如黛玉，因为父母双亡，寄住于贾家的她，便在贾家人的风言风语中不仅被冠以了"敏感"、"多疑"、"爱刻薄人"的坏名声，原本被人认可的宝黛爱情，也因无人做主，而最终化为了泡影。还有迎春，因为迎春的父亲贾赦欠了孙家五千两银子还不出，便被父亲当作了赌资抵债给了孙家，嫁给了素有"中山狼"之称的孙绍祖，不久，便被孙绍祖折磨至死。

同样，尤氏的娘家也不显赫，没落贵族的尤氏在父亲去世以后，家里显得尤为清贫，家中除了继母尤老娘，便是两个与尤氏其实没有任何血缘关系的妹妹尤二姐与尤三姐。而且，尤家的日常用度，也是多半靠着尤氏在贾家的克扣在接济的。不仅如此，尤氏嫁予贾珍，并未给贾珍生下个一男半女，又因侍妾的身份，一脸奴相的她虽是正房奶奶，但是贾府里从来没有人称她为太太的。

旧时，虽然妻与夫是一个合二为一的整体，但是婚后的女子同样失去了独立的身份，一切都要归属于丈夫。况且，贾府人多口杂，稍有不慎，便会遭来他人的耻笑。这样的境况里，尤氏虽是贾珍的妻，宁国府的当家之人，可是尤氏同样在贾府如履薄冰。

尤氏温和。她不如有魄力的凤姐，动不动就给谁几十棍子作惩罚，灭人威风；或者拿了簪子去戳小丫头的嘴，令其不敢再犯；她也不如探春那样，凡事都明察秋毫，不仅对贾府的旧疾大胆革弊，而且还对无礼的王保善家的狠狠地掌掴还击。

或许，侍妾的身份，已令那低人一等的奴才逻辑，在她的脑海里根深蒂固。唯唯诺诺的她，不论是在丈夫贾珍的面前，还是在平日里同宁荣两府的主子下人们的相处上，和顺的尤氏永远都是一副随遇而安的奴才相，听命于人，任其摆布。

尤氏宽容。她不似跋扈的凤姐那般，时刻差人紧盯着丈夫贾琏的行踪，生怕贾琏流连外面的花花草草。同时还对贾琏所纳的妾室们，一个个痛下毒手。贾珍喜好淫乐，为遂丈夫的心意，不论是贾珍蓄养小子，还是出入烟花柳巷；为妻的尤氏也是一概不闻不问。为了拉拢丈夫的心，对于贾珍所喜欢的女子，尤氏也一并慷慨地统统纳回家中，与其相处得融融洽洽。

此后，又因父亲贾敬对于子女疏于管束（一味好道的贾敬成年累月地住在都中城外的道观中烧丹炼汞，与道士们胡羼），加之尤氏的如此纵容,于是,原本就是贾府纨绔子弟之一的贾珍,便在家内家外更加有恃无恐了。

不肖的贾珍不仅自己一味享乐,同时也用言行影响着儿子贾蓉,使其一同堕落腐化。整个宁府,在贾珍父子手中,被玩弄得翻来覆去,也无人敢来管束他们一二。

儿媳秦可卿原是正五品营缮司郎中秦邦业自小严格管教的正经女儿,并且生得妩媚形似宝钗,袅娜有如黛玉,才干高过凤姐,是贾母的众重孙媳妇当中第一可心之人。那时的贾珍不到四十,正是男人的一生当中,最富阳刚的壮年时节,不论是处理和贾府有关的纳租贡、分派年物,还是族中祭祀、组织射鹄,举手投足皆是一副骄奢、健康、勇为的贵族形象。

无人管束,加之近水楼台,贾珍便哪管她是自己的儿媳,不顾礼义廉耻,趁儿子外出的机会,强行闯入了儿媳可卿的房间。

事发之后,尤氏自是在第一时间得知了消息。原本这样的丑事,作为妻子的应该对贾珍怒喝并严加制止。可是,尤氏却怕得罪了贾珍。而且,贾珍的朝三暮四,在尤氏眼里早已习以为常。

不仅如此,尤氏原为贾珍的继室,儿子贾蓉也是贾珍的前妻所生,与尤氏只是继母子的关系。于是,儿子的利益得失在

尤氏的眼中同样显得无足轻重。

平日,尤氏虽在贾珍的面前唯唯诺诺,但两人的关系还算得上是相敬如宾。为了宁府的名声,为了贾珍一家人的脸面,忍气吞声的尤氏虽然对丈夫和儿媳的行为愤怒不已,但是事实面前,愤怒的她不开不得口,发不得声,只能装聋作哑,故意对其不闻不问。

唯一可看出尤氏不快的,便是由尤氏亲自设宴,且由儿媳可卿与儿子贾蓉一同面请贾母等人来府上赏花的和悦气氛从此不再了。此后,对于可卿的病情,尤氏亦是含糊其词。虽然请来了一拨又一拨大夫,但从未给过确切的定论。

如此"贤德",在堕落的贾珍眼里,尤氏便成了他更加有恃无恐的坚强后盾。不管可卿愿意与否,只要儿子不在家,贾珍便堂而皇之地破门而入。

尽管尤氏掩着不说,儿子贾蓉也佯装一概不知,但天下的事,哪有什么不透风的墙。在贾珍再一次闯入可卿的房间,欲行不轨的时候,可卿的贴身丫鬟宝珠却在无意中撞见了。

不久,儿子贾蓉也发现了父亲与妻子之间非同寻常的关系。

事后,羞于见人的可卿只得被逼在天香楼悬梁自尽。

尽管此前的可卿一直病着,而且这样的死依然蹊跷,但对于一心为了丈夫的尤氏而言,终于去除了一块压在心中已久的心病。

表面上,尤氏对丈夫的所作所为一概不知,但是私底下,对于府上的事,尤氏不仅了若指掌,而且还事事关心,处处留意。得了丈夫"爬灰"的把柄,尤氏在宁国府的根基较以往又稳固了一层。办理可卿丧事的时候,本对可卿的病情无比关心的尤氏便突然病得卧床不起,对于家中的如此大事,也一概不闻不问。只令哭得成了个泪人似的贾珍在丧事上任其挥霍,一掷千金。

过分的"贤"便成了懦弱。或许,半老徐娘的尤氏,已对世间的许多人和事,看淡了许多,也想透了许多。她不似凤姐那般,不论什么都要争他个等级高下。加之贾府人多,关系复杂,稍有不慎便会遭来他人的耻笑。所以,身为正妻的尤氏,时时处处都在为自己找寻退路,以求自保。

儿媳的离世,并未阻止贾珍父子腐化堕落的脚步,也未使懦弱的尤氏有丝毫觉醒。不久,贾敬宾天了。旧时,父母去世后,为子女的,要为父亲守孝三年。但是,荒淫惯了的贾珍依旧在父亲的热孝期间寂寞难耐,不是在堂庙里和一群子侄以习射为名聚赌嫖娼,就是和儿子贾蓉、贾琏等人与旁人厮混。

尤氏在元真观办理宁国府的丧事不能回家,由尤氏继母暂时来宁府看家时,一并带来了尤氏的姊妹二姐与三姐。于是不知悔改的贾珍便把荒淫的手脚伸向了尤氏的姊妹。那时,二姐与三姐均是未出阁的女孩儿,清白的声名重若生命。但是贾珍不管,不仅不管,还带上了贾琏和儿子贾蓉,一同在外购置了房产,公然在尤氏的眼皮子底下寻欢作乐。

妻贤夫祸少,母慈子平安。尤氏的"贤"体现在儿子贾蓉身上,便是儿子贾蓉在祖父贾敬的丧事中,当着众人的面与母亲的姊妹当众调笑,且被羞愧的二姐吐得一脸渣滓。而尤氏同样在一味忍让。

府上的声名狼藉,首先受影响的便是尤氏的小妹妹三姐。此前,面对贾珍父子的骚扰,尤三姐曾以比之风尘女子更为疯狂的举动,喝退了心怀不轨的贾珍父子。后来,又在"姐夫"贾琏的撮合下,以一柄鸳鸯剑为信物,与仗义的柳湘莲定了姻缘。

三姐原本刚烈,之所以对放荡不羁的贾珍父子深恶痛绝,但又低声下气地一忍再忍,不过是身在别人家屋檐下的三姐,在用泼辣作武器,以捍卫自己的清白。三姐自从择了夫婿,从此便放下了先前的放荡泼辣,且将柳湘莲赠予的剑挂在绣房床前,从此足不出户,贞静自守,侍奉着母亲,安心等待着柳湘莲的归来。

只是三姐命薄,那时的宁国府已在贾珍父子的玩弄之下,成了一个污秽之地。这样的声名不仅人人皆知,而且,无心的宝玉也开玩笑地对柳湘莲说二姐与三姐是两个天生的"尤物"。说者无心,听者有意。于是,心高自傲的柳湘莲不愿意做人家的"剩王八",悔意也在心底油然而生。

隔着薄薄的帘幕,并未与三姐见面的柳湘莲向贾琏要回了那柄定情的信物——鸳鸯剑,以示悔婚。同样,还是因了尤氏的"贤",那个被凤姐时刻紧盯的贾琏方才与曾经做过贾珍情人的尤二姐有了接触的机会,并且在国孝家孝期间,将其收了房养在了贾府之外。

只是,卧榻之侧,岂容他人安睡。尤其是丈夫纳小这样的头等大事。在凤姐这里,更是眼里容不得半粒沙子的。此后,因了凤姐的设计,又有贾赦赏给贾琏的妾秋桐为推手,模样标致、温柔和顺的尤二姐,便在凤姐的借刀杀人之计下,先是备受折磨,后又被凤姐派来的庸医打下了胎儿,致使她绝望地吞金自尽。

憎恨无比的凤姐曾这样咒骂尤氏:"你但凡是个好的,他们怎敢闹出这些事来?你又没才干,又没口齿,锯了嘴子的葫芦,就只会一味瞎小心,应贤良的名儿。"

其实,尤氏并非只是懦弱。因为贾琏偷娶一事,凤姐大闹宁国府,被凤姐一边骂,一边推搡着快要被揉成面团时,尤氏是冷静的。面对一把鼻涕一把眼泪的凤姐,尤氏先是向凤姐赔笑脸,又骂儿子贾蓉是"混账种子",同时又将责任推给当事人贾珍和贾琏,与己无干地说他和他老子做的好事,尤氏当初就是反对,而且她也曾劝过,只是贾珍父子不听。见凤姐稍稍消了些气,尤氏便忙命了丫头们舀水,取了妆奁,服侍凤姐梳洗。还为凤姐亲设了赔罪的酒宴,令大闹宁国府的酸凤姐在吃喝中偃旗息鼓。

也是因了尤氏的"贤",凡事都礼让三分的她,在可卿葬礼上,也是称病卧床不起,才给了喜好揽办的凤姐这样一个协理宁国府、展示才能的机会。

贾敬归天时,贾珍父子以及贾琏皆不在家,凤姐儿生病出不来,李纨又照顾姐妹,宝玉不识事体,贾珖、贾珩、贾㻞、贾菖、贾蔷等各有执事不能来的情况下，尤氏沉着冷静地应对眼前的千头万绪，先是将元真观及其中的所有道士都锁了起来，以便查明贾敬的死亡真相。同时又带了赖升一干老人媳妇坐车出城，请大夫看视贾敬的死因。一切事宜均在尤氏的手中被办理得井井有条，每个细节可谓滴水不漏。尤氏的此举使得荒淫的贾珍，不得不对她赞不绝口。

宫里老太妃报薨时，按照规矩凡诰命夫人等皆要入朝随班按爵守制。而贾府之中，贾母、王夫人、邢夫人和尤氏都有诰命夫人的封号，按规定都得要去的。因要照顾家小，亦是尤氏挺身而出，并向宫里假报了自己怀有身孕，来协理荣宁两处事宜。

除此，贾元春才选凤藻宫时，贾母首先率领的便是邢、王二夫人并尤氏三人，连贾母一道，一共乘着四乘大桥，鱼贯入朝的。贾母用餐，作为媳妇的尤氏和王夫人便忙着上来放箸捧饭。贾母要吃稀饭，尤氏也早捧过来一碗红稻米粥。公公贾敬的生日到了，虽然贾敬不在府中，但是尤氏同样丰丰盛盛地预备了两日的酒席，为贾敬庆寿。抄检大观园时，王保善家的一干人等在惜春的房里搜出了惜春的丫头入画私藏的，本是入画哥哥的一大包金银锞子、一副玉带板子，并一包男人的靴袜等物。惜春一定要将入画撵了出去，尤氏也帮入画求情。

贾母等凑了一百五十余两银子为凤姐过生日,具体的经办人也是由贾母亲自授命的尤氏。而且经了尤氏的一手操办,九月初二凤姐正生那天,生日宴上不但有戏,还有连耍百戏,其场面热闹无比。

贤德的尤氏同样自守。而且,徐娘半老的她,比凤姐多了一份沉着,更多的是成熟。

只是,身在贾府之中的人个个都乌鸡眼似的,出身低贱、家境清贫的她只是宇宙中一颗不太耀眼的凡星,永远藏于瞬息万变的世象之中,镇定自守。

二、平儿

诗曰：

居高身却微，灵巧侍宫帏。软语息酸醋，衷情辩是非。

一腔佳俏骨，双鬓挽霞辉。贵贱不相比，和风舞凤飞。

老子曾言："上善若水，水善利万物而不争，处众人之所恶。故几于道，居善也，与善仁，言善信，政善治，事善能，动善时。"

最高的善，莫过于柔弱的水。水，总是以一种谦卑的态度滋润万物，且不与万物相争。而上善的人，亦是时刻处于卑下的地位，与世无争。东汉刘秀打得天下，自称光武帝。因要招贤纳士，加之身为刘秀同窗的严子陵幼时曾和汉光武帝刘秀一同游学各地,并精通岐黄,医术精湛,又通晓天文地理而颇受刘秀的欣赏。刘秀便告示天下,令人寻找严子陵,请他出山做官。但是,严子陵生性恬淡,厌恶官场,不愿意接受朝廷的俸禄。为了谢绝刘秀的好意,本为严光的严子陵才易名换姓,避到了他乡。整日垂钓于溪中,远离世俗,远离官场,自耕自食并怡然自得。

柔胜于刚,如水一般对待名利的灵魂,定能洒脱。而拥有深沉宁静的心胸、诚信可靠的言语,以及依法治理的正道,方能保持太平,将或有的过失降低到最小。

生处那富贵风流、满世繁华之地的平儿,也若那至善至柔的水一般,有着隐居于富春山下的高士严子陵的谋略和胸襟。

平儿自幼便是凤姐的丫头,是从王家陪嫁而来的四个丫头之一。现为凤姐房里的心腹通房大丫头、贾琏的侍妾。只因凤姐奸诈,恐有丫头夺了自己正妻的位置,便将陪嫁而来的四位丫头嫁的嫁,折磨的折磨,死的死,最后只留了平儿这样一个心腹。

通房大丫头,是比妾低,比一般的丫头又高一等的丫头。只有纳了聘,作为通房大丫头的丫头才能称作妾的。而旧时的势力大族里,作为嫡子的,若无一二个妾室,那是做妻子的不贤。不得已,凤姐才独留下了平儿,在人面前装装样子,博一个贤德的名声。同时又用貌美的平儿来拴住贾琏的心，防止其在外头朝三暮四。

所以，贾琏的这个妾，不过是个虚假的摆设，图了个虚名罢了。

长着一双丹凤三角眼，两弯柳叶吊梢眉的凤姐，原本口齿伶俐，泼辣张狂，不仅喜欢使权弄势，而且还极尽权术机变，残忍阴毒之能事，在贾家素有"凤辣子"之称。而男主子贾琏，也是一个不肯读书、一味好色纵欲的纨绔子弟。贾琏虽然官至同知，但也不务正业。是依附着叔父贾政过活，和凤姐一道帮着料理荣府家务的。不仅如此，贾琏还好色纵欲。女儿巧姐出天花，要夫妻分房以示禁忌。可一离了凤姐的贾琏便开始找"多姑娘"鬼混，与小厮搞同性恋。凤姐在大观园里过生日，他便与鲍二家的勾搭。见了尤二姐，又贪其美色，偷偷地将其骗娶为二房，养在家外。

在两个强势的夹缝里求生存，其中的艰辛未曾体验过，是难以知晓个中滋味的。在这样的尴尬里，柔弱的平儿处处在忍。在用不争、不妒来化解凤姐的泼辣与酸狠。

她深知凤姐喜猜忌，被凤姐求着留在自己的身边，不过也是个光鲜的摆设，所以平儿尽量与贾琏保持距离，不与贾琏有夫妻之实，更不给凤姐以妻妾相争的口实。即使贾琏强行着搂着求欢,平儿也巧妙地夺手跑开,避而远之。

她深知凤姐与贾琏早已同床异梦,并且都在私攒体己。于是,当旺儿来送利银的时候,平儿便巧妙地为凤姐在贾琏面前作掩饰,不使贾琏发觉。她知道凤姐与可卿素日亲密,便给可卿之弟秦钟备了格外丰厚的见面礼。正因平儿的这样处处妥帖,所以才有了贾琏在外偷娶了尤二姐作二房,爱面子、想立贤名的凤姐反过来求平儿,要她给贾琏生个一男半女,让他断了在外面寻花问柳的念想。

凤姐生日时,贾琏和鲍二家的偷情被凤姐抓了个现行。因在窗前听鲍二家的对贾琏说,等凤姐死了把平儿扶正。同时贾琏也向鲍二家的抱怨说凤姐连平儿也不叫他沾一沾,气得浑身发软的凤姐,便对平儿拳脚相加。而喝了酒的贾琏见平儿也和凤姐闹了,也一并迁怒于平儿,打得平儿有冤无处诉,几乎觅刀寻死。

原本,这样的夫妻吵架与平儿无干。可作为出气筒的平儿原是贾家的奴,所以对平儿的伤害,贾家的人才如对待别人的家务事一般,对其视而不见。同时,贾府合族上下,对于贾琏的偷情,也是淡然以"小孩子们年轻,馋嘴猫儿似的,那里保得住不这么着",习以为常地加以劝解。

而对平儿,即使遭了不白之冤,宝钗等人的劝解态度也是一致地倒向凤姐,都在为凤姐开脱,而无一人来理会无辜的平儿所受的伤痛。

近朱者赤,近墨者黑。平儿的委曲求全是从小在凤姐身边历练出来的。只是心地善良的她,并没有因为凤姐的狠毒而同流合污。也没有因主子的强势而飞扬跋扈,也没有因为受了主子的委屈,而迁怒于他人。相反,宽以待人的她总是心存善念,不但不仗势欺人,反而在私下里还处处息事宁人。

大雪天里,平儿和凤姐、宝琴、岫烟、李纹、李绮等一伙子新来的亲戚在芦雪庵联诗,和湘云等人一道吃烧烤的鹿肉时丢了镯子,她也没有声张。

事后经查,是怡红院里的小丫头坠儿偷的。为了遮家丑,不使老太太、太太生气,更不使袭人、麝月等为难,也给肇事者留个脸面,平儿专程叮嘱了来送镯子的宋妈只当没有坠儿偷镯子的这回事,更不要和别人提起,也千万别告诉宝玉。同时平儿又向知了内情的麝月交代,她回二奶奶时说的是镯子褪了口,掉在了草根底下,当时被大雪埋了没有看见。现在雪化尽了,镯子黄澄澄的印着日头才又被找着的。至于对坠儿的处理,平儿只是提醒着麝月要防着些,别让她再到别处去,偷别人的东西。待奔丧的袭人回来后,大家再变个法子,将她打发出去也就神不知鬼不觉了。

春日里,湘云的脸生了桃花癣,需要用蔷薇硝这种药来诊治,便从黛玉处要些来。而黛玉的丫环蕊官又将蔷薇硝悄悄地送了一瓶给怡红院里的芳官。碰巧贾环到怡红院里玩,见了这物什,便向宝玉要了些。芳官不肯,便用茉莉粉假冒蔷薇硝给了贾环。贾环把假冒的蔷薇硝给了彩云,但被贾环之母赵姨娘识破了,使得大怒的赵姨娘禁不住到怡红院里去大骂。

事后,巴结芳官的柳五儿得了热病,需用玫瑰露来调治,芳官便给了五儿一瓶。同时,芳官嫂子还将自己家中的茯苓霜拿了一瓶给柳氏,不料,在差了小燕去送时,却被查夜的林之孝家的和诸位婆子发现了。接二连三的纠纷中,贾府的下层奴才之间的矛盾,被激化得如同灌了浆的脓疮一触即破。那时,凤姐卧病在床,便授命平儿代为处理。

为了查明事实,平儿先到怡红院里了解情况,后又对玉钏、彩云巧施诈术,将这一团乱麻处理得妥妥帖帖。她保住了赵姨娘,维护了正在主事的探春的脸面,还令涉事的丫头们免受了凤姐让她们跪在垫着瓷瓦子的太阳底下不给茶饭吃的苦头。

除此,平儿又借着此事安抚病了的凤姐,劝凤姐要息事宁人,该放手时得放手。说她们原是宁府的人,现在只是帮着荣府在料理家务。在这屋里操上一百分的心,终究也是要回到自己屋里的。同时又规劝凤姐:"何苦来操这份心,要得放手时须放手。"

在凤姐的手中效命,身为奴才的平儿,其实是有特权的。可她不滥用职权,也不刻意训斥他人抬高自己。于是,贾府里的奴才们虽然对泼辣的凤姐多有憎恨,但对平儿却是心存敬畏,打心眼里佩服。

芳官的干娘、春燕的亲妈为了洗脸水的事打了芳官,又打了春燕,同时还得罪了宝钗的丫头莺儿。宝玉生了气,而怡红院里又无人能制止,麝月便想了法去请平儿来。平儿人没到,只是一句要将这多事的老婆子撵了出去,令林大娘在角门外打他四十大板子,芳官的干娘便不敢吭声了。事后,怡红院里的丫头们这样对春燕的妈说,二奶奶屋里的平姑娘是有情有义的,而且她一翻脸,是吃不了兜着走的。

在尤二姐的住处,小厮兴儿也当着贾琏、尤二姐等人这样评价平儿:"平姑娘为人很好,虽然和奶奶一气,她倒背着奶奶常作些个好事。小的们凡有了不是,奶奶是容不过的,只求她去就完了。"

李纨曾经当着平儿的面形容她与凤姐的关系是,有个唐僧取经,便有一个白马来驮他;刘智远打天下,就有一个瓜精来送盔甲;有个凤丫头,便有个平儿。即使凤姐是楚霸王,也得这两只膀子好举千斤顶。平儿是凤姐的一把总钥匙。如若凤姐离了这丫头,她也就没有这么办事周到了。

确实,极聪明、极清俊的平儿,像极了凤姐的影子。而且,平儿没有凤姐的心机,也无凤姐的狠毒。在贾琏心里,平儿也不失为一个足智多谋的贤妻美妾。平儿不像凤姐那样争风吃醋,既不会耍手段,也不会算计他人。贾琏和多姑娘私通,平儿从贾琏的枕套里抖出了一绺青丝,惊讶之余,她并未声张。且是当凤姐的面,替贾琏瞒了,从而避免了一起夫妻之争的醋海巨波。

贾琏偷娶了尤二姐,且在贾府之外别置了私宅安置尤二姐。平儿知道,出于对主子的忠心,便告诉了凤姐。于是,凤姐设计将贪恋富贵,且又毫无心机的尤二姐接入了园中。在外人面前凤姐故作贤德,对尤二姐处处关心,且在尤二姐的面前还亲热地以姊妹相称,暗地里,却是在想方设法地严加迫害。尤其是看到尤二姐被凤姐的刽子手秋桐凌言厉语地折磨得生不如死的时候,因感自己的好心反倒害了尤二姐的平儿,在此刻没有随主子人云亦云,也没有屈从于凤姐的淫威,而是自拿了钱出来尽其所能地帮助这个在困境之中举目无亲的苦命女子。

顶着主子的骂,平儿或弄了菜予尤二姐,或同她说话解闷,或在园中厨内给尤二姐另做汤水。尤二姐死后,凤姐推说没钱置办丧事。平儿便偷出了二百两碎银给贾琏,帮凤姐也是帮贾琏应付了局面。

在刘姥姥的眼里,平儿遍身绫罗,插金戴银,花容月貌。老祖宗贾母也说平儿和凤姐一样,是个美人坯子。在宝玉的心中,平儿是一个极聪明、极清俊的上等女孩儿,那些俗蠢拙物是难以和她相比的。

只是人们在赞叹时,同样也对平儿的境遇颇生遗憾。李纨说她,这么好体面的模样儿,命却平常,可惜是在凤姐的屋里使。凤姐与李纨斗嘴,李纨则直接替平儿打抱不平:"给平儿拾鞋也不要,你们两只该换一个个儿才是。"

不在沉默中爆发,便在沉默中死去。在凤姐的压制下,顺从成了平儿唯一的生存法则,而不卑不亢也是平儿在凤姐的身边多年历练的结果。

不论是当着凤姐,还是背着凤姐的私底下,平儿皆是光明磊落,无愧于他人。探春理家时,奉着凤姐的命令前来协助探春,并帮凤姐传话的她,因见探春面有怒色,便一改往日喜乐之态,默默地垂在探春身边静静陪侍。探春要梳洗,而探春的贴身侍女侍书恰巧不在,平儿便赶快上前妥帖侍候。一个不相识的媳妇突然插话,平儿则严加训斥:"二奶奶跟前你也没这么没眼色来着?姑娘虽恩宽,我去回了二奶奶只说你们眼里没姑娘,到时吃了亏可别怨我。"探春对她说吴新登家的"蓄险心",平儿也安慰探春当局者迷,旁观者清。并十分诚恳地告诉探春,二奶奶本就事多,照看了这些,难免有那些失误的,理事的探春可以放心地按自己的想法裁夺。

平儿这样的妥帖周全,不仅给足了探春面子,帮着探春在下人面前增长了威风,也未减少凤姐的威信,同时还消了大观园里的女政治家探春的气。

是为贾琏的妾,上述种种,平儿所做的和不能做的,都远远地超过了为妾的本分。而且,忠实、勤恳、善良、俏丽的她,永远都是凤姐身边的一枚绿叶。即使"俏",也不争凤姐的春。

三、袭人

诗曰：

百花归去后，玉蕊亦相逢。枉自温柔貌，堪伤和顺浓。

别来沧海事，语罢绛园丰。歧路随关迴，贤人又几重。

"花气袭人知骤暖，鹊声穿竹识新晴。"

正是因了陆游的一句诗，宝玉的贴身婢女，原名珍珠的女子便有了"袭人"这样一个好听的名字。

袭人原是贾母身边的丫鬟，由于家贫，自小便被父母卖给了贾府做丫头。因为她温柔和顺，处事稳重，做事又极其认真，所以深得贾母喜爱。她先是服侍贾母，继而又服侍湘云，后因贾母痛爱孙儿宝玉，方又将她予了宝玉，是为怡红院里的头牌大丫头。

嫁鸡随鸡、嫁狗随狗。因是贾府的奴,故而为奴的她,便时刻关心着贾家的兴衰成败,忠贞不贰地服侍着自己的每一个主子。

自小便在贾府为奴,长久的奴隶生活,让袭人的奴性深入骨髓,彻头彻尾。在袭人的哲学里,服从和听命于他人,是她一贯的行为准则。长久的贾府生活,以及贾家人对袭人的善待,使袭人的心灵深处早已将自己与贾家融为了一体。管葡萄园的老祝妈让袭人尝一个葡萄,袭人非但不尝,反而还正色训斥老祝妈:"这哪里使得。不但没熟吃不得,就是熟了,上头还没有供鲜,咱们倒先吃了。你是府里使老了的,难道连这个规矩都不懂了。"其言行,可谓奴性十足。

因为深受主子的重视,所以当她的母亲和兄弟们要赎了袭人回去时,她便至死也不去。不仅不去,她还向家人哭闹着说:"当日原是你们没饭吃,就剩我还值几两银子,若不叫你们卖,没有个看着老子娘饿死的理。如今幸而卖到这个地方,吃穿和主子一样,也不朝打暮骂。况且如今爹虽没了,你们却又整理得家成业就,复了元气。若果然还艰难,把我赎出来,再多掏澄几个钱,也还罢了,其实又不难了。这会子又赎我做什么?权当我死了,再不必起赎我的念头!"

袭人的如此良苦用心,依旧成不了宝玉的心腹。袭人回家奔丧时,没有了袭人所在的怡红院,宝玉的感觉是畅快的。宝玉向黛玉赠帕传情,亦是先支开了袭人,令晴雯去送的。

宝玉房里的丫鬟众多。除却袭人,还有晴雯、秋纹、麝月三位一等丫头,二等丫头有碧痕、绮霞、茜雪、四儿四位。除此还有小红、坠儿、芳官、春燕、五儿、靓儿、檀云、篆儿、佳蕙、良儿等数位粗使丫头等统共十三四人。而且,深受宝玉喜欢的晴雯也与袭人一样,同样来自贾母的房里,并且两人从小一处长大,其待遇二人也不相上下。

为了稳固自己的地位,表现一向勤勉的袭人,对于可能威胁到自己地位的相关人等,均想方设法地排挤,力要去之而后快。"贤德"是袭人展示给贾府的人的第一印象。而且,随着时间的流逝,怡红院的朝夕相处中,宝玉的头牌与二等丫头们,渐渐地结成了以袭人为首的痴笨柔善的秋纹、麝月、碧痕一派,以及以晴雯、芳官、四儿等人组成的刚烈、灵巧、风流派。

刚必克柔,并且同在一相屋檐下,两个派别均在讨主子的欢心。只是,已经与宝玉有"小儿女"之情的袭人,已然不会再容第二个人睡于她的卧榻之侧的。

晴雯因受宝玉的宠爱,便成了袭人第一个要排挤的对象。袭人挨踢的第二天,心直口快的晴雯与宝玉发生了争吵。晴雯为袭人鸣不平,说宝玉:"二爷近来气大得很,前儿连袭人都打了,今儿又来寻我们的不是。"袭人非但不领情,也不劝架,还火上浇油地回复:"可是我说的,一事不到就有事故。"

晴雯讽刺袭人与宝玉以"我们"相称,袭人便立即拿出一副极端委屈的样子,指责晴雯不知好歹,驳了宝玉的面子。激得本就生气的宝玉更加恼怒,声称要将晴雯逐了怡红院,大家都好安静。不仅如此,为使晴雯彻底离开怡红院,明里劝架、暗中添油的袭人又对正在气头上的宝玉如是说:"便是她认真要去,也等把这气下去,等无事中说话儿回了太太也不迟。"

自然,这样的气话,宝玉不过是说说罢了。可是得了这样把柄的袭人,因此便多了一份向王夫人告状的勇气。那日,无事的时候,袭人果真去向太太告状了。原本,王夫人对晴雯无甚印象,也无好感。但是袭人的多嘴,晴雯便成了王夫人第一个要打击的对象。

抄检大观园后,晴雯、芳官、四儿皆被王夫人以扰祸怡红院的"狐狸精"为名逐了出去。而且,晴雯去后,伤心的宝玉质问袭人原因,袭人也不失抬高自己、贬低他人地回答:"太太只嫌她生得太好了,未免轻佻些,太太深知这样美人似的人必不安静,所以嫌她、恨她,像我们这样粗粗笨笨的倒好。"当宝玉说晴雯的离开不是恼怒了王夫人,而是先有海棠花无故死了半边的异兆时,袭人则不屑一顾地冷笑晴雯是个什么东西。

成功地排除了异己,击败了对手以后,袭人在宝玉面前假装伤心,其实内心却是心情大好,而且还如释重负一般地回复宝玉:"若不如此,你也不能了局。"

排除了异己,一心向上的袭人走的依旧是她心向往的上层路线。主子命令袭人服侍谁,她的心里便唯有谁。服侍贾母时,她的心中眼中只有一个贾母。如今跟了宝玉,心中眼中便又只有一个宝玉。因为王夫人、贾政希望宝玉能够走仕途经济的路线,她便奉着王夫人的命令规劝宝玉"读书上进"。

湘云亦是贾家的上层建筑之一,而且湘云自小就与宝玉青梅竹马。那日,住在黛玉处的湘云为来潇湘馆洗漱的宝玉梳了一次发辫,醋意顿生的袭人便以违礼、不成体统为名在宝钗面前吐露苦衷:"姊妹们和气,也有个分寸礼节,也没个黑家白日闹的,凭人怎么劝,只当耳边风。"

袭人的此番肺腑,无疑是说给宝钗听的。那时,已近成年的宝玉面临的头等大事便是成家立业。作为贾家的"命根子",

在宝二奶奶的人选上,不仅贾母在精挑细选,就连作为待选对象的薛宝钗、黛玉等人也铆足了气力,力争赢得贾母和王夫人的青睐。在这其中,袭人与宝钗是志同道合的知音。而且,在袭人看来,宝钗之母与王夫人是亲姊妹,且薛家富足,阖府上下,又有薛姨妈在左右调停。于是,众人的眼中,钗玉联姻,只是时间早晚的问题了。

钗玉联姻,已是众望所归。准姨娘的她自然把利益的天平偏向了宝钗。为了拉拢关系,她不仅当着贾母的面请宝钗"打络子",替宝钗争脸面。而且,以和顺著称的她,又在湘云面前借剪扇套子一事,大评黛玉的不是,以拉拢宝钗。

忠厚柔顺,体贴过人,俨然她的招牌形象。为了服侍好宝玉,每天晚上,袭人在宝玉睡时,皆要把贾府的命根子通灵宝玉摘下,用自己的手帕包好塞在褥子下面。待到次日,又用双手将宝玉焐热以后,方才戴在宝玉的脖子上。宝玉上学时,袭人把宝玉的笔墨文具一一地收拾停妥;宝玉突然被贾政叫了去,女主人一般的袭人便在怡红院的门口倚门翘望;宝玉因戏弄金钏、结交忠顺王府中王爷心爱的戏子,遭到父亲贾政的毒打,袭人亦满心委屈,不仅含泪问宝玉挨打的原因,还咬着牙地视其伤,精心服侍。宝玉同黛玉怄气要砸玉,袭人也在一旁陪着哭了。

要想赢得他人的认可,必要收敛过度的锋芒,同时还要以和顺的形象博得贾府上下的一致认可。于是,和顺的她从不与他人发生争执,大丫头中间,鸳鸯、平儿、紫鹃、翠缕等人皆是她从小一起长大的知己。薛蟠的妾,宝钗较为亲近的人香菱,也是她的好姐妹,就连宝玉屋里的末等丫头小红、佳蕙,也对她唯命是从。

确实,因了袭人的"贤",平素做事妥帖周到的她不仅获得了贾母、王夫人的格外垂青,丫头众多的怡红院也俨然离不开袭人了。袭人回家探望重病的母亲,怡红院里便没有人铺床,也没人肯放镜套了。半夜里,宝玉睡醒了要喝茶,喊了半天晴雯极不情愿地将茶送到他口边。晴雯伤了风,怡红院虽然请来了医生,但麝月既不晓得银子放在哪里,也不懂得如何使用戥子。如此境况,玉字辈的长嫂李纨便对她衷声感叹:"小爷屋里,要不是袭人,不知会度量到什么田地!"

其实,这样的尽心尽责,不过是因了异性相吸的爱情的作用。作为贾家的"命根子",从小便受皇姐元春教导的宝玉在贾府的男子中,可算得上数一数二的美男子。他生得面若中秋之月,色如春晓之花,鬓若刀裁,眉如墨画,面如桃瓣,目若秋波。

不仅如此,他还兼擅文墨,才华横溢。贾府里,贾环、薛蟠之流与之相比较,也是万万不能及的。

袭人虽然下贱为奴,但奴婢也是有血肉有情感的人。而且,二八年华的袭人,正是情窦初开的年龄。加之因了警幻仙姑的训导,与宝玉有了"不才之事"的袭人,在心里是同样爱着宝玉的。

因为心有所属,不愿意离开贾府,更不愿意父母将自己赎回去的她,只期永远地跟随着宝玉,做一个宝玉的妾,整日地服侍着他,为他生儿育女便满足了。

由于贾母等认可了袭人的"贤",袭人便将自己的贤进一步发扬光大。端阳节前日,袭人被关在门外的宝玉狠狠地踢了一"窝心脚"。痛得直哭的她,不仅不恼,反而还安慰宝玉,只当踢的是那起憨皮惯了的,早已教人恨得牙痒痒的小丫头子们,唬唬她们也好些。

贾家的长辈们希望宝玉能走政道,多学些仕途经济。她便遵从王夫人的意愿,在宝玉的面前竭力相劝。为使宝玉收心,目不识丁的她这样劝宝玉,即使常在女孩儿里厮混,也要在老爷面前做个样子,少惹老爷生气。同时还给宝玉定了"要听老爷、太太的话;少在女孩子堆里厮混;要多读书,多作经济文章"

等三条箴规,来约束宝玉。

宝黛的婚事,原是贾府上下一致认可的。而且,天真单纯,又爱使小性儿的黛玉对于贤良的袭人,本是处处尊敬的。黛玉还戏称袭人为"好嫂子"。但是,黛玉单纯。自小失了父母亲护佑,且寄人篱下的她不会左右逢源,也不如宝钗那样会用小恩小惠来拉拢人心。所以,与宝钗在同一个阵营里的袭人,亦随着薛姨妈、王夫人的心意,处处褒钗抑黛。

尤其是当深爱黛玉的宝玉错把赶来给宝玉送帕子的袭人当成了黛玉,且对着袭人作了一番发自肺腑的表白,以进一步明确宝黛之间的爱情时,袭人更加震惊了。于是,为了自己,也为了宝玉的名声,受爱情冲动驱使的袭人便向王夫人告发了宝黛之间的秘密。早已和宝玉初试云雨情的她,在王夫人面前言之凿凿地如是说:"二爷也大了,里头的姑娘们也大了,况且林姑娘和宝姑娘又是两个姨姑表姊妹,虽说是姐妹们,到底是男女之分,日夜一处起坐不方便,由不得叫人悬心,便是外人看着也不像。一家子的事,俗语说的没事常思有事。况且二爷平素喜欢在我们堆里闹,倘或不防,前后错了一点半点,不论真假,人多口杂二爷一生的声名品行也就完了。"

这样的"忠诚",无异于给蒙在鼓里的王夫人一记重棒,同时也将宝黛二人逼上了她所期望的爱情绝境。在与王夫人的一番谈话中,袭人虽然也提到了宝钗,但是,袭人所说的,也只是捎带说了下宝钗与黛玉是姑表姊妹关系,并为接下来想要继续说黛玉的不是而做铺垫。那时,宝玉与黛玉的亲密关系,贾府上下早已合族皆知。而且,宝黛的从小亲密相处,是源于贾母的主张。对于宝玉的母亲、黛玉的舅母王夫人而言,其实对于黛玉的存在本就厌烦无比。前有金钏坠井一事,现又有袭人的好心提醒,对于这个成天与儿子厮混的黛玉,王夫人便愈发多了一层憎恨。

不仅如此,后因薛宝琴、邢岫烟、李绮、李纹等人的到来,原先对黛玉痛爱无比的贾母渐渐开始疏于对黛玉的照看。原来当着众人的面笑问黛玉吃了贾家的茶,为什么不给贾家作媳妇的凤姐,也因卧病在床,不再出现了。加之宝钗的左右逢源,还有薛姨妈、袭人等众人均在帮着宝钗在贾母面前美言讨好,府上的人已然全部改变了风向,目标一致地将未来的宝二奶奶的人选指向了宝钗。

这样的贤,还有这样的一番"小见识",果然使袭人收效丰厚。不仅讨得了如雷轰电掣似的王夫人的更加信任,使王夫人情不自禁地称袭人为"我的儿",而且对她赏了菜,还把自己的月银分了一半给她,待遇等同贾府的准姨娘。

忠诚、仆实、心无旁骛,历来是人们所提倡的道德标准。只是,与人相处,过分地奴性,便完全失去本来的自我。况且,摇摇欲坠的贾家,最终在不肖子孙的合力撼动下垮塌了。家道中落,贾家的人因了府上的最高支柱元春的死去,有的获罚入狱,有的病誓夭亡,而四散离去了。同样,贤袭人的"准姨娘"之梦,也在残酷的现实里一夜成空。

四、紫鹃

诗曰：

斑竹千般泪，思归一鹤鸣。冰心凝霜雪，玉蕊伴长京。

念念为奴意，心心劝主情。同为篱下客，知己最犟卿。

"杜鹃泣血"、"以泪偿灌"，杜鹃与绛珠草儿，原本柔弱。并且，一为忠贞，一为坚毅。

紫鹃与黛玉，虽然一为仆人，一为主人。但是，性情相仿的她俩，却情似姐妹无话不谈。

贾府的人都说黛玉嘴里爱刻薄人，心里又细。若不是黛玉的人格魅力，紫鹃与黛玉的志趣相投，想必两人是难以和谐相处的。紫鹃自己也说："偏生她又和我极好。比她苏州带来的要好十倍,一时一刻我们两个离不开。"

紫鹃原名鹦哥,是到了黛玉的房中后,被黛玉改作现在的名字的。虽然紫鹃不善多言,但在丫头们当中素日却是最为伶俐聪明的。

初到贾府时,孤身一人、背井离乡的黛玉因为刚刚丧母,后又丧父,整日与眼泪相伴,不仅不习惯新环境的生活,还要应付着贾府之中百余口几乎个个势利的不同人等。故而,敏感、多疑,爱使小性儿,成了黛玉的代名词。那时,远道而来的黛玉,只带来了一老一少两个仆人,一个是自幼的奶娘王嬷嬷,一个是才十岁的一团孩气的小丫头雪燕。王嬷嬷又极老,对黛玉皆不遂心省力。小丫头雪燕又极小,也成不了甚事。于是,在贾母的怜惜下,原是贾母身边的二等丫头鹦哥,才这样成了黛玉的丫头。又因黛玉素喜文墨,名为鹦哥的丫头才得了这样一个文气十足的名字——紫鹃。

是为黛玉的丫头,紫鹃同黛玉实可谓志趣相投,都是喜静不喜闹的。皇妃元春省亲过的大观园不仅建造华美,而且景色宜人,更是大观园里女儿们的天堂。在这其中,丫头们在斗草簪花,主子们在举杯吟咏,就连"诗痴"香菱也忍不住隔三差五地进入园来,不是向黛玉学诗,就是找湘云联对。而紫鹃自和

黛玉迁入潇湘馆后,却极少与这些少时的伙伴们来往。

每当宝玉的袭人、宝钗的莺儿、湘云的翠缕、探春的侍书等丫头们在大观园里陪着主子们在吟诗作赋、祭祀花神、放飞纸鸢的时候,忠实的紫鹃也是独自一人,在黛玉那凤尾森森,龙吟细细的潇洒馆内,侍弄着黛玉的笔墨,守着黛玉时刻不离的汤药。大雪天,黛玉到了宝钗处。因担心黛玉冷了冻了,不曾出门的紫鹃便差了雪燕为黛玉送去了取暖的手炉。大观园为宝玉和同庚或同日出生的姊妹做生日,各房丫头,甚至连散归各屋的优伶小戏子们都悉数到场,独独不见紫鹃的身影。

贾母说,贾府的上上下下尽是些势利眼。不论是贾家的主子,还是府上的奴才,一切皆唯权力金钱为至高宗旨,哪管你孤单零落,愁事伤怀。可是紫鹃不然。痴傻的袭人,在贾母处时,心中只有个贾母,到了宝玉房内,便也只有一个宝玉。同样,安静的紫鹃心中眼中还有生活中也只有一个黛玉。时时处处为黛玉着想的她,一若宝玉与黛玉之间的铃,系者是她,解者还是她。

那时,贾母尚还健在,黛玉因有贾母的庇护,两小无猜的黛玉和宝玉两人才自小吃在一处,住同一室,一应吃穿用度,皆排在贾母的迎春、探春、惜春三位亲孙女之前。那个被贾母称作

"凤辣子"、"破落户"的凤姐才在他们吵架之后奉着贾母的命令去察看两人和好与否,并在宝玉的怡红院里当着众人的面,玩笑着问黛玉为何吃了贾家的茶不给贾家做媳妇。正因为有了这样的恩宠,所以贾府上下的人才认为,宝黛联姻,只是时间早晚的问题。

只是,黛玉多病,加之彼此有情的他们,在对"爱情"这个词汇还没有进一步明确之前,时常心生疑惑,时常为了些鸡毛蒜皮的小事而怄气争吵。

贾府里,真正关心黛玉的,除了贾母和宝玉,加上见风使舵的凤姐,余者寥寥无几。尤其是贾母与王夫人之间难以调和的婆媳关系,在对未来儿媳的选择上,王夫人和贾母也是各执己见,谁也不肯让谁。

黛玉的母亲是王夫人的小姑。而且出嫁前,贾母亦是对自己的女儿百般疼爱,对媳妇则是别样的态度,倍加冷落。在贾母的面前受到了严重失衡的待遇,嫉妒与憎恨,便在王夫人的心里一日甚过一日。而且,黛玉为贾敏之女,遵着贾母的意思,要黛玉为儿媳,在王夫人那里,是想都不用想的。

宝玉挨了打、金钏被逼坠井、邢夫人又向王夫人交出了傻大姐在大观园里捡到的绣春囊,王夫人无处发泄,便将一切的罪过算在了黛玉的头上。不仅如此,还有多嘴的袭人,也在王夫人面前告黛玉的状说恐会发生不才的事。这也使王夫人给黛玉徒增了一层"莫须有"的罪。

黛玉同样渴望早一天摆脱这种寄人篱下的孤苦生活,盼望着自己能有一个圆满的归宿。可是,父母已经不在了,黛玉自己也还是个未出阁的女孩儿。旧时青年男女,婚姻大事是父母之命,媒妁之言的。

恪守妇德,且要遵守各种形式的繁文缛节。否则,稍有差池便失了大家小姐的身份予人口实。孤单的黛玉,在自己的婚姻大事上开不得口,也不知道该向谁去说。因此,为情而困,且满是忧愁的黛玉只能苦苦地等。

随着时间的推移,紧随黛玉而来的宝钗,不仅带来了和宝玉相对的那把金锁,而且还因薛姨妈的左右逢源,令随份从时的宝钗笼络了贾府上下的合族人心,更讨得了宝玉之母王夫人的信任。加之,元妃省亲时,孤洁不通世故的黛玉因为急于求成,公然在元春的随行女官、太监面前替宝玉作弊,而使回宫的元春最终默许了宝钗与宝玉的婚事。并在端午节时,对娘家人的赏赐中,独以宝玉与宝钗的宫扇两柄,红麝香珠二串,凤尾罗二端,芙蓉簟一领等相等的数目作为明示。

尽管元春的观点明确，但是贾母依旧不允。初一日，贾母领着贾家女眷，在清虚观打平安醮，张道士向贾母提亲，贾母便当着众人，说宝玉不宜早娶，未来的宝二奶奶的人选只要媳妇的模样、根基便好的标准。

贾母这样的用心良苦，还有如此的公然告白，仿佛是针对宝钗，也好似湘云，只是对于黛玉的终身大事，贾母自始至终也只字未提，而且从来没说过宝黛二人将来一定会成为夫妻。

岌岌可危的形势面前，本就忧郁的黛玉更加焦虑了。可是，身为女儿，不能做主的她依旧不能多言。

幸而，黛玉的身边有贴心的紫鹃。紫鹃原是和袭人、晴雯一伙，虽不是黛玉从家里带来的，但同样和黛玉极好，同样和黛玉一样喜静不喜闹。而且黛玉心地纯良，善待下人，并同情弱者，对待下人也从来不以主子自居。故而，两人俨然闺中密友，潇湘馆里的丫头、仆人一律视黛玉为亲人和姐妹。

《西厢记》里，大家小姐崔莺莺与穷书生张生，因了婢女红娘的帮助，两人才得以在西厢约会，并且互订终身。同样，因为亲睹了宝玉与黛玉的相知、相恋的整个过程，身为丫头的她，也若一根忙碌的红线一般，在宝玉与黛玉之间来回交织着。

为了帮助黛玉走出困境，紫鹃亦在悄悄为黛玉的将来筹划着。宝玉虽然钟情黛玉，但她不是宝玉的唯一。宝玉爱吃女人唇上的胭脂，不管见了谁在梳妆打扮，他都要去伸手帮别人理弄一番。黛玉没进贾府时，宝玉和湘云是从小一块儿吃一块儿住着长大的。对于宝钗的一弯雪臂，痴痴的宝玉也会忘情地看得两眼发直。原是王夫人身边的金钏，因了宝玉的撩拨，才遭到了王夫人的羞辱而坠井。不仅如此，已经知了男女之事的宝玉还和袭人偷偷地"初试了云雨情"。为博红颜一笑，宝玉更是肆无忌惮地夺了别人的扇子来，给晴雯撕扇解气。

紫鹃这样提醒黛玉："公子王孙虽多，哪一个不是三房五妾。今儿朝东，明儿朝西。要一个天仙来，也不过三夜五夕，也丢在脖子后头了。甚至于为妾、为丫头反目成仇的。若娘家有人有势的还好些；若是姑娘这样的人，有老太太一日还好一日，若没了老太太，也只是凭人去欺负了。"

万两黄金容易得，知心一个也难求。从小就在贾家为奴的紫鹃，对贾府里的人和事看得可谓透彻。贾府的人之所以对黛玉不敢有任何差池，只因黛玉有贾母的庇护。黛玉之所以有爱使"小性儿"的坏名声，也是因为那随份从时的宝钗处处宣扬自己。宝钗用身边的人做自己的舆论工具，才使自己得了个好名声。

相比而言,黛玉上无父母,下无兄弟,唯一真心痛她的只有年迈的贾母。为此,一片真心为姑娘的紫鹃,对黛玉的处境也是焦虑无比。紫鹃催促黛玉,要趁老太太还明白硬朗时,赶紧定了大事要紧。倘若老太太一时有个好歹,那时虽也完事,只怕耽误了时光,还不得称心如意。

黛玉与宝玉拌了嘴,剪了宝玉的穗子,自觉后悔的黛玉也日夜烦闷,若有所失。紫鹃便以自己人的口气直谏黛玉,那日是姑娘浮躁了,别人不知道宝玉的脾气,姑娘应是知道的。二爷一向就待姑娘好,只因姑娘的小性儿,才使二爷不得不为之。事件的不是,二爷占三分,姑娘占了七分。

宝玉亲自登门来赔不是,黛玉令屋里的人不许去开门。紫鹃便批评黛玉,不给二爷开门是姑娘的不是,而且热天毒日头底下,晒坏了宝玉也是使不得的,以此化解两人吵架后的尴尬。同时也给了宝玉向黛玉赔不是的机会。紫鹃又和事佬一般主动与宝玉搭讪,说担心宝玉今后不会来了。因了紫鹃的调解,宝玉如此向黛玉表白:"你们倒把极小的事说大了。好好的,我为什么不来,我便死了,魂也要一日来一百遭的。"

宝玉挨了父亲的毒打,黛玉独立于花荫之下,远远望着怡红院内,看着众姐妹和老太太、太太、凤姐一拨又一拨地去看宝玉,不觉触动了黛玉怀念父母的心思而泪珠满面。贴心的紫鹃则静静地拉走了黛玉,提醒她该吃药了。

此后,宝黛爱情陷入了僵局,为了探得宝玉的真心,促进宝黛爱情进一步发展,紫鹃也似亲人一般为黛玉主动出击。

那日宝玉又去看黛玉,紫鹃便借机故意向宝玉说黛玉不久要回苏州老家去,虽家中无人了,但也有林氏族人在关切的。如今姑娘大了,自然是要送还林家的。而且,林家也是书香仕宦之家,断不肯将林家的后人丢在别人家丢人现眼,落人耻笑。回去的时间,早则明年春天,迟则秋天,林家必有人来接的。同时,紫鹃以黛玉的口气,令宝玉还了他们小时黛玉送他的东西,而黛玉自己也在收拾宝玉留在她处的物品。

紫鹃的言之凿凿,令痴傻的宝玉果真信了。如同被打了焦雷一般的宝玉不仅信了,而且还呆呆的一头热汗、满脸紫胀,一副失魂落魄之态。见了丫头袭人,他更是两个眼珠儿直了起来,嘴角边还流出了口水。给他个枕头他便睡下,扶他起来他便坐着。倒了茶来他便吃茶,进而手脚冰凉,话也不说了,李嬷嬷掐着人中也不疼,整个人死了一大半。就在林之孝家的单大娘来瞧宝玉时,宝玉听到了"林"字,便满床地闹着,以为林家的人真的要来接黛玉,要将其打出去,以后也别叫林之孝家的进了园子里来。后又见什锦格子上陈着一只金西洋行船,也胡乱叫着,是林家的船来了,忙将船掖在被中,同时还死拉着紫鹃不放。

这样的考验方法,虽然算不得太高明,但是这样的闹腾中,宝玉的心意才让贾家阖府皆知,大白于天下,宝黛爱情从此便是贾家的人所认为的板上钉钉、绝对的事。

原本,黛玉曾想把希望寄托在薛姨妈身上,且将薛姨妈认作了干娘。在黛玉看来,薛姨妈母女也和黛玉一样,都是寄住于贾府的客。而且薛姨妈热情周到,时常地嘘寒问暖,不时盘问黛玉的去向,其关心的程度好似黛玉的亲生母亲。而一心为黛玉的紫鹃便也对薛姨妈寄予了厚望。而且,当紫鹃听到薛姨妈当着宝钗的面假意说,不如把黛玉定给宝玉时,紫鹃急急跑来请薛姨妈帮忙到贾母的面前去说合。

只是单纯的紫鹃又如何知道,薛姨妈的这样处处关心,时时示爱,不过是借着对黛玉的关心,来换得贾府人的好感,为自己的女儿宝钗能顺利嫁入贾家,创造更多的机会。

其实,不管紫鹃为黛玉如何用心,如何为主子盘算,贾府的繁华都是虚幻的残景下,最后的回光返照。三春过后,本就衰败的贾府,更加每况愈下。探春远嫁,迎春误嫁中山狼,清贫的邢岫烟也择了人家,大观园里的女儿如若晚春的落花一般,在一个一个绝尘而去。除此还有来自皇宫的太监、官人们一次又一次有去无回的索取,更使摇摇欲坠的贾府已然到了崩溃的极限。

虽然,因了紫鹃的作用,宝黛爱情在与日俱增。可是,命定的运数里,宝玉与黛玉原是灵河岸上三生石畔的草木姻缘。来到贾府的黛玉原是向化身为人的宝玉偿还前世的眼泪。

紫鹃的用心良苦,时到最后,终不过是跌落红尘的泡影,一念成空。

第六章·灵巧风流，巧若拙

麦子未熟时，尖尖的麦芒直挺挺地直指云霄，大有欲与天公试比高的气势。其实，这样的锋芒，不仅不能制于人，相反还会受制于人。不知，麦田里的晴雯、探春等，可曾了悟。

一、贾探春

诗曰：

堪于庶出有尊卑，末世英雄隔翠帷。

漠漠苍葭随水逝，彤彤红杏任风吹。

沃园芳圃琢销骨，铜镜香奁妆秀眉。

母念亲恩奴底事，凤翔九度且伤悲。

"妻妾不分则宗室乱，嫡庶无别则宗族乱。"这是封建礼法里，对女人的约束。

《公羊传·庄公十九年》里也说："媵者何？诸侯娶一国而二国往媵之，以侄娣从；侄者何？兄之子也；娣者何？弟也。诸侯一聘九女。""媵制"，又称"娣媵制"。所谓"娣"，即"从姊共嫁之妹"。

旧时，男子娶妻，娶的一般都是门第和背景相当的女子。妻为"娶"，妾称"纳"。娶妻的财物叫作"聘礼"，纳妾的财物则谓之"买妾之资"。娶妻时，男女双方要有门第、嫡庶、年龄、双方家庭等资料的婚书为证的。如有违例，通常都会被强制解除，且要追究作假者的法律责任的。

娶妻的过程也异常隆重。除却聘书、礼书、迎书等三样文书外，还有纳采、问名、纳吉、纳征、请期和迎亲等六礼。除此，封建的礼法还规定，妻是不能降为妾的，而且通常只有妻在犯了不顺父母、无子、淫乱、忌妒、有恶疾、口多言、窃盗等七出之罪时才能被休弃。

妾的存在，如若男人的香车宝马，是富有的男人惹眼的消费方式，更是男人精力充沛的表现。

春秋时，分封的各国诸侯们，对于宫女的拥有动则成百上千，而且秦朝的第一个皇帝也号称自己的宫殿有千万宫女。

甲骨文中，妾为女字上面压着一把古代刑刀，表示有罪的女子。而妾的存在，其作用仅仅是为封建大家庭生养儿女，延续后代。妾只是男人满足欲望和代替嫡妻传宗接代的工具，是不会被列为宗族成员之列的。妾，除了要满足丈夫的欲望，还要如奴仆一样劳动,要伺候着丈夫的妻子。丈夫的妻亦可对她们随意打骂、随意责罚。而为妾的她们,则不得无礼于丈夫的妻,丈夫的妻在时,为妾的只能立在妻的一旁,是不可以坐着的。

妾,一若内闱之中遮掩的房事,见不得人,亦难以启齿。妾不能为妻。即使正妻去世了,为妾的她们也不能扶正。即使立为正,立妾为妻的男子还要受到被处以徒刑的责罚。纳妾时,她们不需三书六礼,也不需迎亲和送亲的队伍,只需一乘小轿,由侧门入男方家,在族内亲朋的见证下,便是成礼。

对于庶生的子女,他们名义上的母亲只有正室夫人。对于自己的亲生母亲,则是要称作姨娘和仆人的。虽然作为正妻的母亲理应将庶子女视为嫡子女一样,同样给予他们优越的生活、良好的教育,但是在财产的继承与分割上也是另当别论。《女诫》中还明文规定,嫡子有着优先继承爵位财产的权利。汉时,只有先朝的皇后可被尊为皇太后。而太子的妻妾也分为三等,正妻称妃,妾曰良娣、孺子。也就是说,除了皇后,其余的所谓的妃、嫔、贵人、才人等皆是皇帝的妾。

妻不如妾,妾不如偷。虽然为妾的多受丈夫的宠爱,但是也会受到正妻的嫉恨。妾的尴尬,一若低贱的奴仆一般不见光彩。庶生的贾家的三小姐探春便是这样的尴尬身份。探春生得削肩细腰，长挑身材，鸭蛋脸面，俊眼修眉。

因是贾政的妾赵姨娘所生，待字闺中的时候，有贾母、父亲贾政以及四大家族的护佑，花儿一般的她还尚没有体会到庶嫡之别的差别。而且，女儿终究是别人家的人，所以不管是嫡生还是庶生，自然和家庭的财产继承没有太大的关系。但是，一旦到了出嫁的年龄，嫡庶之间的差别便显现出来了。

那时，凤姐也说她命薄，没托生在太太肚里。虽然女儿比不得男人，需要担起拯救家族的责任。但是，一些轻狂的人，却偏偏要打听姑娘是正出还是庶出的，如为庶出多有不要的。

庶生，在探春的心口是一道永远也无法抚平的伤。凭着探春的貌与才，以及她在荣国府的地位，她本可以和她的那个被选入宫做了皇妃的大姐贾元春一样，有朝一日入选皇宫，在权力的最高巅峰有一番作为的。只因她是贾政的妾赵姨娘所生，所以，宫里选秀女时，探春便在第一道关口，因为庶出的身份被刷了下来。

虽"儿不嫌母丑，狗不嫌家穷"。作为庶生的母亲赵姨娘，探春也是不愿意承认的。因为家中有贾母，又因贾母痛爱孙女儿，庶出的探春便在贾母的身边长大。那时的礼法里，作为贾政的侧室赵姨娘,存在的价值只是为贾家生养儿子。当孩子出生的那一刻起,妾的使命便结束了。封建的礼法还规定,庶生的儿女要称正室为娘的,而生养了自己的娘虽然血浓于水,但在关系上依旧是儿女的奴。

其实,作为正室的王夫人对探春并不嫌弃。相反,嫡亲的女儿嫁入了皇宫,这个庶出的女儿积极上进,王夫人在心里也着实对她是喜欢的。只是,唯恐别人不知道探春是庶生的赵姨娘,每隔两三个月时间就要与探春闹腾一翻,使探春好不容易在人前树立起的威信顿时全部扫地。妾与庶生的女儿,这原本就不和谐的母子关系,在这样的闹腾中,变得越来越僵化。几次三番,心寒终于替代了热情,母女之间,最后一丝的温情也被赵姨娘的哭闹所取代了。

不能改变出身,苦闷的探春只得在行为上竭力改变自己。为了不被人瞧不起,她竭力巴结王夫人。视王夫人为生母,同时一并竭力讨好着贾母和凤姐。留心着一切向上的机会,等待着有朝一日能够浮出水面。

她的住处秋爽斋的三间房子不曾隔断,房间中央放的一张花梨大理石大案上,垒着的是一摞厚厚的各种名人法帖,还有数十方宝砚,各色笔筒、笔海内插的笔也如树林一般。就连墙上挂着的也是北宋书画家米芾亲作的《烟雨图》，以及颜真卿的墨迹"烟霞闲骨格，泉石野生涯"的对联。

这样的陈设全然没有平常的小女儿家香闺宝阁、娇嗔无比的脂粉气息，而是"钟鸣鼎食之家，翰墨诗书之族"的富贵气象。那时，书法早已是满清贵族子弟们的必学课目。颜鲁公的楷书方严正大、朴拙雄浑、大气磅礴的书法审美，米芾的书画墨迹稳而不俗、险而不怪、老而不枯、润而不肥的气韵，在潜移默化中悄然改变着探春的心性、眼界以及言行举止。

因了环境的熏陶，还有探春本身的心性使然，胸怀远大的她便养成了楷书那般端庄的须眉之风，草书的丈夫之志。她不安于做一个富贵人家的小姐，后嫁为人妇平凡地虚度此生的生活。并且，生在贾府之中，本是主子的她，为人处世同样显得尤为谨慎，生恐一丝的差错，便成了别人议论的对象。愤懑的她还向人说："我但凡是个男人，可以出得去，我心早走了，立一番事业，那时自有我一番道理。偏我是个女孩儿家，一句多话都没有我乱说的。"

园子里的姑娘皆擅文墨，于是，便由探春发起，在园子里成立了以海棠为名的"海棠社"诗社，诗社里，除了黛玉、宝玉、宝钗等十余位成员外，还有自号稻香老农的李纨为社长，菱州的迎春、藕榭的惜春为副社长。为了确保诗会活动的开展有序，诗社里还确定了李纨与惜春二人，一人出题，一人监场。

因了"海棠诗社"的发起，大观园的姊妹们才有了后来的菊花诗会、芦雪广即景诗、怀古诗会、桃花诗社等等一系列风流雅致的大观园诗会活动。除此，探春对屋里的丫鬟管教十分严格，为了强调主仆身份的区别，她吃饭的时候，丫鬟们立在两旁必须鸦雀无声。丫鬟们在遇有困难时，主子探春也是挺身而出，大加袒护。相比探春，她的两位姊妹迎春与惜春，却是截然相反。迎春与惜春不仅指挥不动自己的丫鬟婆子，相反还时常受着下人们的闲气。

脆弱的人，总是希望用这样与那样的行为来掩饰内心的慌张。因是庶出，极力想摆脱自己庶出地位的探春，便无时无刻不在维护自己主子姑娘的尊严。

为了讨得王夫人的欢心，她以一副公事公办的形象来与母亲弟弟划清界限。抄检大观园时，探春便在来者面前挑明了要保护自己丫头的利益。她只准王保善家的等人搜自己的箱柜，不准动其他人的一丝一毫。她的义正词严，令一向以"脸酸心硬"和"有名的烈货"著称的凤姐不得不赔起笑脸，给探春赔不是。那时，自以为有眼力，有胆识、要体面的王保善家的趁势作脸,想向王夫人、邢夫人献好,越众人拉了探春的衣襟,故作得意地一掀,声称连姑娘的身上都搜了,没什么问题。岂知,不自量的王保善家的,不知探春的底细。探春毫不客气地给了她一个大嘴巴子。这样响亮的耳光,不仅扇在了狗仗人势的王保善家的脸上,更给了做出"抄检大观园"这样一个荒唐决定,且在府上搬弄是非的邢夫人一记热辣的棒喝。

心正则行为正,行为正则人气正。探春理家时,在和王熙凤的利益不抵触的情况下,蠲免了每个小姐每月置办头油和粉的二两银子。又根据家中的买办在帮丫头、姑娘们采买脂粉时不是拖延送物的时间,就是买来的东西质量低劣一事,而坚决革了买办的费用,杜绝了虚假开支。因她看见赖大家管理花园的好办法,便派专人管理贾府的花园,将园子里的竹子、稻田、花草等分包给懂行的老妈妈,又让她们分别承担园内姑娘们的头油胭脂费用,以及各处笤帚、簸箕等日杂用品的花销和大小禽鸟、鹿兔的粮食。仅此一项,每年便可为贾府节省开支四百多两银子。

除此,探春又根据怡红院和蘅芜苑这两处花草多的特点,将其中的玫瑰花、蔷薇、月季、宝柏、金银藤等花儿晒干了卖到茶叶铺、药铺,增加了府上的收入。

探春在革新兴利的同时,亦在思想行为上自守身份,不逾规矩。上任之初,探春办理的第一件事便是自己的亲舅舅赵国基的丧事。但她秉公执法,将多出的二十两银子的丧葬费直接交还贾府。又蠲免了宝玉、贾环、贾兰等人上学所需,革除了每人所需八两银子的点心纸笔费的额外开支。为给平儿过生日,她亦不动公家的一分一毫,而是采取私下里凑份子的方式,给贾府节省开支。她和宝钗偶然兴起,吃了大观园厨房里的油盐炒枸杞芽儿,事后她便打发了手下的人交还了厨房五百钱的餐费。

压抑的巨石之下,往往能开出灿烂的花朵。其实,探春的秉公办事、严于律己,皆被贾府的人看在眼里、记在心上。王夫人喜欢探春的为人,却因讨嫌的赵姨娘,才把对探春的欢喜只放在心上,而不言语。少说也有一万个心眼子的凤姐独对探春礼让三分,且对平儿说,她是要比自己"更利害一层"的。黛玉评价她"守如处女,脱如狡兔,出其不备之妙策"。平儿则也说她:"虽是个姑娘家,但不肯发威动怒,这是她尊重,你们就藐视她,欺负她,果真招动了大气,二奶奶也不敢怎么样。"同时还说:"二奶奶在大姑子小姑子里头,也要让她五分。"还有小厮兴儿也说:"三姑娘是朵带刺的玫瑰花,又红又香,无人不爱的。"

成功,总是属于有准备的人的。探春的恪尽职守,还有她的满腔豪情,一心向上,终于赢得了贾府上下的一致认可。同时也使压抑的她,在原已既定的命数里,因此有了一线转机。

　　贾母八十大寿时,作为客人的南安太妃借着为贾母贺寿的名义而大驾光临了。为了迎接这个难得的贵客,贾母独留下迎春与惜春两位正出的千金,而是让探春、宝钗、宝琴、湘云、黛玉等五个女儿作陪。

　　那时,姑娘们在太妃的面前一字排开,南安太妃拉着宝钗、湘云、宝琴的手,第一眼相中的便是知书达理的探春。

　　整个贾府均在没落的时候,南安太妃这样突然来访,其实只是奉着皇令在贾家进行的又一次遴选。那时,朝廷腐败,外番的局势动荡。国家已落得用女子与外番和亲的方式,才能换得暂时太平。

　　亡国之辱,挺身而出济世宁人。原本就想成就一番事业的探春,虽然此去一别,路途千里,但是探春并不后悔。

　　摇曳的大船,不仅载去了未知的前途,更载去了探春的所有亲情,所有欢笑。从此,家与故乡永远相隔,世世两茫茫了。

　　从此离别,一帆风雨路三千。骨肉亲情因山高路远,永远不得相见。

离别时,伤感的探春终于肯叫一声赵姨娘"娘"了。原来,血肉之亲虽然相距甚远,但同样是不舍分离的。或许此时,那所谓的嫡与庶已然在分别的时候,结成了心上的痂,无法抹去,难以释怀。

虽然这样的选择有着生离死别的伤痛,也有骨肉之分。但是对于志向远大的探春而言,这样的离别,脱离了荒衰的贾府,对于想成就一番事业的探春而言,不失为一种好的选择。

二、史湘云

诗曰：

海棠春睡百花眠，雅语呢喃任尔牵。
纵使卿卿连爱爱，却为陌陌散阡阡。
彤云堪贵难长在，湘水亦华偏未圆。
母若怜奴随女去，三春去后有残妍。

生活中，那些痴傻的女人，往往要比精明的女人活得自在。因为，女人过于精明则显心计，过于愚钝则显性情。

因为，痴傻的女人，思想单一，心无旁骛。不会敏感多疑，不会斤斤计较，总是以一副阳光的心态在对待他人、善待自己。女人的傻，不是唯唯诺诺，不是低三下四，更不是忍气吞声。而是把生活中的小事模糊化,把可能产生的摩擦逐步地淡化。

其实,装傻也是一门艺术。相对于男人世界里的女人,她们将淡如白水一样的生活看似甘泉,恪守着自己的心灵家园,不令他人有任何伤害。痴傻女人其实什么都知晓,但总是会把自己装作什么都不懂的模样,让身旁的人放心地疼爱着。

大观园里的史湘云,同样也是痴傻的。她无心机,也无城府。既不为儿女情长的情思所羁绊,也不受功名利禄所左右。人前,纯真稚气的湘云,身世和处境其实和黛玉一样,都是孤苦无依,都是寄人篱下的。

她是保龄侯尚书令史公之后,族中房分共十分,都中现住着十房亲戚。因是贾母娘家的亲内侄孙女,也是金陵四大家族的嫡系,所以才自小常住贾府,并和贾府往来不断的。

湘云的父母也同样早亡,失了父母护佑的她,是由叔叔婶婶抚养长大的。因保龄侯史鼐又迁委了外省大员,要带了家眷去上任。贾母不舍,才留下了湘云,被接到贾府和宝钗一起居住。

更为悲惨的是,寄于贾府的湘云没有获得贾母对黛玉那样细致的疼爱,也没有受到宝玉对黛玉那样体贴入微的照顾。湘云只能依靠自己。她不仅受着叔叔婶婶的冷眼,还时常要为叔叔婶婶家做针线女红到夜里很晚。有时做不完,还得带到贾府由贾府的下人来帮着完成。

不过,命好不如心态好。始终阳光的史湘云,不似黛玉那样多愁善感,多疑任性。而是化困境为动力,用一颗阳光的心,在笑对生活。湘云时常与府上的丫头、下人打成一片,在贾母、王夫人、南安太妃等面前,湘云也是一脸笑靥示之。她开朗豪爽,娇憨淘气,所到之处皆是一片欢声笑语。她是大观园里的开心果,仿佛大观园里没有了她,便少了一些"热闹"。

她爱穿别人的衣裳,喜欢把自己打扮成小子的模样。因为常常奇装异服,她便被黛玉称为"孙行者"、"小骚达子"。黛玉这样说她,她也一点儿不生气。

邢岫烟等人刚到贾府不久,湘云也从叔叔婶婶家来贾府玩了。彼时,她穿着贾母给她的貂鼠脑袋面子大毛黑灰鼠里大褂子,头戴一顶挖云鹅黄片金里大红猩毡昭君套,又围着大貂鼠风领。面对黛玉等人的嘲笑,湘云不但没有半点羞愧,反而又解开衣襟,脱了褂子,露出里面的半新靠色三镶领、秋香色盘金五色绣龙小袖、掩衿银鼠短袄。湘云的内里穿的也是一件短短的水红装缎狐肷褶子,腰里紧紧束着一条蝴蝶结子长穗五色宫绦,脚下穿的也是鹿皮小靴,整个装扮显得蜂腰猿背,鹤势螂形。从头到脚,从里到外,皆是一身彻底的男儿打扮。

早些,她在贾府住着时,把宝玉的袍子、靴子穿在身上,又把额子也勒在头上,站在椅子后面哄得贾母直把乔装改扮的湘云当成了宝玉,直叫"宝玉"过来。不仅如此,正月下雪时,她还将贾母的那件又大又长的大红猩毡斗篷披在身上,又将汗巾子拦腰系在腰上在后院子里和丫头们堆雪人,结果一跤栽在沟跟前,弄得满身满脸都是泥,整个一副天真无邪的男孩儿形象。

虽是玩闹,其实湘云的这样一身打扮原比她打扮成女人还要俏丽数倍的。而且,因了阳光的心态,湘云的成长也如小树儿一般茁壮。和园中的女儿们相比,身体羸弱的黛玉患有不足之症,从会吃饭起便开始吃药。不仅人参养荣丸不离左右,黛玉三岁时还有癞头和尚说她,除非从此以后总不许见哭声,除父母之外,凡有外姓亲友之人,一概不见才能保证此生的一世平安。品格端芳的宝钗,虽然体态丰满,但有从娘胎里带来的热毒。需得一个和尚给的"海上仙方儿",要用白牡丹花、白荷花、白芙蓉花、白梅花花蕊各十二两研末,并用同年雨水节令的雨、白露节令的露、霜降节令的霜、小雪节令的雪各十二钱加蜂蜜、白糖等调和,制作成龙眼大丸药,用黄柏十二分煎汤送服的

"冷香丸"才能医治。除此还有有"女强人"之称的凤姐,虽在人前一脸风光,实则也身体羸弱,也因小产而落下病根,漏下不止,最后也因健康状况而不得不退居管理二线。

湘云不似她们,在地上有一尺多厚,天上仍是搓棉扯絮的大雪天里,众姊妹凑份子在芦雪庵里联诗时,湘云和宝玉、宝琴、平儿等却围着火炉割腥啖膻,一边大吃烧烤的生鹿肉,一边饮酒,也未见她有丝毫不适。

皇家老太妃辞世时,贾母、邢夫人、王夫人皆入朝随班按爵守制,又因凤姐小产,贾府便由探春、李纨、宝钗三人协助暂时理家,又恰逢宝玉、宝琴、岫烟、平儿四人同一日寿辰,没了管束的众女儿们,便筵开玳瑁、褥设芙蓉,私底下凑了份子为四位寿星过生日。

没了长辈参与,祝寿欢宴自是年轻人的天下。厅中,红飞翠舞,玉动珠摇,热闹无比。其中,不是寿星的喜剧主角湘云不是快人快语闯祸被罚酒,就是因酒令被晴雯、莺儿、小螺等一干人压着灌酒。最后,因为受罚太多,不胜酒力的湘云也如贵妃醉酒一般,朝着百花丛中,娇躯倾倒酣醉而卧。

那时,醉卧于山石僻处的一块青板石凳上的湘云,四面芍药花飞了一身,满头脸衣襟上皆是红香散乱,手中的扇子在地下,也半被落花埋了,一群蜂蝶闹嚷嚷地围着她,头上枕着的亦是用鲛帕包着的一包芍药花瓣。酒过三巡,大家才发现酒桌上少了湘云,并在园中分头寻找。醉了酒,又如此衣裳单薄地在青石板上酣睡。事后,也不见湘云有半点感冒的迹象。

原本痴傻的湘云也是有爱的。她较黛玉更早来到贾府,并且也是和宝玉一同吃一同住的。但是,后来黛玉来了,宝玉便将所有的情感全部倾注给了黛玉,而且,如此体贴细致的照顾,换了谁都会嫉妒眼红。

于是,黛玉和宝玉拌嘴时湘云来了。因见宝玉在低声下气地向黛玉赔不是,醋意顿起的湘云才说:"宝哥哥、林姐姐,你们天天一处玩,我好容易来了,也不理我一理儿。"

同样是妒,湘云的咬舌,自然遭到了黛玉的嘲笑。湘云反唇相讥,但她不是说黛玉将来与宝玉如何,而是另起炉灶,嘲讽黛玉将来的林姐夫另有其人。

因为妒,平日里,被宝玉忽略的湘云在与黛玉交往的时候常常也是得理不饶人。宝钗生日时,湘云直言黛玉像小戏子小旦。黛玉当场翻了脸,而讨了没趣的湘云当晚也要收拾包袱回家。别人来劝时,湘云则说:"黛玉是小姐主子,自己是奴才丫鬟。"

同样,芦雪庵联诗时,因黛玉笑言吃鹿肉的湘云,如同遭了劫一般地作践了芦雪庵。湘云则冷笑着回复:"你知道什么!'真是名士自风流',你们都是假清高,最可厌的。我们这会子腥膻大吃大嚼,回来却是锦心绣口。"

然而,醋妒终究不能代替现实。湘云虽是名义上的官家小姐,实际上,一切事皆是由叔叔婶婶做主,最终被许了人家。因与黛玉性格不和,湘云便在宝钗的拉拢下,成了宝钗、袭人等一个战壕里的战友。

那时,薛姨妈为了促成女儿与宝玉的婚事,薛氏母子不仅长住贾府,而且还不住地在阖府上下散布着"金玉姻缘"之说。除此,为了笼络人心,作为当事人的宝钗不仅拉拢了袭人,赢得了贾母、王夫人的交口称赞,还用哥哥从外地带来的土产,打动了在府上一直遭人冷眼的赵姨娘和贾环母子。对于从小便和宝玉一起长大的湘云,薛宝钗也在想方设法地拉拢靠近。湘云要做东举办诗会,因为寄住于叔叔婶婶家,湘云经济紧张,宝钗便出面以几篓子螃蟹相赠,并暗地里资助湘云桌席酒钱,使湘云风光地举办了这场诗会。得了好处的湘云,从此便对宝钗尊敬不已。故而,对于湘云这样一个单纯潜在的对手,宝钗不仅笼络其心,而且还轻而易举地卸掉了对方的戒备。

第六章·灵巧风流,巧若拙

因了宝钗的深算,将宝钗视作亲姐姐一般的湘云,便在黛玉的面前表现得尤其得理不饶人。

袭人向湘云央烦替她做一些针线活,得知了负气的黛玉铰了宝玉的香袋和湘云做的扇套,湘云便公然抱怨黛玉娇懒,同时还将黛玉的优待一度迁怒于贾母。当黛玉看见宝钗情意绵绵地坐在熟睡的宝玉身边,手里拿着原是袭人给宝玉绣的白绫红里的兜肚,上面扎着鸳鸯戏莲样的花针线,家常小夫妻模样地在绣花时,明知黛玉会气恼的湘云依旧护着宝钗,更是借着要到池子里去找洗衣裳的袭人的理由,拉走了黛玉。

因受宝钗的影响,世俗的湘云也学着宝钗的模样,在宝玉的面前说宝玉不爱听的那些和仕途经济、沽名钓誉有关的"混账话",也和宝钗一样规劝宝玉去做"禄蠹"。这样的话,宝玉自是不爱听的。不仅不听,宝玉还以黛玉是如何和了自己的心意,而告诫湘云和宝钗等,要是黛玉也和她们一样说这些"混账话",便也和她生分了。

身处逆境,又是在贾府这样一个处处冷眼,举步皆是非的复杂之地,湘云依旧能保持她原有的本真。若非超然的胸襟,想必是难以办到的。

虽然湘云也爱宝玉,但是湘云的爱却坦荡率真。而且她不说违心的话,也不做违心的事。

她明知黛玉爱使小性子,也知道宝玉平日里处处让着黛玉,但在不平之处,湘云亦挺身而出。宝钗生日,亲自给宝钗过生日的贾母请来了一班小戏。凤姐多嘴说:"这孩子的扮相活像一个人。"宝钗心里知道,但只一笑不肯说,宝玉也猜着了,亦不敢说。而且宝玉也深知黛玉是不喜欢别人拿小戏子与她比较的。偏偏心直口快的湘云说了出来,结果自是两头受气的宝玉先在抹着眼泪的黛玉面前赔不是,后又着急地在要包了衣包准备回家的湘云面前发毒誓。

但是到了第二天清晨,宝玉再到潇湘馆去看黛玉时,原先剑拔弩张的湘云和黛玉两人早已和好如初。并且还合卧在衾内,一个严严密密裹着杏子红绫被在安稳合目,一个则一副桃红绸被,只齐盖着胸,一弯雪白的膀子撂在被外觉到天亮。

湘云仗义。清贫的邢岫烟因要应付那些不省事的妈妈丫头,将自己的绵衣服当了几吊盘缠,她从邢岫烟手里截获了当票,得知了实情以后,她不像黛玉兔死狐悲、物伤其类,而是挺身而出,去骂起那些老婆子和丫头,给邢岫烟出气。

身在那人多口杂的贵族之家,处处都是富贵眼,时时都有名利人。但是娇憨的湘云一律平等待人不分贵贱,亦无主仆之别。更没有说,自己与下人接触,而失了身份。她从婶婶家带来四枚戒指,不送宝玉、不送黛玉,也不送宝钗,而是单送袭人、鸳鸯、金钏、平儿等四位丫鬟。

其实,真正聪明的傻女人,是不屑与人吃醋的。她没有如黛玉那样整日垂泪地怨天尤人,也不及宝钗那样富于心机,更不如探春那样,心怀大志。叔叔婶婶叫她做针线,虽有怨言,但她依然做着。亲睹着宝哥哥和林姐姐亲密无间,佯装无赖的她依然与人说笑着。她的才情不减黛玉,勤奋不亚于袭人,城府亦不及宝钗深厚。同样生逢不幸,但她能在失意中寻找如意,在清苦中找寻乐趣。

如湘云那样,明了一切却不点破的拈花微笑,便是人生之中最亮的风景。用简单的视界看生活,生活便是简单的。用轻松的笑脸与人相处,别人亦会还你一个广阔的蓝天。

这样的人生,傻一点又何妨?

三、薛宝琴

诗曰：

琉璃世界走千重，意暖娇羞寒月中。

西海乘风观五色，南天沐寸辨归童。

卷帘瑶瑟繁霜露，锦缆相思罗绮红。

曾忆芳菲歌圣地，惘然一度梦如空。

读万卷书不如行万里路。这样的格言，不论今古，不分男女，放之四海，同样适用。并且，行之越远，路亦越阔。

旧时的女子，只属于闺阁。属于她们的活动空间也只是那逼仄的四壁，终日面对的都是女红针黹、灶台、儿女、公婆和丈夫。她们不如当今的女孩儿们，有着和男人近乎平等的权利，能够走出家门，参与劳动，享受平等的教育，有着独立稳定的职业。

在以男人为主宰的世界里，女人的一切皆被男人规范着。是要女正乎于内，男正乎外的。

《礼记·郊特牲》里要求女子，幼从父兄，嫁从丈夫，夫死从子。司马光在《家范》中对男女生活的空间有这样的规范，外内不供井，不供沐浴，不通寝席，不通乞假，男子入内，不啸不指，夜行以烛，无烛则止。女子出门，必须用物遮蔽其面。走路时，男子应在右边，女子应在左边。即使是已经结婚的男子，白天没有什么特别的事，也是不能和女子单独待在内室的。而女子没有什么重要的事，也不能迈出大门。即使非要出门不可，也要用盖头、纱帽之类的物件遮住脸面。否则，便是越礼。

宋代理学家朱熹，对女性的约束甚至规范到了家族奴仆、丫鬟的最底层。家中的男仆除非遇到了火灾、盗窃之事，是不能擅自进入有女子所在的房屋里去的。即使非进不可，其中的女子也要设法回避。实在不能回避的，也要用衣袖、头巾等物遮蔽颜面。同样，家中的女仆无故也是不得外出，即使要外出，也要如家中的女主人一样，是要用衣袖、头巾等物遮住脸面的。

在交通工具和通信条件极其落后的古代，男人的宦游、外出做官，是一件颠沛流离的苦差事。尤其是在重农抑商的传统社会中,一直被置于最末一位的商人,因为要远离家乡、跋山涉水,时常处在陌生的环境,所以身带财富的他们总是被一双双陌生的眼睛所窥视。加之他们总是与那炫目的货物为伍,因此,杀人越货、违规打劫,遭遇黑店、黑寺、黑渡口等情况屡见不鲜。

四大名著《水浒传》里,"好汉"们的入伙仪式之一,便是要干一次杀人越货的行为,其对象便是过路的商人。当八十万禁军教头林冲要求王伦带他上水泊梁山时,王伦给他的要求第一条,便是要去杀得一个人,将头纳献交"投名状"。

此后,照办了的林冲果然入了伙,并了王伦,推举了晁盖为新寨主,在梁山泊重新聚义后,开门的两件喜事中,其中的一件便是去劫客商,取得大批金银财物。这种在路上劫杀过路客商的做法,也非白衣秀士王伦一人的做派,而是梁山泊全体"好汉"的通例。

商人因要辗转南北,赚得最大差价,在途中所耗的时间也是无比漫长。少则一年半载,多则五至十年。本来就被士人所轻视的他们往往因为时运不济,致使返回家乡时已物是人非,家破人亡。

于是,商人们为了照顾家庭,有的不得已便带上了家眷一同出行。除了为官的或者为商的男子本人,其余随从人员多是嫁为人妻的妇人,抑或是为了教子成才,使其在旅行途中得以历练的儿子们。能够随着家人走出闺阁,踏入社会,随着父母远行的女孩儿,更是少之又少。

在这其中,自小离开家乡,跟着父母一道,行遍了五湖四海的薛宝琴,便是其中的一位。薛宝琴的经历和胆识,无疑比旧时的男子还丰富。

黛玉从姑苏到京城两度往返,虽然,一路的风景江山如画,美不胜收。但是,那时的她却是在失去了双亲的巨大打击中悲痛前行的。头一次远行,年龄尚小的黛玉刚刚失去了母亲,尚有一丝牵挂的她是在父亲的反复嘱托下,从扬州经由专人护送,乘着船儿来到京城的。

另一次远行,是黛玉失去了父亲,在贾琏的陪同下,按照原来的路线重返扬州,送着父亲的灵柩回到姑苏的。一路上,被忧愁与悲伤所充斥的黛玉,尽在伤心垂泪,至于外面的风景如何,黛玉是无心观瞻的。

除此,便是宝琴的堂姐薛宝钗与家奴香菱。虽然堂姐薛宝钗是作为宫中待选的才人、赞善之职有备进京,而另一个则是被"呆霸王"薛蟠从落魄公子冯渊手中抢了来,带到京城去安居乐业的。只是,一路上,这样的两个女儿,一个自小家教森严,从未出过闺阁半步;另一个从小被拐子拐了去,被养在僻静之处不让见人,更别说什么出门见世面了。

一路上,宝钗和香菱在薛姨妈、薛蟠,以及数个家奴的照应下,不是乘船,便是坐轿地不停辗转。对于沿途的风景,她们只能偶尔掀开帘幕,从轿、船窗口处的方寸之间,窥探外面的有限风光。

至于大观园里的探春、迎春、惜春等姊妹们,活动的范围就更狭窄了。从出生来到人世,她们的活动天地便限定在了那富贵繁华的荣宁两府。虽然,荣宁两府面积巨大,她们有足够的活动空间。而且此后,因为皇姐元春回家归省,贾家为了迎接皇妃的到来,耗费巨资建造了这座三里半大,折合一千八百九十米的大观园。尊着长姐的谕旨,探春、迎春、惜春等众姊妹们才得以从宁荣两府搬入那偌大的大观园,无忧无虑地在大观园中吟诗作赋,簪花对酒。

只是家教森严的大观园女儿们依然出不得府去。平常所用的胭脂水粉、笔墨纸砚、画笔颜料,以及女孩儿们喜欢的小折扇、小挂件等等日常用度,都是托了可以随意出入的宝玉、薛蟠、贾芸等男孩子们,顺便给她们捎进来的。

薛宝琴则与园里的众姊妹们不同了。薛姨妈曾说薛宝琴的父亲是个好乐的,因各处有买卖,便带着家眷,这一省逛一年,明年又往那一省逛半年,所以天下十亭走了有五六亭了。

宝琴也是被父亲珍宝一样地带在身边,一边饱览山水,一边结交贵族。因了宝琴之父喜爱四处搜奇货珍货异货,又有父亲携带着,且有哥哥薛蝌做伴,广游天下的薛宝琴,不仅亲览了无数山水美景,而且还因父亲之故,有幸亲睹了无数奇珍异宝。

真真国即是现在的荷兰,据《清文献通考》、《清会典》和《清史稿》等史籍记载,荷兰从顺治初年起,就与清廷建立了联系,屡次要求贸易通商。尤其是康熙二十二年(1683年),大清开禁通商后,荷兰人与我国贸易的往来就更多了。薛父经商,足迹遍及四海,于是出过国门,留过洋的海归派薛宝琴,其言谈举止也可天南地北,对于外面的世界如数家珍,经历也是高过园中的任何一个姊妹的。

据宝琴所说,那个真真国女孩子的脸面就和那西洋画上的美人一样,也披着黄头发,打着联垂,满头戴的都是珊瑚、猫儿眼、祖母绿这些宝石,身上穿着金丝织的锁子甲洋锦袄袖。带的倭刀,也是镶金嵌宝的,实在画儿上的也没她好看。因听说她通中国的诗书,会讲"五经",能作诗填词,她才劳烦父亲,请这位外国的女子写了一张自作诗词。

由于见多识广，宝琴也养成了性格开朗、胸襟旷达的气质。所作的诗词，也是内容丰富，信息量广，见地颇深。之所以降了身份来投奔贾府，是因宝琴的父亲亡故，不得已而为之的。

因为宝琴生得貌美，且是出过远门、留过洋的，所以，随着哥哥薛蝌一并投奔贾府时，宝琴便得到了贾母的格外青睐。天上下了雪珠儿，贾母便把连宝玉也没舍得给的野鸭子头上的毛做的凫靥裘送给了宝琴。同时令琥珀传话，叫宝钗别管紧了宝琴姑娘，让她爱怎么样就怎么样。住的也不是大观园，而是专门被留在贾母身边，给贾母做伴的。

而后，薛宝琴与宝玉一道到栊翠庵里讨红梅时，因为宝琴披着贾母送给她的凫靥裘站在山坡上遥等，身后还有一个丫环抱着一瓶红梅。那景色便令贾母情不自禁地将她比喻为屋里挂的仇十洲画的双艳图，夸奖其长得比画上的还好看。由于宝琴的模样、健康、性格都颇合贾母心意，贾母还曾打算着，把她说给贾宝玉为妻，且逼着王夫人也认了宝琴作她的干女儿。

宁国府除夕祭宗祠，只有她一个外姓女子，随着贾氏诸人进入祠堂，在其旁观。荣国府元宵开夜宴，贾母令最钟爱的四个孙辈与自己同席，其中第一个便是宝琴，其后才是湘云、黛玉与宝玉。而在贾府颇得人缘的宝钗只落得在西边一桌与李纹、李绮、岫烟、迎春等姊妹同桌。

宝琴同李绮、李纹、邢岫烟等姊妹一同到贾府时,宝玉见了薛宝琴也这样由衷感叹,是老天的精华灵秀,生出的上等之人。至于旁观者晴雯等人对宝琴的看法也是,薛宝琴等四位姑娘是一把子四根水葱儿。如此的万千宠爱,就连一向看似大度的薛宝钗,也吃起了薛宝琴的醋。

虽然,薛宝琴见识过人,聪慧敏捷,而且自幼读书识字。但是少不更事的薛宝琴却年轻心热,同样有不足之处的。不及黛玉的诗才,逊于宝钗平素待人的随份从时,更不及府上的女管家凤姐的精明。

虽然宝琴和黛玉、湘云一样,都是父母早亡,一样孤苦。但是,宝琴却幸福。因为她不仅模样生得好,而且早已许了人家,同时还有一个诚实、稳重的同胞哥哥薛蝌在时刻庇护着她。

未曾清贫难成人,不经打击老天真,从来英雄出炼狱,自古富贵入凡尘,醉生梦死谁成器,拓马长枪定乾坤。薛宝琴的哥哥没有宝钗之兄薛蟠那样的骄横跋扈,倚财仗势。相比薛蟠,薛蝌的为人却是处处守礼,事事谨慎,全然不是纨绔子弟的体统。

宝玉初见薛蝌时,评价他像是宝姐姐的同胞兄。诚然,父母早亡,浮华落尽的时候,家庭的重担便压在了年少的薛蝌身上。责任面前,薛蝌没有退缩,也不像薛蟠那样选择逃避。因为宝琴的父亲在世时,已与梅家梅翰林之子订了婚。

薛家家道中落,为了不误妹妹薛宝琴的终身大事,薛蝌便长兄当父,带着宝琴进京,来到贾府,一为找寻靠山,二为宝琴的发嫁做准备。

那时的薛蝌虽然在贾母、薛姨妈的撮合下已与邢夫人的侄女儿邢岫烟定了亲,但是一直迟迟未办婚礼。其原因也是由于,宝琴的婚定没有尘埃落定,自己也断然不会先娶。

有了这样一位负责的哥哥做庇护,薛宝琴虽然暂时困窘,但是她不会像堂姐薛宝钗那样,因了兄长薛蟠的人命官司,而断送了她入宫待选、晋封才人的机会。也不会和黛玉、妙玉那样,过着孤苦伶仃、寄人篱下的悲惨生活。

三春去后诸芳尽,各自需寻各自门。

虽然贾府在贾家不肖子孙的败落下,一步一步走向没落,园中的姊妹也在早有的谶语里如雨后的娇花一般,在孤单零落。但是,在这其中,唯独宝琴幸免于难。或许,这样的幸运,是娲皇氏炼石补天时所用的三万六千五百块顽石里,单独的一个例外吧!

四、晴雯

诗曰:

娇花濯艳天,苦旅又穷年。白蕊仍风雨,青丝终短弦。

文章连雀羽,魑魅喜轻鸢。凭吊芙蓉女,重污出碧莲。

"霁月难逢,彩云易散。心比天高,身为下贱,风流灵巧招人怨。寿夭多因诽谤生,多情公子空牵念!"这是太虚幻境里薄命司中,关于晴雯的判词,描述她太过凌厉,也太无情。

晴雯不是贾府的家生子儿,而且她自小便无父无母。唯一的亲人姑舅哥哥"多浑虫",也只是远亲,她并不是和哥哥生活在一起。十岁的时候,她被赖大家用银子买了去做了丫头,成了奴才的奴才。因为常跟赖嬷嬷出入贾府,由于贾母喜她的伶俐标致,便被赖嬷嬷孝敬给了贾母。后因贾母痛爱孙儿,晴雯又才奉着贾母的旨意被赏到了宝玉房里的。

因为有着这样的特殊经历,晴雯在众丫头中间不大合群,而且显得有些特立独行。当鸳鸯与平儿闲聊时,讲到她们少时的伙伴袭人、琥珀、素云、紫鹃等十来个人,从小儿无话不说,无事不谈,均十分亲密。这些列举的人中,晴雯不在其中。

不能选择出身,便要学会改变自己,后来的晴雯也在设法与园里的丫头们融为一体。只是她性格爽利,言语率直,常常三句话不对头,便与人起了争执。原本她是为奴的,可是为奴隶的她,既冲撞主子,又冒犯怡红院里的女管家袭人,同时还时常打骂比自己地位低的丫头们,其言行举止根本不像个奴隶。

晴有林风,袭乃钗付。这是大观园里,上到宝玉,下至管事的婆子、丫鬟们对晴雯的一致评价。

黛玉单纯,自小生活条件优越的她,在父母的护佑下,生活在一个没有纷争,没有等级贵贱的诗书贵胄之家。后又到了贾家,孤单零落的她,又被宝玉的关心和贾母的宠爱所包围着。温室里一般成长的黛玉,既无人为她教授为人处世的治世之方,也不曾领悟如何去赢得旁人的喜爱。

晴雯亦然。晴雯心无城府,不知人心险恶,并且说话口无遮拦。既不曲意逢迎主子,对宝玉也不虚情假意。抑或看到或听到有魅惑献主,或者有攀高枝的迹象,她也毫不留情地横加指责。她容不得虚伪作假的阴微卑贱,对看不顺眼、听不惯的事,不论情况如何,她都会给予有力的反击。

宝玉替麝月篦头,二人在镜内相视偷偷地说晴雯爱磨牙,麝月忙向镜中的宝玉摆手,示意宝玉不要多言。听见他们谈话的晴雯便立即批评宝玉:"你又护着。你们那瞒神弄鬼的,我都知道。"秋纹沾了宝玉送花的光,王夫人高兴赏了秋纹两件衣裳,秋纹欢天喜地在大家面前显摆,晴雯当头一盆冷水,骂秋纹是没见过世面的小蹄子,把别人剩下的东西拿来充脸面。而且如是剩下的东西给晴雯自己,她也宁可不要,即使冲撞了太太也不会服这口气的。

粗使丫头小红在屋里无人的时候为宝玉倒了次茶,便被以晴雯为首的秋纹、碧痕等人取笑,说她是越了级,爬了高枝儿,没把她们放在眼里。后来意外地被凤姐使唤了一回,很是兴奋,晴雯却迎头抢白她:"怪道呢,原来爬上高枝儿去了,把我们不放在眼里。不知说一句话半句话,名儿姓儿知道了不曾呢,就把她兴的这样!"

傍晚,晴雯和碧痕拌了嘴,无处撒气,便把气移在了宝钗身上。这时恰巧来敲门的是黛玉,并且任凭黛玉怎么敲,以为门外是宝钗的晴雯就是不开。黛玉本就敏感,又被这样无礼地拒之门外,便在怡红院外想起了自己凄凉的身世,甚至啼哭得令附近柳枝花朵上的宿鸟栖鸦均扑棱棱飞起远避,不忍再听。

她不给人留情面,别人的一点小小的隐私,到了她的口中,也如爆炭一般被弄得人尽皆知。为此,怡红院里的丫头们,虽然怕她,但多是不服的。

平儿在芦雪庵里吃鹿肉丢了一只镯子,查出来是宝玉院里的小丫头坠儿偷去。这样的事平儿原本想大事化小,小事化了地遮了怡红院的"家丑",息事宁人的。而且那时主事的袭人探母奔丧未归,平儿也是私下里只情只悄悄告诉了麝月。可是晴雯知道了,乘着院里暂时无主,自尊为王的晴雯便越俎代庖地大骂坠儿,不但要揭了她们的皮,还一把抓住坠儿的手,在枕边取了一根丈青,向坠儿的手上乱戳,痛得坠儿乱哭乱喊,还又借着宝玉的名义将坠儿赶走了。

她失手跌坏了宝玉的扇子,遭到了宝玉的责骂。专拣戳人心窝子话说的她,还当着一屋子人的面将宝玉和袭人的私情抖了出来,气得宝玉浑身乱战,袭人难堪得紫涨了脸。

原本，封建贵族之家，主仆之间的界线就深若鸿沟，尤其是家中的奴仆，也是有着三六九等之分的。怡红院里，丫头们的分工是：袭人、麝月两位大丫头，主要负责宝玉的生活起居；秋纹、碧痕负责宝玉的茶水、洗漱；小红、坠儿们则负责担水、扫地等粗使活计。虽然晴雯与袭人同样来自贾母的房中，但是怡红院里的丫头们，袭人是主事，每月的月钱是一两银子。而晴雯则只有区区的一吊钱，待遇是和贾府的二等丫头紫鹃、麝月相等的。

那日，宝玉的乳母骂了袭人，宝玉替袭人抱不平说："这又不知是哪里的账，只拣软的排揎。昨儿又不知哪个姑娘得罪了，上在她的账上。"晴雯听了便在一旁笑着说："谁又疯了，得罪她做什么，便得罪了她，就有本事承认，不犯带累别人！"

率真，没有半点奴相。虽然晴雯的性格被园子里丫头们不容，但在主子宝玉的眼里，却是不可多得的知己。宝玉形容她"金玉不足喻其贵，冰雪不足喻其洁，星日不足喻其精，花月不足喻其色"。

从贾母的房里到宝玉的房里，为奴的晴雯享受的其实是一般的待遇。从来不见做什么事的晴雯，指甲留得跟葱管一样，长达三尺，上面还被金凤花染得通红。她感冒了欲回家休养，宝玉不但不肯,还给她请来了大夫为她看病。而且看病时,晴雯躺在帘子里,旁边还有三四个老嬷嬷陪着,在放下的暖阁里,是隔着大红的绣幔从幔中伸出手去让大夫症治的。她不小心跌破了扇子,被宝玉训斥后引得众人垂泪。事后,宝玉还"褒姒一笑君国亡"似的拿来了自己的扇子,并夺了麝月的扇子给晴雯撕了解气。

只是,锋芒毕露,必会结下遭人嫉恨的果。晴雯的不尊不敬,加之下人们私底下的互相争宠,晴雯派与袭人派的矛盾便越来越激烈了。仗着与宝玉有了"云雨之情",袭人同样对晴雯心生嫉恨。之所以与晴雯和颜悦色,是因为袭人有着出了名的"贤德"名声在外。故而,老练的袭人一直对她隐而不发。

但是,私下里,袭人亦是想方设法地在处处挤对晴雯。为了坐实"贤人"之名,争取宝玉之妾的位置,袭人垄断了怡红院里有关宝玉穿戴的所有针线活计,从不给巧手的晴雯、麝月等人任何机会。即使完不成,她也宁可外派给湘云、宝钗两位主子去代劳,也不让晴雯等去碰。

不仅如此,无事可做的晴雯还被袭人说成是懒得"横针不动,竖线不抬"。"老祖宗"送了宝玉一件孔雀裘衣,头一天穿上就不慎烧坏了一个洞。当时送出去没人能补,第二天又必须要穿。着了凉病倒的晴雯不顾病痛,帮宝玉修补一新。袭人知道了,便不冷不热地当着宝玉的面讽刺她是在为宝玉"挣命"。

年轻气盛,除了宝玉的宠爱和贾母的信任,嘴尖性大、抓尖要强的晴雯在贾府外无亲人,内无根基,又在有意和无意间,得罪了一大批丫头和婆子们。

为了解气,宝玉令她撕扇子时,她未经人允许便撕了麝月的。当时碍着宝玉的面子,麝月未说一句,但是内心,同样是不快的。加之她平日里得罪了袭人、小红等人以后,丫头们对她所产生的连锁反应一般的抵制效应,也如平静的湖水里被石子击起的一圈一圈波纹,波及到了贾家的上层建筑那里。

处处树敌,于是邢夫人的陪房王保善家的,便视晴雯的霸道横行为眼中钉。在王保善家的看来,园里的丫鬟们本来就对她不尊不敬,想给丫头们个下马威,正愁找不到把柄,如今,绣春囊事发,王保善家的便在王夫人面前指名点出晴雯"妖妖调调,大不成个体统"。

不奴颜婢膝,也不温柔和顺的晴雯不是一位合格的丫头,从来没有摆正奴才位置的她俨然自己就是贾府的主子。矜持、自重是每一个规矩的女孩儿所应遵守的法则。深谙此理的她洁身自爱地不愿服侍宝玉洗澡,也看不惯别人的"鬼鬼祟祟",更珍爱自己清白的女儿之身。更看不惯袭人那样为了一心向上,而低贱地出卖了自己宝贵的童贞。

在贾母的眼中,晴雯的模样爽利,针线女红好、口齿伶俐,并且性格阳光,是颇合贾母的审美观。而且,在贾母看来,园子里的丫头多是不及她的。宝玉与黛玉还在贾母卧室的暖阁中时,便是由晴雯、鸳鸯等人一同服侍的。并且,一直被贾母看好的晴雯,还是贾母配给宝玉作姨娘的中意人选。

只是,这样一番用心,却是作为婆婆的一厢情愿。在宝玉的生母王夫人的眼中,这个丫头的形容举止颇有黛玉的风格。而寄于家中的黛玉,原本就是一个最令王夫人心烦的累赘。而她自己中意的人选薛宝钗,不仅是自己的亲侄女,而且宝钗行事稳重、待人宽厚,又有"金玉良缘"之说。同时,她还要以此来巩固自己在贾家的地位。

除此,漂亮这个词汇,到了贾政的正妻王夫人眼中,同样也如眼中钉、肉中刺一般,是不能容忍的。王夫人,不仅有儿有女,还子孙满堂,而且娘家是为金陵四大家族之一,是有贵为皇妃的女儿身居皇宫。这样的女人在丈夫眼里,也可谓功德圆满了。

可是,用下半身待人的贾政还不满足。他不仅纳了妾,而且还不是一个两个。除了赵姨娘、周姨娘,还有许多不知名姓的女子。

不仅如此,赵姨娘在年轻时就因貌美,而夺了贾政的心。不仅令贾政成日神魂颠倒,还同样生下了品格端庄的一儿一女,大有要夺正室王夫人地位之势。

只是那时,年轻貌美的晴雯依旧是宝玉的奴,连个准姨娘的身份都还没有争到。于是,不守奴隶的本分,还时常中伤他人,这样的不守规矩的奴,自然要受到主子和旁人的责罚。

欲加之罪,何患无辞。美丽成了晴雯的最大过错,爆炭一般的性格则是她生命过早凋零的"导火索"。

金钏坠井,宝玉挨打,又因袭人的挑拨,一向以专注佛事,以慈悲为怀的王夫人就这样触动了往事。猛然惊醒过来的王夫人一口咬定,水蛇腰、削肩膀、眉眼颇像黛玉风骚样的晴雯,就是和芳官、四儿等人一道私情密意勾引宝玉,把宝玉教坏的罪魁祸首。

抄检大观园前,首先到怡红院里去查阅一番的王夫人又恰巧看到了病了的晴雯刚从床上起来,正衫垂带褪、一副春睡刚起之态。这样的举止,不禁又勾起了王夫人先前的怒火。

于是,王夫人直斥晴雯,看不上她这浪样儿。又当着众人的面,质问晴雯花红柳绿的装扮是谁的允许。

王夫人的凌厉言语,虽然明白来者不善的晴雯回答得滴水不漏。但是,因了旁人的谗言,早已信实晴雯罪证的王夫人,没有给她解释的半点机会。

晴雯是王夫人在大观园中定要清除的"小妖精",不予除之,不得后快。

斯分有命定,风流任时殇。奄奄一息的时候,面对王夫人、邢夫人、凤姐、王保善家的等一干人等来势汹汹的查抄时,气节依旧不改的她,不像怡红院里的大小丫头们唯唯诺诺地俯首听命,任其搜检,而是强忍着病体,绾好了头发,闯进屋中,"豁"的一声将箱子掀开,两手提着底子,朝天往地下尽情一倒,将所有东西尽都倒了出来,任其抄检。

为奴的晴雯对主子宝玉,确实也有好感。但是,他们的情感是纯洁的。贾家不长的生活里,孤苦伶仃的她,已然也把怡红院当作自己的家在精心维护。只是,为奴隶的她,太过尖利,得罪的人又太多。在这样的复杂环境里,要想在这样的权贵之家活出真实的自己,并且在压抑中不断同世俗抗争,付出的代价自是比常人要更加惨重。

死而未僵的石头城里，五年零八个月的朝夕相处，换来的却是四五日水米不曾沾牙以后，被王夫人令人从炕上蓬头垢面地拉了下来，且被两个女人挽架着，毫不留情地撵出了贾府。

这样的不白之冤，晴雯自然不肯心服。弥留之际，不愿意向人低头的晴雯为了以示清白，便将自己的两根葱管般的指甲剪下来给了宝玉，又与宝玉互换了贴身的小袄，这样嘱咐宝玉："回去他们看见了要问，不必撒谎，就说是我的。既担了虚名，越性如此，也不过这样了。"

生命的最后一刻，在哥嫂家的冰冷的芦席土炕上，没有人给她递去半杯水，也无人给她丝毫安慰。一生无依，孤独的她是在一声声"娘"的呼唤中死去的。

又一朵美丽的花凋零了。不要说王夫人太过狠心，也不用说那"贤德"的袭人城府太深，更别提王保善家的阴险老辣。一切，只因太虚幻境的警幻仙姑将人世的险恶看得太真太透，以至于早已划定的命数里，属于她的劫难才若狂风暴雨那般凛冽。

第七章·算尽机关，莫回首

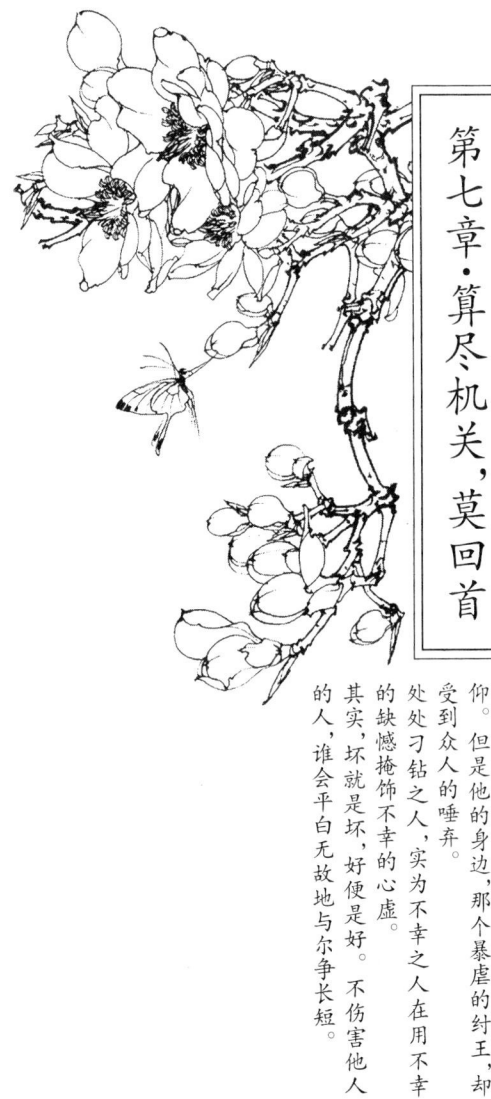

比干多心窍，而且善谏，故而受众人敬仰。但是他的身边，那个暴虐的纣王，却受到众人的唾弃。

处处刁钻之人，实为不幸之人在用不幸的缺憾掩饰不幸的心虚。

其实，坏就是坏，好便是好。不伤害他人的人，谁会平白无故地与尔争长短。

一、王熙凤

诗曰:
百花极盛春还住,叶落悲秋意已违。
利弊权衡犀目紧,分斤拨两骂声微。
琼花空道千分瓣,坐果残株百缀衣。
乖戾梢咸藏宝气,运飞梦醒带心归。

也许是受了八七版《红楼梦》的影响,大观园里的女子,虽然个个美丽,并且个个风流,但是她们却若沁芳闸畔的落红,柔弱得只需一阵风,便纷纷扬扬地落入尘土。

但是,群芳之中,那个端坐在大红撒花软帘内,戴着紫貂昭君套,围着攒珠勒子,穿着桃红撒花袄,石青刻丝灰鼠披风,大红洋绉银鼠皮裙的凤姐形象,却若大浪洗尽的流沙,坚韧、顽强、热辣而有心机。

女人不恨,地位不稳。贾府里没有人怀疑王熙凤的容貌,也没有人否定凤姐的能力。但是,府上更多的人对她的评价,却充满憎恨与嘲讽。

时刻处在权力巅峰的凤姐,其一言一行无不是受旁人关注的。她侍奉公婆、孝敬祖母,用尽全力地将整个贾府打理得井井有条。但因她管理着贾家的合族事务,在得罪了府上的丫鬟、小厮、婆子、管家以后,换来的只是贾府人给她的明是一盆火、暗是一把刀,机关算尽太聪明,并且醋、泼、辣、毒样样俱全的评价。

不孝有三,无后为大。虽有经天历世的才干,可是没能给丈夫生养个儿子的凤姐,是心虚的。所以,面对平儿、尤二姐、鲍二家的等等,这些潜在情敌,凤姐便不得不采取行动。如若不然,不论其中的谁个肚子争气,抢在凤姐的前面,为贾琏生了儿子,凤姐被休,那也不是不可能的事。

是为女人,本应以寡言、勤俭、慈悲为正统。只是偌大的荣国府,人多口杂,加之这个在以女人为天下的大家族里,形形色色的争斗,不是你吃了我便是我吃了你。又因凤姐喜弄权术、心空太高。在这样一个富足的温柔富乡里,和李纨、香菱、惜春那样安分守己地过着平淡的日子,在安分中任岁华在平凡中老去,那定不是凤姐的生性做派。

著名演员刘晓庆曾说:"做人难,做女人难,做名女人更难。"和凤姐一样,在舆论与矛盾中依旧坚持目标,且在公众的面前只博了方寸之地的刘晓庆,不论是演年龄差距甚大的小凤仙,还是在电影《小花》中饰演何翠姑,每一个角色,每段路,刘晓庆不仅走得艰难,而且走得扎实。因在商界、演艺界所向披靡,20世纪80年代的中国电影成为"刘晓庆时代",90年代又因转战投资房地产、拍摄电视剧、拍卖书稿等,成为"中国的亿万富姐"。而且,不论何时何地,晓庆的一举一动皆会招来国人的轩然大波。

身为女人,有爱、有恨、有着属于"我"的世界,有独立思考的人生,品评过酸、甜、苦、辣、咸等不同的滋味,这样的人生才算得上是圆满的。

事业的巅峰,时时处在舆论的风口浪尖,如若没有良好的心理素质和极大的抗压能力,不说前进的步伐如何,想必女人的那颗脆弱之心,在这样的锤炼当中也会被流言压迫得粉身碎骨。

幸而凤姐刚强,自小她便是被父母充作男儿教养的。周瑞家的说凤姐只怕有一万个心眼子,是一万个男人也不及的。再要赌口齿，十个会说话的男人也说她不过。确实，周瑞家的评论褒贬，更多的则是体现在凤姐的管理才能上。

贾府人多，上有贾母、贾敬、尤氏等数层长辈；中有丈夫、妯娌、姊妹、兄弟；外有旁系王公、贵族等亲眷；下还有无数丫鬟、小厮、婆子等奴仆。外加内外杂役、族中亲眷、乳娘、仆妇、嬷嬷、妾婢、女伶、女冠、外属等水、人、文、玉、草五辈的后人，上上下下，竟有五百一十九口人等。身为荣国府的实际大管家的凤姐，无疑是刘晓庆所说的，步履维艰、处处为难的"名女人"。

偌大的家族，事虽不多，但一天也有一二十件，竟如乱麻一般并无个头绪纲领。主要包括，每日履行与皇室、王公贵族及各阶层的礼尚往来；负责贾母、邢夫人、王夫人等族中长辈的内务起居；帮助贾府管理私人财物，收取租金、实物，调度主子个人的日用所需；照顾贾宝玉、迎春、探春、惜春，以及黛玉等公子小姐的日常起居。除此，还有家中的采办，日常用度，实可谓日理万机，千头万绪。

喜弄权术的凤姐虽然生性张扬，但她精明强干，其能力深得贾母和王夫人的信任。因了凤姐的管理，贾府被治理得井井有条。秦可卿命丧天香楼，她在贾珍的邀请下协理宁国府，通过对宁府后勤管理中的岗位设置、工作职能、人员配备进行分析，并对人员精神面貌进行全面诊断后得出了以下结论:宁府人员混杂,时常遗失东西;事无专执,临期推诿;需用过费,滥专冒领;任务大小,苦乐不均;家人豪纵,有脸者不服管理,无脸者不思进取。从而导致了整体队伍素质不高,且办事效率低的弊病。

为此,凤姐通过明确思路,严格奖罚,有效改善了众人偷懒、行事怠慢的诸多弊病。而后,凤姐又规定了所有人员的作息时间,即卯正二刻点卯,巳正吃早餐;凡是有令牌回事,只在午初二刻;戌初烧过黄昏纸,亲自到遍地查一遍,归来值班守夜的交明钥匙,并以身作则。对照宁府花名册,对府上的每位人员的性格、体貌等逐一了解后,将人员分别进行了人数不等分工,分别为负责人来客往倒茶、本家亲戚茶饭、在灵前上香添油、挂幔守灵、供饭供茶、随起举哀、照管门户、监察火烛等事务,细化了管理,明确了责任。种种举措,在凤姐的严格管理下,府上以往工作无头绪、慌乱、推脱、偷闲、窃取等弊病,都一概被去除了。

协理宁国府的时候,身为荣国府的管家,又值缮国公诰命亡故,王、邢二夫人要去打祭送殡,西安郡王妃华诞要送寿礼,镇国公诰命生了长男,凤姐刚回荣国府,宁国府的人便跟到了荣国府;凤姐回到宁国府,荣国府的人又找到宁府。凤姐俨然成了整个贾府的运转轴承,一言一行皆关系着荣、宁两府的日常运转。

如此勤勉,自是赢得了合族上下的齐力称赞。只是,人前如此光鲜,在人后,身为女人的凤姐,依旧只是一个柔柔的弱女子。

因凤姐责骂了失手推倒油灯,将宝玉的脸烫伤的贾环,加之平日里,凤姐对赵姨娘等人不怎么待见,心怀憎恨的赵姨娘便花了重金,请来了会作法的马道婆,令她和宝玉一个拿刀弄杖,寻死觅活,一个则手持一把明晃晃的钢刀砍进园来,见鸡杀鸡,见狗杀狗,见人就要杀人,差点失了性命。

这样的骄横跋扈,也不能使作威作福的凤姐在贾府横行一世。从内闱走入厅堂,所见到的和所接触到的,定是比平常妇人的见识更为广阔些,诱惑也一样不少。所以,在以金钱为本源的致命诱惑里,人类内心深处的劣根——贪婪,这个词汇便在凤姐的心中也一并萌芽了。

凤姐为秦可卿治丧,贾府的一干人等在外郊的铁槛寺小住,而嫌不方便的凤姐住在离铁槛寺不远的水月寺里时,在名为净虚的老尼的引诱之下,原本无心的凤姐便在权力的驱使下成了贪婪的代名词。

凤姐来自京城,其身份和门路远比水月寺里老家在长安县的净虚老尼来得尊贵。在处理长安守备家与长安府李衙内家争买一女子时,净虚便将凤姐拿来做挡箭牌,请凤姐出面裁决。

净虚老尼求凤姐出面,帮李衙内了了此事。但凤姐认为此事与己无干,一开始并不愿理会,可是,净虚老尼用了激将之法,发了兴头的凤姐才借了贾琏所嘱的修书,将事情摆平了。只是,这场由凤姐亲自出面的调解,虽然坐享了三千两纹银,但也使得一双有情的男女双双自尽,谋算着悔婚的张财主家人也人财两空。正是因为始作俑者的净虚老尼的一番请求,尝到了甜头的凤姐胆子愈发大了。这样的事,不仅使凤姐更加恣意妄为,而且成了贾家后来获罪查抄的导火索。

贾府家业庞大,身在那关系复杂的贾府,要想出人头地,不精明一些,多长个心眼,是难以在贾家站稳脚跟的。

要想成为贾府的第一管家,自然要得到贾府的最高权威的认可。为此,为了讨得贾母的欢心,凤姐便对贾母投其所好,成了贾母处承欢应候一刻也不能少的得意之人。

凡是贾母喜欢的,凤姐一律拥护。凡是贾母唾弃的,凤姐一律深恶痛绝。贾母疼爱黛玉,凤姐便爱屋及乌地对其体贴入微。黛玉刚到荣国府时,未见其人,先闻凤姐之声:"我来迟了,不曾迎接远客。"因见黛玉的容貌气质不凡,便表面上夸奖黛玉生得美丽,实则在阿谀贾母:"这通身的气派竟不像老祖宗的外孙女儿,竟是个嫡亲的孙女儿,怨不得老祖宗天天口头心头一时不忘。"当提到黛玉之母已去世时,凤姐立刻又转喜为悲,一边拭泪,一边假哭,引得贾母反劝凤姐,快休提之前的话。为了在新到的黛玉面前显示管家奶奶的地位,凤姐又拉着黛玉的手问黛玉,一同来的人如何安置,并且还满口答应王夫人为黛玉选裁新的衣服料子。

此后,因见贾母独对宝玉黛玉二人疼爱至极,凤姐便在怡红院当着众人的面问黛玉:"你既吃了我们家的茶,怎么还不给我们家做媳妇?"大家的哄笑声中,小性儿的黛玉走也不是,留也不是,只能红着脸一声不吭。不依不饶的凤姐还继续道:"你别做梦,你给我们家做媳妇少什么,你瞧瞧,人物儿、门第配不上,根基配不上,家私配不上?还是那一点玷辱了谁呢?"

除此,清虚观因了张道士"好姻缘"的说合,而引掀起了宝黛二人一个摔玉,一个吐药的轩然大波,以后,前去窥察他们两人的动静、进行说合的依旧是贾母的心腹凤姐。

没有哪个女人不希望有从一而终的爱情,不希望自己的丈夫目不斜视地同自己白头到老。只是,旧时的女人,一无职业、二无生存的能力。出嫁之前父亲是女儿的天,嫁为人妇后,丈夫和儿子则为女人的世界。

男人总是善变的动物,除了三妻四妾,那散发着暧昧气味的烟花柳巷,更是男人的享乐天堂。今天信誓旦旦地与你要海誓山盟,白头到老,到了明天,便又与他人共调笑,红绡帐里卧鸳鸯。就连真心为黛玉着想的丫鬟紫鹃也说:"公子王孙虽多,哪一个不是三房五妾,今儿朝东,明儿朝西!要一个天仙来,也不过三夜五夕,也丢在脖子后头了,甚至于为妾为丫头反目成仇的。"处在这样的境地,时时都处于劣势的女人其实是心有不甘的。尤其是凤姐,心高气傲的她"卧榻之侧,岂容他人安睡"。

在子孙延续的问题上,凤姐为贾家生的是女儿。而且,贾琏的子嗣当中只有唯一的一个巧姐儿。凤姐处处逞强,唯有生养是她的软肋。

嫁入贾家时,原有的四个陪房丫头,便在凤姐的编排下,死的死,去的去,最后只剩了大度的平儿这样一个"孤鬼"当作了摆设。当贾琏瞒着家人偷娶了尤二姐并在园外与之偷偷同居时,凤姐便借着"国孝"与"家孝"的理由,头戴素白银器,身穿雪白缎袄出现在尤二姐的面前,极其礼貌地对尤二姐以"姐姐"相称,将其接回贾府。

此后,为了赶走"入侵者",凤姐妥帖地安排了尤二姐,又唆使张华状告贾琏"国孝家孝之中,背旨瞒亲,倚财仗势,恃强退亲,停妻再娶"。凤姐将尤二姐玩偶一般地随意摆布着。她先是拿捏到了贾蓉玩弄官府、大行贿赂的证据,而后又在整个贾府大造尤二姐失德的舆论,直弄得心虚的贾珍灰溜溜地逃窜,令隐瞒真相的贾蓉自己掌自己的嘴。

其实,凤姐这样精心策划大闹宁国府,同为受害者的她也是痛苦的。一切的罪恶根源,均是行为放纵、无拘无束的贾珍、贾蓉、贾琏等一干人。

由于虚荣心作祟,凤姐素喜卖弄权威,对下人更是苛刻无比。为秦可卿理丧,铁槛寺的小沙弥不小心撞进了她怀里,她扬手便给了那孩子一巴掌,打得孩子直打趔趄。凤姐卧病在床,不能理事,王夫人的房里丢了茯苓霜,她就要平儿把王夫人房里的丫头都捉拿了来,虽没擅加拷打,却要她们垫着碎瓷瓦子,跪在太阳底下。丈夫贾琏与鲍二家的私通,凤姐拿住了在外"把风"的小丫头,一巴掌把小丫头打得两腮紫胀,并威胁着要撕烂她的嘴,烧了红烙铁来烙,若不细说,则立刻拿刀子来割她的肉。

这样的"烈",是为贾府的众女儿中,性格泼辣的凤姐所独有。

虽然她的辣、醋、狠毒遭人憎恨,但是,环境使然,如果强势的凤姐不这样做,那便不是凤姐了。

二、赵姨娘

诗曰：
曾受夫恩上翠楼，千帆过尽不言羞。
啼痕轻抚心中怨，肠断由来眉上愁。
泪雨霖霖落红去，何如薄幸女儿忧。
由来往事催春幕，也度慈航逝水流。

她是贾府的半个主人，身份却是如奴隶般的侍妾；她是有夫之妇，却只能与人分享自己的丈夫；她有着身为贵妃的女儿，却只能以君臣之礼与骨肉相称；男人眼里，宠物一般的她，在贾家不止一个，除了正室王夫人、侧室周姨娘，她还要与贾政其他的妾们和平相处。

她是贾家的家生子儿,是贾府的小厮与放出去的丫鬟结合后生下的孩子。故而,生来便有的奴性,在从小的耳濡目染下,根深蒂固了。由于是奴,她自小就没受过多少教育,也不曾见过多少世面,其言行举止、为人处世便较平常的人来得更加拙劣。

宝玉说,女儿未出嫁的时候,是一颗光彩夺目的珠子。待到出嫁,便失去了光泽。再老些时,就连珠子也不是了,成了死鱼的眼睛。

不管是宝珠,还是死鱼眼睛,女人的喜、怒、哀、乐,一切的源头都是因为男人。

因为男人的善变,还有男人的恶习,以及男人的唯我独尊。为情而活的女人们,不论怎样光鲜,在这样的男人面前,都会黯然神伤。

在以男权为主宰的社会里,卑微的女人,其实只是男人世界里一件可以随意穿脱、随意丢弃的衣裳。不仅如此,旧时的女人,自打出生开始,便根据其出身、家境、美丑的区别,有着三六九等之分。地位一等的女人是妻,二等是妾,三等则为奴和婢。

一等的妻,能在家中有着一呼百诺,一人之下,众人之上的权力。其余二等和三等的妾和婢,均是男人用作延续香火、可以商品一般地交换、被人随意使唤的活的商品。

拥有贤妻美妾,是封建社会男人的理想。可是又有哪个男人能够知晓,为奴隶的侍妾们,在夫家的悲惨境遇。

重男轻女,在旧时的封建家族自是不必说。女人嫁入了夫家,不仅要勤俭持家,更重要的则是能够生养。为夫家生养了儿子,延续了香火,才是女人的功德。只是那时,医疗技术进步的程度远比生命的成长步伐缓慢得多。由于医术的匮乏,任何一点病痛便可以演变成为一场夺人性命的滔天洪水。孕妇的高死亡率,婴儿的低存活率,使得旧时的一夫一妻鲜能长久。故而,为了生命的延续,为了族中的香火,还有所谓的子孙繁盛,妾,替代着落后的医术,帮助着妻在完成未尽的生养事宜。

只是,妾终究是妾,她们的职责只是帮助夫家生养。所生的孩子,终是属于夫家的。孩子的母亲,也只能是丈夫的妻子,而不是为妾的自己。

贾府家大业大,经济富足的同时,还要有一个繁盛的子孙队伍,方才能支撑起这个庞大的家业。只是这样一个钟鸣鼎食之家,翰墨诗书之族,儿孙虽多,却一代不如一代。文字辈里,只有贾政、贾敬、贾赦、贾敏四人。而荣国府里的贾政的子嗣贾珠早亡,余下的便只有宝玉这样一位独子。家族的命运似乎就这样命悬一线。增加后人,势必成了荣国府的重中之重。

于是,后来人中,赵姨娘便成了延续子孙的替代者。也曾风华正茂的她,因了贾母的允诺,成了贾政的数个妾里最受宠爱之人。因了贾政的宠,赵姨娘才为贾政生下了贾环、探春一儿一女。

母凭子贵。按常理,赵姨娘在贾家应该是有一席之地的。可是,是为半个主子的赵姨娘非但没有得到贾府上下的半点尊敬,从女儿探春开始,再到芳官、袭人、凤姐、王夫人、贾母等,一概如瘟疫般统统远离着她。平日里做的也是和府里的丫鬟一样打帘子、搬坐垫之类的杂活。

赵姨娘与庶出的探春、贾环虽然骨肉相连,但在封建的礼法上,他们却是主仆关系。根据族规,庶生的探春和贾环是要称王夫人为亲娘的,而生了他们的赵姨娘,却要称自己的骨肉为主子。

有儿也有女,年轻时的赵姨娘,也曾深受丈夫贾政的宠爱。虽然现在的赵姨娘已风华不再了,但是她的女儿探春依然秉承着赵姨娘的优点,是一个标准的美人儿。探春生得高挑身材,鸭蛋脸面,并且眉眼俊俏,腰姿纤细,举手投足之间皆是赵姨娘年轻时的影子。富足之贾家,在衰败的迹象还不明显时,在妻妾的选择上向来就是先重貌,后重才的。而且贾母在为家里的"命根子"宝玉选媳妇时也说,不管她根基富贵,只要模样配得上就好。

庶,只是嫡的备用。只有嫡不在时,庶子才能顶替嫡的作用。但是作为嫡子的宝玉,不仅衔玉而生,而且还有皇姐元春的亲自调教,且有贾母、王夫人、凤姐等合族上下"命根子"一般地疼爱。

同是儿子的贾环,则从来没有得到过贾政的重视。诸多的儿女中,偏心的父亲只将所有的父爱倾注于宝玉一人。大观园落成时,贾政领着众清客在园子里验收工程,并为其中的景致题对额时,不见贾环的身影;贾家义学,已到上学年龄的贾环,也未见其上学,学堂里也无贾环的位置;中秋夜宴,为了表示自己的存在,也是贾环自己主动向贾政要求献诗的;府里来了客人,接待来客、学习经济文章的,通常都是宝玉前去,从来不见何人通知贾环。除此,望子成龙的贾政对宝玉不仅严厉教导,且是恨铁不成钢地见了就来气,而对贾环,贾政则是可有可无地懒得理会。

有了"妻"与"妾"的区分,在子嗣继承权和婚嫁问题上,同样也是有嫡、庶之分的。通常,旧时男子在娶妻时,不仅要打听女子的生辰八字和家族境况,同时还要打听女子是嫡生,还是庶生。若是庶生的,正统人家常常是不要的。除此,即使是正妻,如果生的是女儿,也定会有后顾之忧的。

不仅如此,旧时的法律还规定,妻便是妻,妾便是妾。即使正妻死去,作为妾的也不能越俎代庖,转为正室。即使有,那也是极个别的例子,是少之又少的。

儿女双全,且有丈夫的宠爱,为妾的赵姨娘可谓是功德圆满。只是,这样的圆满在正室王夫人处,却是扎进肉里的刺,赵姨娘在贾政那里多得一分宠爱,王夫人便会对她多一分恨,赵姨娘也会被多穿一次"小鞋"。

四大家族出身的王夫人年轻的时候办事果断,行事老练,一若亲侄女王熙凤的影子。用刘姥姥的话说,他们家的二小姐着实响快,会待人。与这样的正室相处,赵姨娘纵有天仙似的美貌,有十个八面玲珑的心窍,也是难以应付的。

赵姨娘的女儿探春,是贾府四春之一,其行为举止实可谓脂粉堆里的英雄,办事、决断、眼光是多少男人也不及的。对比正室王夫人,赵姨娘也有儿子,而且儿子的血管里流的同样是贾家人的血,可是待遇却相差万里。为此,赵姨娘同样心有不甘。

为了地位,也为了儿女的名誉,赵姨娘也时时处处在与贾府的人争。她希望能将贾家的继承人嫡长子的位置取而代之。为了能在贾家争得一席之地，同样生了儿子、同样母凭子贵的赵姨娘，也视正室王夫人的"命根子"宝玉为"眼中钉"。

但是，出身高贵的王夫人、凤姐等，却从来没有把生了儿子和女儿的赵姨娘放在眼里。对她的待遇，还不如袭人、平儿等各房的大丫头。

一次赵姨娘在屋里骂儿子贾环，恰被从此经过的凤姐听见了，于是管教儿子的娘便招来了作为晚辈的侄媳妇的唾骂："大正月又怎么了，环兄弟小孩子家，一半点错了，你只教他说这些话作什么？他有太太老爷管，他现在是主子，横竖有教导他的人，与你什么相干！"不仅如此，从来也不顾及赵姨娘颜面的凤姐，还指桑骂槐地教导贾环："你不听我的话，反叫这些人教的歪心邪意，狐媚子霸道的，自己不尊重，要往下流走，安着坏心，还只管怨人家偏心。"

这样的盛气凌人，敢怒却不敢言的赵姨娘不仅被凤姐将儿子和自己分出了三六九等。同时，还被凤姐当着儿子的面，一遍又一遍地教训，使其颜面扫地。

恨，就这样日积月累地越积越多，长期的被忽略，在一次又一次的羞辱中慢慢发酵。折磨与煎熬，还有积在心底的隐忍，成了灌了浆的脓疮,在一触即发的溃烂中,不断向外释放着仇恨的毒素。

于是,时刻想要出人头地的赵姨娘便想尽了一切办法去攻击他人,去摇撼大厦将倾的贾府。

除了贾母、王夫人,赵姨娘最恨的就是凤姐和宝玉。她恨凤姐的跋扈,更恨宝玉的光芒盖住了一切,使自己的儿子贾环在父亲面前似有若无。

因了母亲的言传身教,同样被仇恨所占据的贾环,也从小对自己的嫡兄宝玉虎视眈眈。那日,贾环在王夫人房里抄经,一同在场的宝玉因与贾环相好的彩霞厮玩,素日就对宝玉憎恨的贾环越发咽不下这口毒气,便故意失手将那盏油汪汪的蜡灯推倒在宝玉的脸上,势要烫瞎宝玉的眼睛。

不久,贾环又在贾政的面前诬告贾宝玉强奸金钏,引得贾政一顿毒打,令宝玉险些丢了性命。于是,愤怒不已的凤姐和王夫人便大骂赵姨娘:"养出了这样黑心,不知道理的下流种子。"

赵姨娘本就对凤姐和宝玉嫉妒无比,只是碍着主仆之间的等级差异,为妾的她纵有万般憎恨,也只能含在心里,不敢有任何表露。如今,儿子贾环又生出了这样的事,忍到极点的赵姨娘终于将恨付诸了行动。

为了一泄心头之恨,除掉嫡子宝玉和多事的凤姐,令儿子能够顺利独占家产,月例银只有二两的赵姨娘,不仅拿出了所有的"体己",同时还写了一张五百两银子的"欠契",请来了宝玉的寄名干娘马道婆,在分别写有宝玉和凤姐生辰八字的两个纸人上面合谋施法,令凤姐和宝玉先是头疼,既而发疯,最后双双病得奄奄一息,差点失了性命。最后,多亏了度化宝玉来到凡间的渺渺真人和茫茫大士及时赶到,二人才得以侥幸活命。

宝玉和凤姐在犯病时,贾母、王夫人等皆哭得死去活来,就连向来严厉的贾政也难过得手足无措。始作俑者赵姨娘本应闭紧嘴巴,待在一旁默不作声,可是她蠢笨至极,不但没有一句假装悲痛的应景人话,反而还劝贾母,要贾母不必过于悲痛,说宝玉不中用了,让贾母给不中用的宝玉穿好衣服让他早些死去。这样的安慰,自然招来了贾母的臭骂,讨了没趣的她还被贾政呵着赶了出去。

探春理家,作为母亲的赵姨娘本应对女儿的出息高兴才是。作为母亲,赵姨娘也应想方设法去帮衬女儿,尽量给女儿少添麻烦。可是赵姨娘不然,女儿刚刚"上任",赵姨娘便给探春兜头一盆冷水。

探春办的头一件事是自己的亲舅舅赵国基的丧事。新官上任,旁人在看,贾府的人也在悄悄考察。丧葬费给多少,用什么标准办,是按例还是违例。为此,精明的探春自然是不会掉以轻心。因是至亲,作为母亲的赵姨娘也是应回避,低调又低调的。

可是赵姨娘不。她不仅当着众人又哭又闹,还要探春徇私情,要探春利用手中的职权来拉拢赵家。探春不允,赵姨娘便哭闹着说女儿"踩着了自己",只顾讨贾母、王夫人的欢心,而忘记了生母。

作为贾政的妾,赵姨娘同样想在下人面前多树些威风。但是,在"茉莉粉替去蔷薇硝"的事件里,和小戏子们大打出手的赵姨娘,不仅被儿子贾环揭了她的老底,主子的"谱儿"没摆成,反倒"丢人现眼",更给心高气傲、刚刚学习理家的探春平添了许多烦恼。

赵姨娘费尽了心思,在贾府不住地上蹿下跳,作为正室的王夫人其实是不屑和她一般见识的。

宝钗将薛蟠从江南捎来的土产分送于宁荣二府的兄弟姐妹,同也送了一份给贾环,受宠若惊的赵姨娘因想着宝钗是王夫人的亲戚,想借此讨好王夫人,同时巴结宝钗。结果,在王夫人的房中,赵姨娘虽然向王夫人赔笑着,大加夸奖宝钗,换来的却是,王夫人不冷也不热的一句抢白:"你只管收了去给环哥顽罢。"

功利、自私、蛮横,在赵姨娘的演绎下,成了妾的代名词。其实,不幸的赵姨娘也是有幸的。比起冤死的尤二姐,她也极少受王夫人的折磨;和在夏金桂的挑唆下,被宝蟾逼迫着得了"干血之症"的香菱相比,赵姨娘虽然身份卑微,但从来未见人为难她什么;她更不像无辜的金钏,在王夫人的羞辱下冤屈地坠井而亡,得个勾引男人的坏名声。

只是,在有妻也有妾的封建社会里,赵姨娘心底最后的一丝纯良,在王夫人和凤姐等人的骂声中被彻底粉碎了。又因儿女的期盼,赵姨娘过于强烈的欲望已然使她的整个世界如烈火一般,在不住燃烧着。

风趣的刘姥姥来大观园时,带给贾府的是前所未有的欢笑和最为淳朴的心灵鸡汤。而作为贾府的半个主子的赵姨娘,每一次出现,不是轩然大波,便是由上及下的强烈地震。

人之初,性本善。清人姚燮曾说赵姨娘:"天下之最呆,最恶,最无能,最不懂者无过赵氏。"又有谁生来就愿意去算计别人呢？时时遭白眼，处处被人瞧不起的尴尬，已令卑微的她轻若蝼蚁。

因是庶生，所以危在旦夕的贾府便将儿女们推上了拯救家族的最前沿。在仇恨与冷眼中成长的贾环，人格与心智是扭曲的；女儿探春也在政治的需要下，作为嫡女的替代者，棋子一般被远嫁异邦。

这样的处境里，不明事理、无知无识、灵魂扭曲的赵姨娘，不过是贾府里被所谓的道德压制的一个可恨又可怜的跳梁小丑。

三、夏金桂

诗曰:

长安满桂秧,慈母护儿忙。金价何曾贵,香魂有几觞。

展睛休怨女,翘首啐皇商。歧路终何似,红颜转瞬荒。

嫉妒是种卑下的情感,比较则是一切烦恼的根源所在。聪明的女人,不比较、不嫉妒。

妒,是女人生来具有的本质。不妒,便是不爱。人世间,没有无缘无故的爱,也没有无缘无故的恨。情敌之间的较量,不是被一方占有,便是被对方彻底地俘虏。

同大观园里柔情似水,或妩媚、或温婉、或风雅、或清高,而且个个皆人才的众女儿们相比,来自长安城里的皇商女儿夏金桂,不论脾气,还是言行举止,皆较园中的女儿不同。

虽然,夏金桂同样也生得模样俊俏,同样也颇能识得几个文字,但因夏金桂的父亲早亡,又是独女,父爱的严重缺失,再加上寡母的过分娇养溺爱,于是,外具花柳之姿,内秉风雷之性的夏金桂,便尊自己若高贵的菩萨,视他人一律为污秽的粪土,从小养成了矫情的性格。

还未出阁的时候,因她名为"金桂",她便不许人话语中带有"金桂"二字。凡是有不留心说错了的,那一定会招来一顿苦打重罚。因为别人免不了说"桂花"二字,她又将桂花改名为嫦娥花,借此提高自己的身份。

之后,嫁入薛家,夏金桂又见薛蟠气质刚硬,婆婆温和,丈夫薛蟠的身边又有香菱这样一位才貌俱全的爱妾相伴,眼里容不得半粒沙子的夏金桂,燃在心头的那把妒火,便由此熊熊燃烧了起来。

因为香菱是妾,又比夏金桂早进薛家,而且她有才有貌,于是,夏金桂第一个打击的对象便是香菱。

夏金桂首先改了香菱的名字,将"香菱"改为"秋菱"。而后,又借陪嫁的丫鬟宝蟾之手,使薛蟠迁怒并打骂香菱。在对香菱施了各种折磨以后,夏金桂又栽赃香菱在家中行厌胜之术,同时还借此向处处以柔克刚、以静制动的薛姨妈、宝钗大肆撒泼。

从夏金桂的枕头内抖出来的纸人,上面写有金桂的年庚八字,有五根针钉分别钉在纸人的心窝并四肢骨节等处。这样的事,薛姨妈自是吓得手忙脚乱。岂知,夏金桂不仅要借着纸人来编排香菱,同时还要占山为王地将薛姨妈、宝钗一并排挤出局。

夏金桂又哭又闹,且说薛蟠是横竖治死她也没什么要紧,乐得再娶好的。被媳妇儿的一席话而激怒的薛蟠便顺手抓起一根门闩,对着香菱不容分说劈头劈面便打,一口咬定是香菱所施。气得薛姨妈只得骂儿子是不成器的孽障,骚狗都比他体面。

不得已,薛姨妈只得令香菱收拾了东西叫人牙子来卖了她。

母亲动了气,作为儿子的薛蟠便低下了头。可是夏金桂依旧不依不饶,又隔着窗子往外对着婆婆全无半点教养地哭骂:"你老人家只管卖人,不必说着一个扯着一个的。我们是那吃醋拈酸容不下人的不成,怎么拔出肉中刺,眼中钉?是谁的钉,谁的刺?但凡多嫌着他,也不肯把我的丫头也收在房里了。"

如此,薛姨妈气得浑身颤抖地责骂儿媳夏金桂:"这是谁家的规矩?婆婆这里说话,媳妇隔着窗子拌嘴。亏你是旧家人家的女儿!满嘴里大呼小喊,说的是些什么!"可夏金桂哪管什么长辈与晚辈,还一不做,二不休地,又对着薛蟠大喊:"我不怕人笑话!你的小老婆治我害我,我倒怕人笑话了!再不然,留下她,就卖了我。谁还不知道你薛家有钱,动不动拿钱垫人,又有好亲戚挟制着别人。你不趁早施为,还等什么?嫌我不好,谁叫你们瞎了眼,三求四告的跑了我们家作什么去了!这会子人也来了,金的银的也赔了,略有个眼睛鼻子的也霸占去了,该挤发我了!"夏金桂一面哭喊,一面打滚,还不住地自己拍打自己。

未嫁从父,既嫁从夫,夫死从子。这是旧时以男权为主宰的社会对女人的基本要求。旧时,女人没有职业,亦无知识。从来到人世的那一刻起,她们便被囚禁于四壁之内,从事着相夫教子、针黹织补、操持家务等简单劳动。家,是旧时女人的整个世界;而丈夫,便是她们头上的天,她们的一生依靠。

父亲早亡,从小就没有接受过正确、良好家庭教育的夏金桂,既不像李纨那样读过《女四书》、《列女传》、《贤媛集》等女教书籍,也不如凤姐那般自幼被教以为人处世的历练。唯一所吸取的,便是寡母要什么有什么的百般宠爱。这样的溺爱,让成年以后的夏金桂既泼辣又凶悍,不仅独断专行、骄横无礼,而且凶狠残忍。

嫁入薛家为媳,夏金桂既不像香菱和黛玉那样,喜好风雅,

第七章·算尽机关,莫回首

295

操琴弄诗；也不见她如探春、宝钗那样，精打细算，持事理家；也不如湘云、晴雯那样，持弄女红、擅长针黹；更不见她如凤姐、李纨那般，细心周到地侍奉公婆，为老人捧饭端茶，梳头穿衣。

夏金桂与香菱，一为薛蟠的妻，一为薛蟠的妾。为妾的香菱来得比夏金桂早，而且模样俊俏，富诗文，心无城府。如若不是她低贱的出身，其实为妻的一切种种，都要比夏金桂强过百倍的。夏金桂亦略通文墨，模样也同样美丽，并且家资富足。所以，同等条件之下，对于香菱的妒，作为正室的夏金桂自然容不下这个先入为主的"侵略者"。

旧时的男人，除了妻还可以拥有许多的妾，而为妻的还必须在理论和事实上接受为妾的女人与自己一同分享丈夫。而且，得到了丈夫的宠爱，便意味着得到了相应的财富、地位以及权力。

爱情的唯一性是容不得他人来分享的。为了稳固家中的地位，便竭尽全力排挤其他女人的这种争斗在崇尚"三妻四妾"、"三宫六院"的古代显得尤为激烈。

妒，不仅关乎爱情与智慧，还有来自最高权力的较量。汉高皇后吕雉，嫁入刘家为媳时，便嫁鸡随鸡、嫁狗随狗地协助丈夫，帮助刘邦成功铲除了异己，杀掉了韩信等朝中重臣，成为大汉的实际君主。只是，夫妻可以共苦，却不能同甘。刘邦在取得实际君权，且令天下太平以后，男人的好色本性便在安逸中显现了出来。发迹后的刘邦从此冷落了陪他四处征战的结发妻子，从此卧在了年轻貌美的宠姬戚夫人的温柔乡里，缠绵着不肯自拔了。

因是争宠，后宫的争斗，不是你死，便是我活。因了汉高祖的宠爱，戚夫人生有一子，名为如意，被封为赵王。那时，集万千宠爱于一身的戚夫人已不满足于妃子的位置了，于是她怂恿刘邦，要刘邦废去刘盈，改立如意。母凭子贵，加之刘邦的宠爱，整个大汉后宫，几乎成了戚夫人的天下。

那时，汉高祖还未发迹，作为结发妻子的吕雉，不仅慷慨地接纳了刘邦的私生子刘肥，还亲自为刘家在田里耕作，勤劳持家。后又受连累下狱，在项羽的军营中做人质。位居皇后以后，她又帮助刘邦铲除异己，杀掉韩信等朝中重臣。可谓高祖刘邦得力的左膀右臂。情敌面前，身为皇后的吕雉虽然有勇有谋，并且权倾一方，可是她依旧是心虚的。因为此时的吕雉，在岁月的风蚀下已青春不再了。而对手戚夫人年轻貌美，为当时的歌舞名家，又擅翘袖折腰之舞。眼见着丈夫与戚夫人的交往日甚，而年老色衰的自己却已渐渐淡出了他人的视线。

自然,这样的妒恨之彻骨。

所幸,这样的好事是不会长久的。

汉高祖十二年,刘邦病重,并且不久于人世。彼时,吕后与戚夫人的争斗也到了白热化的程度。由于戚夫人不住地怂恿,病入膏肓的刘邦终于下决心废太子刘盈,改立戚夫人之子如意。但是,精明的吕后却在关键的时刻,扭转了局面。她请来了四位闻名遐迩的贤人"商山四皓"同高祖紧紧相随,致使换立之事成了泡影。

自然,在这场女人之间的战争中,作为败者的一方,下场自是凄惨无比。刘邦死后,吕雉做的第一件事就是逼着戚夫人穿上囚衣,戴上沉重的铁枷,将她关于永春巷内舂米。那时,失了丈夫,又沦为阶下囚的戚夫人悲痛欲绝,并作了"子为王,母为虏,终日舂薄暮,常与死为伍!相去三千里,当使谁告汝?"的歌在永春巷里歌唱。吕雉知道了,又以此为把柄,毒死了刘如意,令人剪去了戚氏的一头飘逸乌发,又砍断其手脚,用两只月牙形的钳子夹出了戚姬的眼球,将她关在厕所里,谓之"人彘"。

不妒,便是不爱。女人的醋妒之风,到了唐朝依然丝毫未减,不仅未减,反而还成了唐代人默许的世风。男人怕老婆似乎成了美德,有的事例甚至还成了旁人的美谈。

武则天善妒，美丽且有谋略的她为了排除异己，保住皇后的位置，将曾经拉拢她为自己人的王皇后贬为了庶人，将曾与王皇后争宠的萧淑妃，关在了暗无天日的冷宫，同时截去其手脚，装在酒瓮之中，谓之"醉骨"。还有武则天的亲姐姐和亲外甥女儿韩国夫人和魏国夫人，因与高宗打得火热，韩国夫人便不知何因死去了，至于幻想着和自己的姑母一样，将武则天的位置取而代之的魏国夫人，也被武则天干脆利落地用一杯毒酒结束了其年轻的生命。

夏金桂的恶行，放在贾府定会人人唾弃。尤其是在宋朝，人们对于这种悍妒不驯、狠戾不慈、贪贿不廉、愚昧不知变通的女性，更要加以严惩。

汉人刘向所著的《古列女传》曾引鲍苏妻的话："七法之道，妒正为道。"宋人胡宏也说："妇人之恶，以妒忌为大。"北宋科学家、政治家沈括晚年时娶妻张氏。因为张氏悍虐，时常限制沈括言行，同时还对其打骂。后来张氏因病而死，时人不悲反喜，同时还向沈括道贺。南宋金石学家、诗人、词人洪适为使女性遵守礼法，编写的《壶邮》一书还专门记载了前代和当朝的悍妇悍妻的故事。凡此种种，亦可见人们对悍妒的女人如何憎恨。

可恨之人必有可怜之处。醋妒和脾气暴虐的女人从来就不会赢得旁人的好感。仗着富有的家资,夏金桂虽然暂时得胜了,但在内心深处,想必她依然是不快乐的。

她的妒,虽然成功赶走了香菱,但是丈夫薛蟠却因她的暴虐脾气,从此在外不归,对她也懒得理会。至于和婆婆薛姨妈与小姑薛宝钗,也成了彼此不再相干的井水与河水。

不仅如此,曾被夏金桂棋子一般用来排挤香菱的宝蟾,也是后来居上,同薛蟠打得火热,从此不再把主子放在眼里了。

醋妒其实也有高下之别的。女人的争斗中,吕雉与武则天做到了极致。因为她们分别代表的都是至高的权力——皇权。心存狡黠的她们,不仅有勇,而且有谋,不仅成功地将身为皇帝的丈夫的心牢牢地拽紧在手里,而且还令皇帝的三千粉黛从此失去了颜色。就连那万人敬仰的九五之尊,也被她们轻而易举地玩弄于股掌。

沦为了"河东狮"的夏金桂,除了妒便是恶。在与香菱、婆母、小姑的交恶中,和女人有关的妇德、妇功、妇言她样样尽失。

原本,夏金桂也生得花容月貌,但是因了她暴虐、醋妒的性格,她的全无修养的号啕、披头散发地撒泼闹事,赌徒一般地斗牌作乐,还有满是贪婪地啃着骨头喝酒之相,已然令她进一步堕落成为低俗、霸道、容颜扭曲的跳梁小丑。她不仅失去了丈夫的人，同时也失去了丈夫的心。

薛氏母子本是因了王夫人的邀请，依附于贾家而来的客。他们住的地方，也是荣国府东北上一处幽静的房屋。虽然薛氏母子在贾家享受着贵客一般的待遇，而且薛姨妈还是贾母儿媳妇王夫人的亲妹妹，但是，他们终是贾府里，被边缘化的一个富贵群体。

在夏金桂的无理取闹中，本是依附着渐近没落的贾府生活的薛家，便在渐近的衰败中更加一日不如一日了。她不仅让薛家在贾府颜面扫地，同时贾府的人也视她为瘟疫，人人避之。

醋妒的夏金桂俨然是贾家将李纨立作贞节牌坊之后，又在园子的另一处立下的恶妇、妒妇的活的典范。

四、多姑娘

诗曰：

曾记山高望独台，迷离侧畔久难开。

天边长夜芳心动，不尽痴狂寸草哀。

傅粉千秋如鹤去，拢头一笑宋人来。

金樽玉盏承欢醉，甚叹琼花傍水栽。

女人生来不易。在由男人和女人组成的世界里，主宰一切的永远是男人。所有的清规戒律，一律是针对女人。那些所谓的德行、礼仪规范的是女人；所受责罚的，从来都是女人。甚至在男人们为了江山社稷而打拼时，作为败者的一方，也时常将失败的原因归咎于女人。

不仅如此,本就柔弱且无地位的女人,又被那些贯于服从、站在男人的世界里为男人呐喊的女人们,用这样那样的戒律在进一步约束着女人自己。

东汉史学家在《女诫》的"妇行"篇中,规定了女子的四种行为标准,即贞静清闲,行己有耻,是为妇德;不胡说霸道,择辞而言,适时而止,是为妇言;穿戴齐整,身不垢辱,是为妇容;专心纺织,不苟言笑,烹调美食,款待嘉宾,是为妇功。女子只有具备了德、言、容、功四行,方不至于失礼。

大观园中,名为多姑娘的,行为放荡,品格风骚。用东汉女文学家班昭所著的《女诫》的标准来衡量,多姑娘便是那个失了妇德也失了礼数的有罪之人。

只是,太虚幻境里,警幻仙姑处的"千红一窟"和"万艳同悲"的香铭,其味道和感官,任何一种皆不属于她。

二十来岁的多姑娘,虽然嫁了"多浑虫"为妻。但是,不守本分的她,不是和贾琏调情,就是调戏宝玉。府上的男人,尤其是小厮们,几乎个个都拜倒在她的石榴裙下。

多姑娘如此行事,俨然男人堆里的脂粉英雄,低贱之极。这样的买卖交易,不论是古代,还是快节奏的当下,作为女人的她,其所作所为都让人感到羞耻。

确实,多姑娘的形象也如张爱玲所说的那样,在大观园中并不怎么光彩。多姑娘的丈夫也如前文所说的那类人一样,向他人奉献了妻子,而从中换得了物质享受。名为"多浑虫"的他,不是为了权,也不是为了名,懒惰的他,只图享受。"多浑虫"原本就是个极不成器、惧内无能的破烂酒头厨子。平日惧内的他只知喝酒,妻子的行为如何,他一不敢理论,二因有酒也懒得理论。只要有酒有肉有钱,他便诸事不管了。

贾府人口众多,其中的男子有二百八十二人。包含贾氏本族贾敷、贾环等计三十四人;亲属邢德全、王仁、薛蟠等有十六人;门客、家奴等有七十六人;杂流人口如冯紫英、冷子兴等有六十三人。

正值青春的多姑娘,生得有几分人才,见者无不喜爱。而且,她生性轻浮,最爱拈花惹草,荣宁二府不管老少,都得入上手。对于这样的女子,倘若贾府的男人个个都德行规范,想必也是无懈可击的。

这样的淫,实在是算不得什么高尚,也与那所谓的自由、平等、爱情沾不上边,更不用说是用肉体嘲讽占主导地位的男权。身为奴才的她,只是为了活着。她也只是在用自己的方式,换来物质上的满足和精神上的慰藉而已。

多姑娘是个俗人。她不如园中的姊妹那样有着优越的生存环境，从小锦衣玉食，不是吟诗作赋，就是侍弄针黹，也不必为了"五斗米粮"而每日烦恼。

除此，荣宁两府皆是荒淫、腐败。这也给了甘愿堕落的多姑娘滋生腐败的土壤。贾府的上层建筑里，贾敬好道，每日只知在道观里烧丹炼汞，对于家里的事从来就是不闻不问。贾赦好色，一把年纪了不知保养，还左一个右一个的小妾往屋里纳，就连贾母身边的丫头也不肯放过。中一辈里的贾珍更不用说，不仅和儿媳可卿关系暧昧，同时还整日吃酒玩乐，把个宁府折腾得翻了过去，也无人理会。贾琏、贾蓉、贾环、长期住在贾府的薛蟠等，更不必说，也是一群只知吃喝玩乐的酒肉之徒。

宝玉说，女儿在未出嫁前，是颗光彩夺目的珠子，人人见了都喜欢。但是一旦接近了男人，珠子便没有了原来的光彩，成了一颗死珠了。随着时间的流逝，珠子便不是珠子，成了死鱼的眼睛了。其实，众多的死珠当中，风流的大众情人多姑娘，虽然不再是什么光彩夺目的珠子，但也不是宝玉所说的死鱼眼睛。与诸多的男人周旋，不论情况如何，她也始终如一地保持着自我的本来面貌。且以自己的方式，在男人面前维护着珠子原有的光彩。

贾府的女子通常是以被贾母视为"命根子"的宝玉为中心的。而多姑娘放荡，又交际颇广，故而，在贾府的男子当中，多姑娘便是男人的中心。

之所以造成这样的局面，或许是应了那句"物极必反，盛极必衰"的古话吧。那时的贾府，自东汉贾复以来便开始发迹。但在岁月的更替中，渐渐开始萧疏了。族中的男人只知荒淫享乐、不思进取，让贾府呈现出一代不如一代的衰败趋势，其实，对这样的男人，多姑娘同样鄙视不已。

她与贾琏私通，作为当事人之一的贾琏原本就是一个不肯读书、不务正业的浪荡之子。那时，贾琏的女儿巧姐出痘症，因要供奉痘症娘娘，需搬出外书房来斋戒。离了凤姐的贾琏只是独寝了两夜，便将清俊的小厮选来发泄欲望，后又在小厮们的议计下，于是夜二鼓偷偷溜了去，主动找多姑娘鬼混的。

不论何时何地，没有哪个女人会心甘情愿地去出卖自己的尊严，兜售自己的青春。也没有哪个男人，敢平白无故地对一个身清气正的女子，不尊不敬。

虽然在多姑娘的"三宫六院"之中，没有她拿不下的男人，也没有哪一个男人不是心甘情愿地拜倒在她的石榴裙下的，只是,这样的放浪形骸,却是与人们所说的娼妓是有着本质的区别的。

那些所谓的低贱娼妓,原是商品一般在为男人服务的。而名为多姑娘的她,则是要男人服务于她的。

其实,内心深处,阅历了无数男人的她,对于那些见色起意、得手翻脸的男人,同样是深恶痛绝的。只是,在男人的世界里保持着特立独行特质的她,身份依然卑微,力量甚为薄弱。她既不能像凤姐那样,占据着贾府一人之下,众人之上的有利位置,也不如探春那样,有着兴利除弊,精明决断的手腕,救贾府于危难。

"高尚"对于她来说,也许不知是为何物,但是,她却知道什么叫仗义,什么叫黑白。

给整个贾府以毁灭性打击的抄检大观园事件里,小姑子晴雯被王夫人以行为不检为由逐出了贾府。当时的晴雯还在病中,又无处可去,是这个被人冠以了"浪名"的嫂子多姑娘收留了她。

此后,心有不忍的宝玉偷偷前来探望。按照常理,既然贾府如此无情地将在府上担了"狐狸精"罪名的晴雯逐了出来,作为旁观者,也应是人人鄙视,避而远之的。可是多姑娘不然。

宝玉来时,她先是在门外偷听,而后,又进门对宝玉百般调戏。以此来判断宝玉的为人,及其与晴雯之间的关系。

宝玉离去时,多姑娘还对宝玉这样说:"可知人的嘴一概听不得的,可知天下委屈事也不少。如今我反后悔错怪了你们。既然如此,你但放心。以后你只管来,我也不啰唣你。"

显然,这番女侠一般的口吻,既是在保护小姑子晴雯的声名,也是对她的遭遇表示着最为朴素的同情,并对宝玉的有情有义,表示赞赏。

男人的一半是女人。那些所谓的贞节烈女、节妇、命妇,其实也是相对男人而言的。没有了男人,女人那所谓的善、恶、美、丑便也无从谈起。没有了女人,男人的伟岸、雄强、阳刚也不复存在。

她不是什么贞节烈女,也不是至情至爱的风雅之士。后来"多浑虫"酒涝死了,加之鲍二家的与贾琏私通被凤姐发觉后悬梁自尽,贾琏赔了鲍二二百两银子,守寡的多姑娘,便由此改嫁给了从此发迹的鲍二。

时光,依旧按着既定的轨道在缓慢前行着。摇摇欲坠的贾府依旧呈着夕阳落去的态势,愈显衰败。宁国府的异兆悲音,且歌且叹。三春去后,园中的姊妹们,也如雨后的桃花一般在纷纷零落。探春远嫁了;迎春误嫁"中山狼";黛玉的病情每况愈下;晴雯去了;金钏坠井;司棋也为了那个不值得等候的男人,送去了性命。

只是,在这样的残景之中,放浪的多姑娘依旧在纵情地与男人调笑,故作淫邪地笑看男人的浪态。

她的笑,不仅是在嘲讽世间淫邪的男人,更是在坐视那以男人为主宰的贾府,如何衰败、如何没落……